毎日「帰れ」と言われてたのに、急に溺愛されてます!?

Mainichi kaere to
iwaretetanoni,kyuni
dekiai saretemasu!?

大石エリ
ill.氷堂れん

eロマンス ロイヤル

Characters

Mainichi kaere to iwaretetanoni,kyuni
dekiai saretemasu!?

ラヴィアン・ド・セシリオ［17歳］

「王宮の秘宝」と呼ばれるセシリオ王国の唯一の王女。眉目秀麗、天真爛漫、完ぺきな所作で誰からも愛される淑女だが、ある事件をきっかけにアランに惚れ込み、彼と接する時だけ「好き」が暴走状態になる。

アラン・リーヴェルト［20歳］

若くして軍務の役職に就きリーヴェルト侯爵として領地を治めるまじめな仕事人。両親の愛に恵まれず、人を愛することを拒んでいるため「孤高の侯爵」と呼ばれている。ラヴィアンからの猛攻撃にげんなりしているが……？

バスチアン・ド・セシリオ［20歳］

ラヴィアンの兄でセシリオ王国の第二王子。アランの親友。自由人で二人の恋も温かく見守っている。

アネット［16歳］

ラヴィアンの専属侍女。子爵家の令嬢でラヴィアンより年下だがしっかりもの。

クロエ［20歳］

ラヴィアンの専属侍女。もとは王妃付きの侍女。控えめで優しい性格。

Contents

Mainichi kaere to iwaretetanoni,kyuni
dekiai saretemasu!?

プロローグ

アランは高貴な顔に心がほどけるような甘い笑みを浮かべ、目の前にいるラヴィアンをじっと見つめる。ラヴィアンも紫の瞳を宝石のように煌《きら》めかせて、見つめた。恋する視線だった。

「十八歳おめでとう。ラヴィアン。幸せな一年になるように」

「……アランさま。大好きです。大好き。大好き」

ラヴィアンは、毎日毎日伝え続けている愛の言葉を、いつも以上に切実《せつじつ》な気持ちでアランに伝えた。

「ああ、知ってる。もう喋《しゃべ》るな」

アランが色気の乗った瞳に、有無を言わさない口調で告げる。ラヴィアンは縫《ぬ》い付けられたようにアランを見つめ、こくこくと小さく頷《うなず》いた。

ラヴィアンの唇《くちびる》が、指先が震える。握られた手が発火したように熱くなった。ラヴィアンとアランはまるで恋人のように寄り添い、ダンスの間中お互いしか目に入ってなかった。

曲が鳴りやむと我に返ったように、アランは息を吐いた。ラヴィアンはそんなアランの様子を見上げていた。

（終わりの合図ね。ああ、そっか。終わったのね……）

珍しくダンスを踊ったアランに貴族令嬢《れいじょう》たちがじりじりと寄ってきている。二人の世界から一足先に戻ったアランはそれに気が付いたようだ。ラヴィアンはまだ夢うつつのまま、じっとひたすらにアランを見上げている。

「ラヴィアンの手を放すと、誰かにダンスをねだられそうだから帰ることにする」

「はい」

「ようやく夜に会えたな。おやすみ、ラヴィアン」

「……はい」

アランはそっと手を放すと、そのまま会場の扉へわき目も振らずにまっすぐ歩いた。令嬢たちがアランの一挙手一投足を見つめていたが、孤高《ここう》の侯爵《こうしゃく》アランは全く気にも留めなかった。

（好き。大好き。愛してる。アラン・リーヴェルト侯爵。私が初めて好きになった人。さようなら）

ラヴィアンはとろけるような眼差《まなざ》しに涙をたっぷり溜《た》めて、アランの後ろ姿をいつまでもいつまでも見つめていた。

第一章♥暴れ馬のような王女

何度経験してもいつもこの時が一番緊張する。

ラヴィアンは小さく咳払《せきばら》いをして呼吸を整えた。黒檀《こくたん》の観音開《かんのんびら》きの重厚《じゅうこう》な扉の前に立ち、足を揃《そろ》える。そして、自らの服装を見下ろし、確認する。

春の青空のような淡い水色のドレスはラヴィアンのお気に入りだった。Aラインでスカート部分はレースを幾重《いくえ》にも重ねている。ネックレスとイヤリングはドレスに合わせてアクアマリンで色を揃え、髪はハーフアップ、サイドにパール細工のヘアアクセサリーを装着している。

銀色の髪と紫の瞳を持つ、王宮の秘宝とも呼ばれるラヴィアン・ド・セシリオはこの国の唯一の王女である。着こなしもドレスも、侍女《じじょ》たちの手によってすべてが完璧に整えてあった。

大丈夫、どこも抜かりはない。ラヴィアンはすうっと息を吸い込み、コンコンコンとノックをした。

「どうぞ」

部屋の中から低い声が聞こえるやいなや、溢《あふ》れる気持ちを抑えきれずに扉を突進する勢いで開け放った。重厚な扉がバン！　と大きな音を立てる。目当ての人物はすぐに見つかった。

ここは、邸《やしき》の主《あるじ》の執務室だ。華美《かび》ではないが、上品な黒檀の家具が無駄なく配置され、埃《ほこり》一つ無く、整えられている。壁一面に設《しつら》えてある大きな本棚には所狭《ところせま》しと専門書が並んでいる。怜悧《れいり》で、上品な彼によく似合う執務室だ。

「アランさま！」

ラヴィアンは思わず甲高《かんだか》い声をあげた。昨日から会いたくて、会いたくて、たまらなかった人が目の前にいるのだ。ラヴィアンの胸が分かりやすく音を立てる。

彼はアラン・リーヴェルト侯爵《こうしゃく》。肩上《けんじょう》で切り揃えられたサラサラの髪は言うことを聞かない前髪がいるのか、いつも少しだけ前髪が垂れ下がり、壮絶な色気を醸《かも》し出している。ラヴィアンの大好きなポイントの一つだ。それから、切れ長でつり目がちな琥珀色《こはくいろ》の瞳は鋭くて、他者を寄せ付けない氷の眼差《まなざ》し。これも大好きなところの一つ。

(兄か弟どちらにしたいか聞かれたらすべての女性が恋人にしたいと答えるような人よね！)

とラヴィアンは一人で頷《うなず》いた。禁欲的なところがかえって色っぽい雰囲気《ふんいき》を醸し出す男性だ。

今日は紺色の揃えに、ダークブラウンのネクタイをしている。ネクタイに小さく黒のドットが入っているのもおしゃれで素敵。ラヴィアンは一瞬のうちにアランのすべてを見渡し、今日も今日とて大好きだと思い直す。

アランは執務机に向かっていたようだが、ラヴィアンの登場に一瞬顔を上げて、これ見よがしにため息を落としてみせる。そして、頭痛がするのかこめかみを手で揉《も》みこんだ。ラヴィアンに伝えるためのため息だと分かるが、もちろん盛大に気付かないふりをする。執務机にはたくさんの書類と本と資料が積まれ、デスクライトがそれらを明るく照らしていた。それから、ラヴィアンの愛《いと》しい人の美しい顔も。

「静かに扉を開けてくれ。頭痛がする」

「アランさま！　おはようございます」

ラヴィアンはアランの不機嫌《ふきげん》な態度にひるまず、明るくにこやかに声を張り上げた。

「………おはよう」

諦めたようにアランが挨拶《あいさつ》を返してくれる。ラヴィアンはぱあっと表情を明るくした。

「まあぁ、今日もなんて素敵なのおおお！　濃紺のお衣装もよくお似合いで。朝からなんて優雅なんでしょう。小鳥が肩に止まりそうだわ」

「鳥は好きではない」

「あらあら。罪なお方だわ」

ラヴィアンは持っていた淡く水色に染色したレースの扇子《せんす》で口元を隠し、クスクスと笑った。少し会話を交わしただけで楽しくて、嬉《うれ》しくてたまらない。これだから、毎日欠かさずこの執務室に来てしまうのだ。好きな人との会話はなんて特別で、素晴らしいのだろう。

「アランさま。朝食はお済みで？」

「何時だと思っている。十一時だ」

アランが執務室に飾られている時計をこれ見よがしに指さすので、ラヴィアンは同じように見てから神妙に頷いた。

「まあ。アランさまにお会いするために衣装選びに時間がかかったからですわね。では、昼食をご一緒にいかが？」

「結構だ。忙しい。帰れ」

「そうなの。では、しばらくアランさまを眺《なが》めてからお暇《いとま》しますわね。どうぞ、お仕事なさって」

右手をどうぞという形で差し出すが、彼はまたこめかみをグリグリと揉みこむように刺激した。余程頭痛が激しいようだ。

アランはいつものごとく、それからはラヴィアンをしっかりいないものとして扱い、仕事に集中しだした。

ラヴィアンは彼が仕事に向かったのを確認すると、音を立てずに執務室の真ん中に置かれている応接セットのソファにそっと腰かける。

部屋には二人掛けの革張りソファが二つ、黒檀のテーブルを挟むように置かれているが、ラヴィアンが座る位置はいつも決まっている。アランの姿が一番見やすい窓側の右側だ。

ラヴィアンは背筋をピンと伸ばした。顎《あご》を少しだけ上向きにし、手を揃えて腰かける。足先までレースの裾《すそ》が広がっているのでもちろん足など見えないが、きちんと揃えて斜めにする。

（アランさま、お忙しそう……。目の下に濃い影があるわ）

アランの瞳の下にはクマができていた。それでも彼の美貌《びぼう》が損なわれることはなく、その懸命な姿勢は見る者を心配させるほどだった。

アランは三十分ほど書類と格闘《かくとう》すると、ようやく顔を上げてラヴィアンを視界に入れてくれた。

もちろんラヴィアンはずっと見ていたので、すぐに目が合う。向こうがなぜか一瞬ぎょっとした表情をしたが、目が合ったのが嬉しくて、ラヴィアンはにっこりと微笑《ほほえ》みを向けた。アランは大きくため息を吐《つ》いて、またこめかみを揉みこんだ。

「まだいたのか。帰れ」

有無を言わさぬ、低い声だった。

ラヴィアンの胸が痛まないと言えば嘘《うそ》になる。だけど、ラヴィアンは素直に立ち上がった。

「今日のアランさまもとっても素敵でした！　昨日よりもっと大好きになりましたわ。アランさま、もうすぐ十二時ですわ。お仕事は程々に。お昼をしっかり召し上がって。では、ごきげんよう」

アランの返事を聞く前に執務室を飛び出した。ドアの外に控えていた専属侍女のアネットは部屋から出てきたラヴィアンにすぐに気が付き、後ろに控える。

ラヴィアンは最後に、開けられた扉からひょこっと顔だけを覗《のぞ》かせて、小さく手を顔の横で振る。座ったままのアランは呆気《あっけ》に取られた様子でラヴィアンを見ていたが、ラヴィアンは先ほど言われた通りにそうっと扉を閉めた。

「もうお帰りですか？」

「まあ！　アルマンド」

リーヴェルト侯爵家の優秀な老執事、アルマンドが音も立てずに現れた。黒のスリーピースをいつものようにピッシリ着こなしている。顔に刻まれた深い皺《しわ》でにっこり歓迎するような笑みを向けられると、ラヴィアンの心はいつもほどけるのだ。

「アランさま、お仕事が忙しいようだわ、いつもだけれど」

「そうでございますね。十八歳で侯爵を引き継いで二年経《た》ちましたが、ずっと気を張っておられます。先代の旦那さまの仕事ぶりは偉大でしたから、真面目なアランさまには焦りがあるのでしょう」

「そうなのね。アルマンドも痩《や》せたのではなくて？　もっと食べてね、心配だわ」

「王女殿下《おうじょでんか》、ご心配いただき恐縮です」

アルマンドは手を腹部に添えて、うやうやしく頭を下げてくれる。そんな執事にラヴィアンはにこやかに頷く。

「ええ、また明日。明日はそうね、クッキーでも持ってくるわね！」

「ぜひお待ちしております」

アルマンドに微笑んで優雅に歩き、ラヴィアンはお忍びの馬車に乗り、馬車の窓からリーヴェルト侯爵邸を眺める。左右対称の優美なデザインの城のような邸宅はリーヴェルト家の裕福さを示していた。

リーヴェルト侯爵家は代々軍務を司《つかさど》る役職を担っており、王宮でも貴族としてしっかりとした立場がある。またリーヴェルト家の領地は花と酪農《らくのう》が盛んで、鉱山もあり、豊かな領地である。数百年にわたり、裕福な貴族として君臨している家門だ。

もちろん王都にあるこのタウンハウスも他の貴族に負けない立派な造りであるが、質実剛健の家筋で、周りからの信頼も厚い。

王家との親交もある貴族だが、ラヴィアンがここを訪れたのは半年前が初めてだった。あの時の緊張とときめきを、ラヴィアンは昨日のことのように思い出せた。

その日、ラヴィアンは国内の大貴族、リーヴェルト侯爵のタウンハウスの前に立っていた。

鉄でできた大きな柵《さく》の門の奥には、彩り豊かな庭園が広がり、その先にそびえ立つ伝統的な建築の邸のどこかにはあの人がいるのかと思うと、ラヴィアンの胸は破裂しそうなほどドクドクと激しい音を立てた。

呼び鈴を鳴らして姿勢よく待っていると、執事らしき人が邸から出てきて困った様子でラヴィアンを見た。

それはそうだろう。先触れなしの訪問である。ラヴィアンに付いてきた侍女たちも相当お怒りだ。これはラヴィアンの独断と暴走による結果で、すべての人を困惑させているのは分かっていたが、その行動の理由は一つ。この邸の主にどうしても、どうしても会いたくなったからだ。

「お、お、お、王女殿下でいらっしゃいますか……？」

リーヴェルト侯爵家の執事らしき人もラヴィアンのことは知っているようだ。

ラヴィアンはその美貌で国民の人気も篤《あつ》く、絵姿が飛ぶように売れているアイドル的存在である。

貴族以外の一般国民もラヴィアンのことは赤ん坊の頃からみなで見守り、愛《め》でているのだ。

「ええ。急に来て申し訳ございませんわ。リーヴェルト侯爵にお会いしたくって」

「だ、だ、だ、旦那さまに⁉」

目の前の老齢の男性が腰を抜かしそうなほど驚いている。しかし、ラヴィアンは扇子で口元を隠し、侍女にレースの日傘を差されながら優雅に微笑んだ。

「ええ」

「そ、そ、そうでございますか。あ、私は執事のアルマンドでございます。で、では、中にどうぞ」

「お構いなく」

ラヴィアンは相当動揺《どうよう》している執事の後ろについて歩いた。執事は六十歳を超えた頃だろうか、老齢だが、きっちりとスリーピースを着こなし、姿勢も歩き方も何もかもがスマートである。

内心感心しながらあとをついていき、陽《ひ》のよく当たる応接室に案内された。

「こちらでお待ちいただけますでしょうか」

「ええ、頼むわね」

執事が焦った様子で部屋を出ていく。ラヴィアンは応接室の窓辺に足を進め、窓から見える広い庭を見渡した。

南向きの大きな窓からは色とりどりの花が見える。秋薔薇《あきばら》が盛りのようで、見事なローズアーチが設置されている。ローズアーチにたくさんの薔薇を実らせるのは大変だと、王宮の庭師が言っていたが、ここの庭のアーチは立派なものだった。その周りにはピンクや赤や白の薔薇も咲き乱れている。よほど優秀な庭師がいるのだろう。

（アランさまに案内していただけたらどれほど夢心地になるかしら）

ラヴィアンは庭園での二人をあらゆる角度から妄想した。応接室は照明をつけなくても随分《ずいぶん》明るく、ぽかぽかとした陽気に溢れ、ラヴィアンの髪は陽の光に照らされ、プラチナ色の光沢を帯びていた。

先ほど着替えたドレスはラヴィアンの一番のお気に入りのドレスだ。アメジストの瞳に合わせたラベンダー色のプリンセスラインのドレスで、レースとチュールがふんだんに使われている。スカート部分の百合《ゆり》の花の刺繍《ししゅう》は、王都の一流デザイナー、マダムアーダが手縫《てぬ》いで仕上げた気合の入った一品だ。

プラチナに光るロングの髪は緩くウェーブを描いており、豪華なアメジストの宝石をちりばめたバレッタをつけている。

ふう、と何度目かの息を吐き出すと、廊下の奥の方から声が聞こえてきた。

「そんなに急いでどうしたのだ、アルマンド。王宮から呼び出しでもかかったのか」

ラヴィアンの意中の人の戸惑った声が聞こえて、思わず胸もとに手を当てる。低く、聞きやすい声だった。

(ああ。どうしましょう。胸が締め付けられて、どうにかなりそうだわ)

「王宮ではありますが、呼び出しではございません」

「なら、誰か来たのだな。向かおう。王子の誰かか？」

「い、いえ。王子ではなく」

執事のアルマンドが言い淀《よど》んでいる。

「では、大臣か、使者か？」

「いえ、その」

いまだ言い淀んでいる様子に、明らかにアランがイライラしているのが伝わってくる。

「はっきり言え。言い淀む必要があるか？」

「はい、王女殿下です！」

アランの迫力に負けたようだ。アルマンドは素早く答えた。

「は？　……は？」

アランの戸惑ったような、迷子になったような声も素敵である。ラヴィアンはうっとりとして応接室で両手を羽のように動かし小躍りした。

「ですから、王女殿下です」

「……おうじょ？」

コツコツと進められていたアランと思わしき人の足音が急に途絶えた。ラヴィアンの登場が予想外だったのだろう。足をピタッと止めたようだ。

「王女殿下がなぜ？」

「その、アランさまにお会いしたいとだけ」

「本当に王女殿下か？」と、アランはあからさまに疑っている様子だった。

「はい。銀色の髪に紫の瞳で、王宮の侍女を伴っていらっしゃいました」

「…………」

会話があまりにも筒抜《つつぬ》けだと、ラヴィアンは小さく笑いながら、お会いしたら丁寧《ていねい》なカーテシーで挨拶しようと決める。

（できるわ、ラヴィアン。私はセシリオ王国の王女よ）

コンコンコンというノックと共に扉が開け放たれ、その音と同時にラヴィアンは振り返った。

（な、なんてことなの……！）

ラヴィアンは動揺を隠すように持っていた紫色の花の刺繍が施された扇子で口元を隠し、アランをじっと見つめて数秒瞬《まばた》きを繰り返した。

「……ごきげんよう。ラヴィアン王女殿下。今日はなにか御用がおありでしょうか？」

アランの低く、色気の溢れた声を聞くともう駄目だった。

「ま、ま、ま」

「ま？」

「まあああ！」

応接室にラヴィアンの奇声が反響した。ビクッとアランの肩が震える。王女のいきなりの奇声に怯《おび》えが走ったのだ。

「アランさま！　お会いしたかったです！　お昼のアランさまもすごくすごく素敵ですわね！」

「…………」

アランはラヴィアンのあまりに突飛《とっぴ》な態度に声が出ない様子だが、興奮状態のラヴィアンにはそれを思いやる余裕は無かった。執事のアルマンドもラヴィアンに付いてきた侍女たちも同じように

目を見開き、口を開け固まっている。最初に持ち直したのはアランだった。

「ど、どこかでお会いしたことが？」

「えへ。それはお教え出来ませんが、お伝えしたいことがございまして」

ラヴィアンが興奮のあまり身を乗り出すと、アランが勢いに怯え、一歩後ろに下がった。

「はい、なんでしょう」

「好きです！」

アランは目と耳を疑い、ラヴィアンを見た。ラヴィアンはにこにこと満面の笑みを浮かべて、頬《ほお》を赤く染めていた。

「は……」

「好きです！　大好きです！　今日はそれをお伝えしたくて」

「…………」

アランは二の句が継げないようだった。

「あ、言葉が足らず申し訳ございません！　アランさまは神のように美しく、存在しているだけでも畏怖を覚えるほどですわ。背が高いところも素敵ですし、軍務をされているからきっと鍛《きた》えていらっしゃるのですわね、オーダーメードのお洋服でも隠せない厚い胸板も太い二の腕も素敵。それから、冷たそうにも見える鋭いお顔も。琥珀色の瞳には吸い込まれてしまいそう。整えた黒髪からほんの少し垂れ下がった前髪も色っぽくて……その、すべてが大好きです！」

ラヴィアンはアランが戸惑っているのは、好きだと告げた根拠が分からないからだと思った。

そのため、アランの魅力をここぞとばかりに熱弁した。

しかし、アランはさらに一歩後ろに退き、ラヴィアンは一歩距離を詰めた。

「………………」

「本当は見た目より内面に惹《ひ》かれているのですが、語ってもよろしくて？」

ラヴィアンは暴走して語り終えてから、彼の内面を思うと急に恥ずかしくなり、もじもじした。

体形にぴったりと沿ったダークグレーの揃えに同じ色のネクタイをしめたアランは、やはり呆気に取られて言葉が返せない様子で固まっていたが、当のラヴィアンだけは気付かなかった。

アランはギギギと首を動かし、執事のアルマンドに助けを求めるように見たが、アルマンドも腰を抜かしそうなほど驚いて、口がだらしなく開いてしまっている。

それからアランはもう一度首をギギギと動かし、ラヴィアンが連れてきた侍女を見た。この奇行は王女の通常運行なのかと問いたいのだろう。しかし、侍女もアルマンドと同じく口を開けていた。

ラヴィアンはアランの首の動きをじっと見つめて、にっこりと微笑んだ。しかし、愛しの彼は口を真一文字に引き結んだまま、硬い表情で告げた。

「お引き取りいただけますか？」

彼の声は有無を言わさぬものだった。執事と侍女たちがピシリと足を揃えるほどだったが、意に介さぬはラヴィアンのみだった。

「アランさまの冷たい物言いも素敵です！　知らなかった扉が開きそうですわ。ふふ」

「忙しいので帰ってください」

呆気に取られていたアランだったが、言葉の通じない王女にイライラしてきた様子で、右足が小刻みに震えだした。

「まあああ！　サービスも欠かさないのですね。素敵です。好きです！」

「…………話が通じないな」

アランは右足にとどまらず、左手の人差し指でコツコツと己の太ももを小刻みにノックした。苛《いら》立《だ》ちの表れである。

「アランさまはどんな食べ物がお好きですか？　嫌いな食べ物も知りたいです。お誕生日も、それから寝る時は仰向《あおむ》けでしょうか、私はなんとなく仰向けでじっと寝られるのではないかと想像しているのですが」

ラヴィアンはとにかく興奮していた。初めて恋に落ちた人が目の前でこちらを見ているのである。しかも話を聞いてくれている。聞きたい質問も、伝えたい愛の言葉も山のようにあった。

だがアランの方はけんもほろろだ。

「王女殿下、お答えする必要性を感じません。どなたか違う方と勘違《かんちが》いされているのでは？　私はあなたと最近お会いした覚えもございません」

「王女殿下だなんて。ラヴィアンとお呼びください」

ラヴィアンはアランに名前で呼ばれる様子を想像してみた。途端に笑顔になったが、それは周囲の人を恐れさせた。

「王女殿下、どうかお願いです。お帰りください」

アランは精一杯右足と左手のゆすりを抑えながら、息を吸い込んでなんとか怒りをこらえる。

「ラヴィアンと呼んでくださらなきゃ帰らないわ。両親しか呼びませんがラヴィでもよろしくてよ」

本当は両親も幼少期しか呼んでいなかったが、彼に〝ラヴィ〟と呼ばれたかった。しかし、彼は大きくため息を吐いただけで、ラヴィと口にすることはなかった。

「王女殿下、本当に心当たりが無いのです」

「私にはあります」

「ならば、それを言え！　…………失礼」

あまりにらちが明かなかったのか、アランから乱暴な物言いが飛び出した。

ラヴィアンはきゅうっと胸がときめく音が、自分の中から聞こえた。足をジタバタと小刻みに打ち付け、身体《からだ》中に溢れるときめきを逃がすように悶《もだ》えた。

「きゃあああああ！　かっこいい！　アネット！　聞きました!?　私、命令されましたのよ！　大サービスだわ！　鼻血が出そうだわ。ねぇ、アネット、ハンカチをちょうだいな」

後ろに控えて、終始豆鉄砲《まめでっぽう》でも食らったような顔をしていた侍女のアネットに手を差し出すと、一秒ほどでレースの真っ白なハンカチが差し出された。

ラヴィアンはそれを黙って受け取ると、鼻に当てる。鼻血が出ていないかどうか不安だった。あまりにかっこよすぎて目元が潤《うる》んでいる。彼は、鼻血を本当に出しているのか？　と訝《いぶか》しむ目でラヴィアンを見ている。

「どうか、本当にお帰りください。こんなところに一人で来られてはいけません。王宮の方々はこのことをご存じなのですか？」

その問いにラヴィアンは目を輝かせて胸を張った。

「知るわけがありません。もちろん抜け出してきたのです。カツラと侍女の服を着てきたのですよ。誰も気付かないんですから、守衛《しゅえい》の顔なんて見ものでしたわ！　ね、アネット」

アネットは目をつぶって無視を決め込んでいる。銅像のように固まって返事をすることを放棄した様子だ。よく見ると隣にいる侍女のクロエも同じように目をつぶっていた。アランはそれを見て、またため息を吐きだした。

「王女殿下、今日のところはお願いですからお帰りください」

「ふふ！　ラヴィアンとお呼びになって」

ラヴィアンはたおやかな見た目で、鈴の鳴るような声をしているが、それに反して頑固で言うことを聞かない性格である。

「それは致しかねます」

アランは先ほど怒りのあまり、暴言を吐いたが、今はなんとか気持ちを落ち着かせようと努めていた。

「では帰りません！」

うふふとラヴィアンが笑う。

「…………ラヴィアンさま。お帰りください」

「さま、だなんて。嫌だわ。そんな他人みたいな。ラヴィアンと、どうかお呼びになって」

「…………」

ラヴィアンは頭の中がピンク色になっていた。なんせ大好きな人と面と向かって会話をしたのはほとんど初めてに近いのだ。しかも何度もラヴィアンとアランは目が合っている、彼の視界に己がいる。それだけで天にも昇《のぼ》る心地だった。今、空を見上げれば桃色の龍が飛んでいるかもしれない。

「ね？」とおねだりしたラヴィアンが、とうとうアランの沸点を突破させた。

「ラヴィアン！　帰れ！　とっとと帰れ！」

アランが突然怒鳴った。毛が逆立つほどの怒りが頂点に来たらしいと、ラヴィアン以外の者たちは理解した。

応接室に響き渡る怒声で、通常の者なら足が竦《すく》む。特にアランは怜悧な顔つきをしているが、今はさらに鬼のような表情をしている。

しかし、ラヴィアンは再び足をジタバタと床に打ち付け、〝ラヴィアン〟と呼ばれた栄光に酔いしれていた。

「まあああああ！　だめ！　かっこよすぎて、ううう、刺激が強すぎるわ。アネット！　クロエも！　アランさまを直視しないで！　みんな惚《ほ》れちゃうわ。駄目よ！」

「…………」

「ふう、とても素晴らしい時間でした。アランさま、心より感謝申し上げます。今日のところは帰りますわね。お忙しいところ失礼いたしました。では、ごきげんよう」

ラヴィアンは大の興奮で暴走していたが、アランを好きな気持ちだけは嘘偽りなく持ち合わせている。彼の仕事をしっかり邪魔しているという自覚もあった。

今日呼び鈴を押す前に決めたのは、短時間でお邪魔にならないように帰るという一点だ。これだけはどれだけ興奮していても守りたい。ラヴィアンは丁寧にカーテシーを披露《ひろう》すると、スタスタと歩いて応接室を出た。

後ろから慌てて侍女のアネットとクロエがついてくる。その後を執事のアルマンドが追いかけてきた。アランはそのまま応接室に留《とど》まったようで、ラヴィアンが廊下で振り返っても姿は見えなかった。

それからラヴィアンは一度も振り返らずに邸を出た。玄関から門までのアプローチの途中で立ち止まり、後ろをついてきていた執事に目を留める。「ねえ」とラヴィアンは執事に声をかけた。

「はい、アルマンドでございます」

「アルマンド、お庭を案内していただいてもよろしくて？」

「もちろんでございます」

アルマンドはにっこりと返事をした。アルマンドから見た現在の王女は優雅でたおやかで噂《うわさ》通りの淑女《しゅくじょ》の鑑《かがみ》である。先ほどの暴走ぶりは夢でも見ていたのかと思うほどだ。

「さっき、窓から見えていた薔薇が見事だったわ」

「庭師が喜びます。こちらから見ましょうか。青色と白色のプリムラや白のニコチアナ、明るい色のダリアも組み合わせたエリアですね」

リーヴェルト侯爵邸の庭は見事だった。色とりどりの花があるのだが、エリアによって統一感がある。このエリアは青色や白色、黄色など可憐《かれん》な色の花で溢れ、秋の豊かさを表現しているようだ。

「まあああ！　素敵！　素敵だわ！　なんてことなのー。こちらの庭師を王宮に呼ぼうかしら」

「ふふ、うちの庭師がいなくなってしまいます」

「それもそうね。ふふふ」

ラヴィアンはアルマンドの案内のもと、後ろに侍女を二人引き連れてゆっくりとした足取りで歩きながら見事に咲いている花を見渡した。

侍女のアネットとクロエはすらりとしたAラインの紺色のワンピースを着ていた。襟部分にアメジストの宝石の飾りがあり、ラヴィアン王女の専属侍女の証《あかし》である。宝石付きの侍女は王宮では栄誉とされている。アネットは十六歳、クロエは二十歳。まだ若い二人の専属侍女もやはり花は好きなのか、うっとりと庭を散策していた。

「ねえ、アルマンド」

ラヴィアンが声を掛けると、アルマンドはピタリと足を止め振り返った。

「なんでございましょう」

「アランさまは、どんな方かしら」

頬を赤く染めた王女と花の取り合わせは絵画のように美しかった。アルマンドは恋する少女を見つめ微笑んだ。

「真面目な方です。侯爵となり、一年半が経ちましたが、優秀な方ですからたくさんの執務をしっかりこなしておられます」

「そうよね。そうだと思うわ」

「はい、欠点があるとするなら、周りとあまり交流しようとしないところでしょうか。特に女性は毛嫌いしておられ、生涯独身を宣言してらっしゃいます……。使用人にも厳しくはありませんが、これといって会話をなさろうともしません」

「それはどうしてなの」

確かにアランは寡黙《かもく》そうに見えた。あまり口数が多いタイプでは無いのだろう。凍《い》てつくような表情といつも閉じている口が魅力の一つではあるが、どうしてまだ二十歳なのにそれほど他者を寄せ付けないのか。ラヴィアンは首を傾《かし》げた。

「坊ちゃまは、……ご両親に恵まれませんでしたから。これ以上は言えませんが、坊ちゃまが失礼な態度を取ってもどうか寛大な目で見ていただけましたら幸いです」

〝坊ちゃま〟とは幼少期のアランの呼び方だろうか。ラヴィアンは微笑ましい気持ちになって頷いた。あんなに素敵なアランにも幼い頃があったのだと思うと一層愛《いと》おしく思える。

「もちろんよ。私はどんな態度を取られてもアランさまが大好きなの。毎日お目にかかりたいわ」

にっこり笑って告げる。アルマンドはラヴィアンのひたむきさに目を細めた。


薔薇が咲き誇るエリアまで歩くと、水を撒《ま》いている少年が立っていた。

「あの子が庭師なの？」

ラヴィアンが問いかけると、アルマンドは首を振る。

「あれは侍従《じじゅう》のミゲルです。庭師を手伝って水やりをしているようですね」

「そうなのね」

ラヴィアン一行が見ていると、彼はこちらに気付き、ヒマワリのような笑顔で手を振ってきた。

十代半ばくらいのそばかすが浮かんだ赤茶色の髪の少年だった。

シャツを腕まくりし、チェック柄の可愛《かわい》らしいチョッキを身につけている。ジャケットは脱いだらしい。近くのベンチに置き去りになっている。

思わずラヴィアンは「ふふ」と笑った。随分天真爛漫《てんしんらんまん》な少年のようだ。人によってはしつけがなってないと叱《しか》りそうだが、ラヴィアンの目には好印象に映った。

「ミゲル。こら、王女殿下であらせられる。手を振るんじゃない！」

「アルマンド、彼を連れてきてちょうだい。お話を聞きたいわ」

ラヴィアンがにっこり笑って言うと、アルマンドはラヴィアンとミゲルを交互に見て、諦めたように小さく息をついた。

「ミゲル！　こちらに来なさい！」

アルマンドが大きな声を出すと、じょうろを地面に置いて、ミゲルが慌てた様子で駆《か》け寄ってきた。ハンチング帽を取り、ぺこりと深く頭を下げる。

「王女さま、初めまして！」

「ええ。頭をあげてちょうだい。ミゲルというのかしら」

「はい！　うわあ、綺麗《きれい》だ。こんなに綺麗な人、俺初めて見た」

ミゲルの呆《ほう》けたような感想に、アルマンドは拳骨《げんこつ》を落としていたが、ラヴィアンはクスクスと笑った。

「ありがとう、ミゲル。ねえ、お話聞かせてくれるかしら」

「はい！　なんですか？」

ミゲルはパッチリとした栗色《くりいろ》の目でラヴィアンを見た。ミゲルの目は初めて妖精《ようせい》を見たとでもいうように瞬きを繰り返している。

「アランさまはどんな方かしら。例えば、何が好物で、何が嫌いで、何が趣味で。なんでもいいの。なにか教えてちょうだい」

ラヴィアンが身を乗り出して言うと、後ろに控えていた侍女のアネットから「殿下！　いい加減に帰りますよ！」と窘《たしな》める声が届いたが、ラヴィアンは「アネット、もう少し待って」と返事をし、ミゲルの言葉を待った。

「アランさま、やっぱりモテるんすね。とうとう王女さまもかぁ」

「アランさまはやはりモテる方なのね……」

ラヴィアンは神妙に顎に手を当てて頷いた。ミゲルは主人のモテっぷりを披露できるのが嬉しかったのか語りだした。

「夜会の後は、連日大量のお手紙や贈り物がご令嬢《れいじょう》から届きますし、家に押しかけてくる女性もいますよ。さすがに王女さまほど綺麗な人は初めてだけど。へへ」

「そうなのね。アランさまの魅力は他の方にも伝わっているようね」

ラヴィアンは嬉しいような、切ないような複雑な感情を抱いた。

「そうそう、それでアランさまのご趣味とか好き嫌いとかを知りたいのよ」

しかし、ミゲルは先ほどとは異なり口を尖《とが》らせ、「うーん」と渋った声を出した。

「王女さまに教えてあげたいけど、旦那さまのこと、あまり知らないっす……。俺らとはあまり話さないし、うーん、俺が知っていることといえば、乗馬が得意なのと、剣も得意で、朝は早起きして体を鍛えていることくらいかなぁ」

「まあああ！　そうなの！　素敵だわ！　ミゲル！　なんて素敵な情報なの！　十分知っているじゃない！」

ラヴィアンが大げさに喜ぶから、ミゲルは「そうっすか？」とまんざらでもない様子で照れている。アルマンドはやれやれと額に手を押し当てた。

「俺、乗馬だけは得意で、馬を走らせる時はお供させてもらえるんすけど、乗馬しているところめちゃくちゃかっこいいっすよ。しかもこの前、馬に乗るのが上手だなって褒めてもらえたんすよ！もう俺嬉しくって！　でも、好物とかは知らないです。それはコックに聞いてもらった方が」

「ミゲル！　なんてうらやましい人なの。私もアランさまが馬に乗っているところが見たいわ！」

「へへ。いいでしょう」

ミゲルは驚くほど美しい人におだてられ、有頂天《うちょうてん》になったようだ。

「今度カメラを預けるから、撮ってくるのよ。いい？」

「はは！　本気じゃないですか」

「私はいつだって本気よ。冗談なんて言ったことないわ。いい？　王宮に最新鋭のカメラがあるわ。これは陛下のものなの。でも私、必ずそれをこっそり拝借してくるわ。ミゲルに託すからそれでアランさまの乗馬姿を撮るのよ。約束よ」

ラヴィアンは茶目っ気たっぷりにウインクを披露した。

「はははは！」

ミゲルは爆笑した。

「朝のアランさまの乗馬姿、ああ、夢に出てきてほしいわ！　神様お願いよ！」

アルマンドもつられるようにくすくす笑っている。後ろの侍女二人も思わず頬を緩めていた。ラヴィアンはくるくる変わる表情で周りをいつもあっという間に魅了する。

「ミゲルありがとう！　アルマンドも案内ご苦労さま。また明日来るわね！」

ラヴィアンはアルマンドとミゲルを引き連れて庭を一周すると、満足してそう告げた。アルマンドとミゲルは同時に首を傾げる。

「明日もですか？」とアルマンドが困り顔で聞いてくる。

「ええ！　今のところ、明日も明後日《あさって》も、明々後日《しあさって》も来る予定よ！　ではまた」

「そ、そうですか……」

アルマンドの動揺した声は笑顔のラヴィアンには届かなかった。

お忍びの馬車に乗り込み、にっこり手を振る。アルマンドとミゲルは首を傾げながら頭を下げた。

馬車の中でラヴィアンは先ほどの出来事を思い返し、口が緩むのを止められなかった。

しかし、向かい側に座った侍女のアネットが鬼のような顔でこちらを見ていることに気付いた。パチパチと瞬きする。

アネットは子爵家《ししゃくけ》の令嬢で、王宮に行儀見習いに来ているのだが、もう長い付き合いだ。厳しいが、ラヴィアンはアネットを一番信頼していた。栗色のストレートヘアーを後ろで一つにまとめて、髪と同じ栗色の瞳を持つキリッとした顔の美人だ。ラヴィアンの一つ年下なのだがそうは見えないほどしっかりしている。

「王女殿下。さすがに無茶が過ぎます」

「悪かったわ、アネット。クロエも、付き合わせて悪かったわね」

アネットの隣に腰かけたクロエは首を横に振り、頭を下げてくれたが、アネットはまだ鬼の形相だった。

「どうして、あのような。女性から愛を告げるなどはしたない行為だと思われましたよ。この国でそんな事する方はいません。非常識です。十分、王女殿下なら分かっておいでだと思いましたが」

「ええ。もちろん知っているわ」

ラヴィアンは窓に映る王都の景色を眺めたが、アネットの咎《とが》める声に振り返る。声は咎めていたが、顔は心配そうに眉をひそめていた。ラヴィアンはアネットに安心させるように微笑んだ。

「知っているけど、くだらないわ」

「え？」

アネットは主の真意が摑《つか》めず、首を傾げる。

「女性から男性に愛を伝えるのはマナー違反。そうね、私はそれを五歳の時から繰り返し、マナー講師から聞かされたわ。でもそれってどうして。なんで？　なぜ駄目なのかしら。いいじゃないの。昔から残っている風習ってだけで、何の意味があるのかしら。他のマナーはそれなりに理由があって、理解している。きちんと守っているわ」

アネットは頭ごなしに否定したが、振り返ってみると確かに王女として立派に過ごしているラヴィアンがそのマナーを知らないはずもないと思い直す。

「はい、殿下は普段淑女の鑑のような存在です。ですから今日の姿にあまりに驚いて」

「ふふふ、驚かせたのね。でも、女性から愛を伝えるのがいけないなら、男性から愛を伝えてもらわなきゃいけないのよね」

「ええ、まあそうですね」

アネットは頭の中で、確かにと頷く。恋をしたことが無かったので考えたことがなかったが、女性から恋心を抱く場合ももちろんあるだろう。

「では、アランさまに私の恋心を見つけてもらえない場合は、私の恋心はどこに行くの？」

「え？」

「私の心の中で留めて、我慢するの？　諦めるの？　私、それは嫌よ」

ラヴィアンが紫の瞳を鋭くして、断固として発言するといつも厳しいアネットがたじろいだ。

「そ、その場合は国王陛下にお願いして、婚約の打診を侯爵家へ」

「違うのよ、アネット。私はアランさまと婚約したいわけじゃなくて、恋をしたのよ。ただただ恋をしたの。好きになったの。それの何がいけないっていうのかしら。何もはしたなくなんてないわ」

アネットは胸を打たれた。主の熱い思いにラヴィアンを見る。

ラヴィアンは紫色の宝石のような瞳をきらめかせ、車窓から王都の栄えた街並みを見ていた。夕暮れに照らされ、オレンジ色に光っている。セシリオ王国の綺麗な王都。どうして涙が出そうになるのだろう。ラヴィアンは目じりに浮かんだ涙を拭《ぬぐ》った。

アネットとクロエはそんなラヴィアンを心配そうに見ていた。


宣言通り、次の日もそのまた次の日も、三日後もラヴィアンは毎日リーヴェルト侯爵邸を訪れた。

そして、今日もまたラヴィアンはリーヴェルト侯爵邸に訪れていた。初めて訪問した日から一ヵ月が経過している。

今日はミゲルに言われた通り、大きな厨房《ちゆうぼう》にお邪魔していた。もちろんアランの食事に関する情報を入手するためだ。

リーヴェルト侯爵邸のキッチンは最新の設備が整っている。この見たことも無い巨大なオーブンはきっと特注だろう。そのどれもが反射するほどシルバー色に光り輝き、手入れが行き届いている。

「まああ、すごく立派。大きいのね！」

ラヴィアンがオーブンに手を当てると、キッチンにいた料理長のナタンシェフが「旦那さまが整えてくださいました」となんとか返事に成功する。

ナタンシェフは大量の汗を流しながら、いきなり現れたラヴィアン王女に驚いていた。王女から丁寧にあいさつを受けたが、果たして本当に王女なのかとまじまじと見てしまう。執事のアルマンドが後ろからこくこくと頷いて、ナタンへジェスチャーを送った。

「ごめんなさい、お邪魔にならないよう昼食後の時間にしたのだけどお忙しいかしら」

「いえいえ！　とんでもないことです。大丈夫です」

シェフのナタンはあまりの緊張に作業台をごしごしと磨きだしていたが、実際忙しい時間では無い。ナタンは迫力のある美女に気後れしていたのだ。ナタンはすでに最近邸にラヴィアン王女が訪れていると聞いてはいたのだが、本物を見ると実在する人物なのかと驚いた。世界中の光でも背負っているかのような王女にはあまりに厨房が似合わない。

「ナタンシェフ」

「はい！」

王女に直々に名前を呼ばれ、嬉しさと緊張が入り混じった様子のシェフが肩をあげて返事をする。

ラヴィアンはここに来た目的を果たそうと、両手を胸の前で組んでお願いのポーズをした。

「アランさまの好き嫌いについて教えてくださらない？」

「ええっと、旦那さまは特別嫌いなものは無かったかと。幼少期はレタスなど葉物野菜が苦手そうでしたが現在は何を出しても完食していただけます」

「うふふ！　苦手なものも克服されたのね、アランさまったら努力家だわ！」

ラヴィアンは嬉しくなって、ふふふと笑みを零《こぼ》す。扇子で口元を隠したが、その可愛らしさは隠せていなかった。あまりの可憐さにナタンシェフはくぎ付けになってラヴィアンを見下ろしている。

「好きなものは……、うーんすみません。あまり旦那さまとお話しした機会がございませんので、どれが好きかと伺えたことがないのです。お食事の席では黙々と召し上がられるか、お仕事の話を交わされていることが多いので、私どもは畏れ多くてお声を掛けづらいのです」

ナタンはコック帽を手に取り、無意味に形を整えてまたかぶった。まだ緊張しているようだ。

「あらぁ、そうなのね。アランさまは魅力が溢れて、声を掛けずにいられない存在なのに不思議ね」

「は、はあ、そうでございますか？」

「うふふ！　ナタンシェフありがとう。好きなものは今後の課題ね。調査しなきゃ！」

「調査……」

「ふふ、今度私にもなにかご馳走《ちそう》してくださる？」

ラヴィアンが小首を傾げておねだりすると、ナタンは壊れた機械のように激しく頷いた。

「はい、もちろんです！」

「まあ、嬉しい！　この先の楽しみが一つ増えたわ。また来ます。お仕事中ごめんなさい。お邪魔しました」

ラヴィアンは厨房を出てウキウキと足取り軽く歩く。執事のアルマンドは大きな観音開きの扉の前に立つと、「こちらにおられます」とうやうやしく告げた。黒檀の重厚な扉は質が良く、見上げるほど大きかった。

「アランさま、お仕事中よね？」

アルマンドが黙って頷くのを見ながら、いても立ってもいられずノックをする。そして、相手から返事が返ってくるのも待たずに扉を開け放った。

「アランさま！」

目当ての人物を見つけて、ラヴィアンはジタバタしたい気持ちを必死に抑えて駆け寄った。ドレスの裾を両手で持ち、突進する勢いで執務室の中を突き進む。アランはこれみよがしにため息を吐いたが、ラヴィアンは気にしなかった。

この邸にもう三十回以上訪れているが、いつ見てもアランは素敵だった。今日はえんじ色の上下に濃いグレーのシャツを着ている。黒のネクタイで締めたシックな装いはアランの高貴な顔に似合っていた。

「ごきげんよう、アランさま！　ううう、かっこよすぎて心臓が止まりそうだわ。なんてことなの。えんじ色もお似合いなのね。世紀の大発見だわ」

「うるさい。音量をおさえろ」

この一ヵ月の間にアランの物言いはすごく打ち解けたものになった。ラヴィアンは嬉しさのあまり、うふふと笑みを零す。桃色のふわふわしたドレスを翻《ひるがえ》し、アランの執務机の前に立つ。

今日のラヴィアンはドレスの上に、光沢を帯びたシャンパン色のストールを羽織っていた。じっとアランを見下ろすと、万年筆を持ったまま、アランがふてぶてしく見上げてくる。

「見られながら仕事をする趣味は無いのだが」

「ごめんなさい。でも見ていたいのです、アランさまを」

アランは今更ラヴィアンの物言いには驚かなかったが、呆《あき》れた様子でため息を吐いた。

「毎日、毎日欠かさず、暇なものだな。王女は公務などもあるだろう」

「はい！　時間を縫って来ています！」

ラヴィアンはアランの嫌味に気付かず、膝《ひざ》に行儀よく両手を置いてしっかり頷いた。

「結構だ！　求めてない！」

「うふふ、アランさまに会いたくて来ちゃうんです」

アランはなにかを言い返そうと口を開いたが、ゆっくり口を閉じ、しっしっと手で払った。あっちに行けということだろう。ラヴィアンはアランの仕事を邪魔するつもりは毛頭ないので素直に頷き、引き返した。

「今日はスコーンとジャムを持ってきましたの。王宮のパティシエの中でも、特に私が推してるパティシエが作った特製のものですわ」

「勝手にどうぞ」

「愛しいアランさまもご一緒にいかが？」

「先ほど昼を食べたばかりだ。それに糖分は眠くなりそうだから仕事中は食べない」

アランの好物を探ろうと手始めにスコーンを持ってきたが空振りだったようだ。

「まあ、そうでしたのね。残念ですわ。それでしたら、アルマンド。一緒にお茶してくださる？」

「はい、よろこんで。王女殿下」

アランが執事のアルマンドをキッと睨《にら》みつける。しかし、幼い頃からアランを世話してきたアルマンドは、アランを恐れない。だいたいアランに睨みつけられた者は恐れおののくというのに、怖《おじ》気《け》づかないのはラヴィアンとアルマンドくらいだろう。

「今日はアップルシナモンのスコーンに、レモンピールのスコーンのようだわ。私、シナモンに目が無くって、今日は最高に幸せな気分だわ」

「では、お紅茶はすっきりしたダージリンはどうでしょう」

「いいわね。お願いするわ」

執事が指示すると、リーヴェルト侯爵家の侍女が紅茶を手配しに執務室を出て行った。

ラヴィアンの侍女二人はいつものように銅像のように扉付近に固まり、微動《びどう》だにしない。応接セットに対面で腰かけた、ラヴィアンとアルマンドは、アランが仕事をしているというのに構わず、談笑を開始した。

「アルマンド。あなた、お孫さんはいくつなの？　マリーちゃんだったわね」

「はい、三つになりました」

「まああ。そう。もうおしゃべりするのかしら？」

ラヴィアンが大きな目をさらに大きく見開いてアルマンドを期待の眼差しで見た。アルマンドは期待に応えるようにデレデレして頷いた。

「もう達者なもんで、じいにおもちゃのおねだりまでしております」

「ふふふっ。そうなのね！　なんでも買い与えてしまいそうね！」

ラヴィアンは「きゃー」と言いながら両手を口元に当てている。

「そうなのです。子と孫はやはり違いますね。可愛いだけの存在です」

「分かるわ。誕生日は確か夏の頃だと言っていたわね」

「はい、覚えていてくださり、ありがとうございます」

「では、お誕生日の頃に、ドレスをプレゼントするわね」

「そんな、滅相《めっそう》もないことでございます」

アルマンドは慌てて両手を振る。

「いいのよ。ドレスを着て、一度会わせてちょうだい」

「はい、光栄でございます」

アランの机から万年筆をコツコツと小刻みに叩《たた》く音が聞こえる。ラヴィアンは思わずそちらに目をやると、据《す》わった目でこちらを睥睨《へいげい》していた。

「アランさま、お疲れじゃなくて？」

「誰のせいだと思って……」

「こちらでご一緒にお茶しませんか？」

「結構だ！」

アランは強めの口調で答えたが、ラヴィアンは怯《ひる》むことなくにっこり微笑んだ。

「あらぁ、いつでも途中参加大歓迎なので、おっしゃってくださいね」

「話にならん。まあ、この書類が終われば目処《めど》が立つ」

「ふふ、はいゆっくりお待ちしてます、アランさま。レモンピールのスコーンだけでも食べてほしいです。パティシエがアランさまに召し上がっていただこうと張り切っておりましたのよ？」

ラヴィアンの誘いにアランがチラリと視線を上げる。

「……それなら一ついただく」

アランの冷たい態度にアルマンドが焦った様子で視線を彷徨《さまよ》わせていたが、ラヴィアンはうふふと笑った。なぜかアランには冷たくされても、暴言を吐かれてもちっとも嫌じゃない。むしろこれ以上好きになったらどうしようと心配になるほどだ。

毎日会っているのに、夜眠る前になると会いたくてたまらなくなる。だから毎日来てしまう。どれだけ公務で忙しくても、どれだけ報われない恋に辛《つら》くても、一目見たいのだ。

「アランさま、大好きです。あと少しお仕事頑張って」

心に込めた思いを伝えると、アランが理解できないとばかりに首を横に振った。

「女性が自分から愛を告げるなど……」

「ふふ、アランさまが魅力的すぎるから仕方ありません。そのデスクライトで横顔が照らされて、高い鼻が際立って、なんて素敵なの。すべての女性がアランさまのことを好きになっちゃうわ！」

「分かった分かった！　黙って紅茶を飲め」

「うふふふ！」

会話に乗ってくれたアランに笑うと、目の前でアルマンドが優しい顔でアランを見ていた。その親のような眼差しにラヴィアンは嬉しくなる。

その時、侍女が入室してティーワゴンを引いて戻ってきた。温め直したスコーンと、サンドイッチやピンチョス、マカロンなどを並べた三段重ねのアフタヌーンティーセットを載せて。

「まあああ！　すごいわ！」

「スコーンだけというのも寂しいので、少し用意させました」

侍女が丁寧に答えてくれる。ラヴィアンはシェフや侍女たちの心遣いに感動した。

「気を遣わせたわね。リーヴェルト家のサンドイッチもマカロンも大好きなの！　ありがとう！

今日は夕食を抜いてでも全部いただくわ！」

「シェフに伝えておきます」

侍女はラヴィアンの嬉しそうな笑顔につられて、ニコリと微笑む。

「うん。必ずね。いただくわ」

アルマンドと一緒に「わあー」と宝石のようなスイーツたちに驚いていると、執務机から大きなため息が聞こえた。

「アランさま、やっぱりお疲れでは？　早くこちらにいらっしゃって」

「俺を心配するなら帰ってくれ」

「アランさまったらもう。私はいつも心配していますわ」

アランは首を小さく振ると、黙って仕事を再開した。

ラヴィアンとアルマンドは静かにアフタヌーンティーを楽しんだ。アランは少しするとラヴィアンの向かいにすとんと腰を下ろして、レモンピールのスコーンを食べて頷いた。

そのうちリーヴェルト家の侍女とラヴィアンの侍女も会話に参加をし、とっても楽しいお茶会になった。ラヴィアンは嬉しくなって頰を緩め、リーヴェルト侯爵邸を後にした。

第二章 孤高の侯爵アラン・リーヴェルト

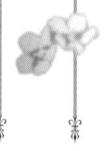

アランはその日も相変わらず仕事をしていたが、夕方五時くらいになり、違和感にようやく気付いた。ラヴィアンが今日は来ていないのだ。

「ん……？」

ふと、ペンを置いて、顎《あご》に手を当てる。ストーカーのようなラヴィアンは三ヵ月の間、一日も来訪を欠かしたことがない。

さすがに夜は出歩けないのだろう。だいたい、昼の十五時くらいまでには切り上げて帰っていく。窓から外を見ると、季節は冬のため、十七時だがもう日は落ち、暗くなっている。眉間に皺《しわ》を寄せて、アランはしばらく考えたが、また仕事を再開した。

しかし執務をしながらもモヤモヤが拭《ぬぐ》いきれず、顔を上げると時計は十八時をさしていた。コツ、コツ、コツと、テーブルを人差し指で小刻みに打ち鳴らす。足も小刻みに震えている。貧乏ゆすりだ。アランは辛抱強《しんぼうづよ》いほうだ。しかし、十九時になる頃には耐えきれなくなった。手元に置いてある鈴を鳴らすと、扉のすぐ外に控えていた従僕《じゅうぼく》が入室してくる。

「今日ラヴィアンはどうした」

「いえ、特に何も聞き及んでおりません。アルマンド様に聞いて参ります」

「そうしてくれ」

従僕が部屋を出ていくのを見送ってから、アルマンドに聞きに行くのはやっぱりやめさせようか、と猛烈《もうれつ》に迷ったが、結局悩んでいるうちに扉がノックされた。ノックの感じからいって、アルマンド本人が来たようだ。

「入れ」

アルマンドが入室してきた。

「ラヴィアンは？」

「いえ……、予定ができたのかもしれません。特に知らせも無く、まあいつもお忍びで来ているようなので、簡単に文も送れないのかもしれませんが」

「予定？　いつも暇そうにしているが」

アランは毎日皆勤賞《かいきんしょう》でここを訪れるラヴィアンを思い返していた。

「しかし王女殿下《おうじょでんか》ももうすぐ十八になられます。色々と公務もございますでしょう」

「ラヴィアンが十八？　嘘《うそ》だろう。いつになったら落ち着きを身につけるのだ」

「ユーモアがあり、茶目《ちゃめ》っ気もあり、素敵なお方だと思います」

アルマンドはにこやかに話しながら、素直になれないアランを優しい目で見つめた。

「……うるさくて仕方ないがな」

なぜかアランは猛烈にイライラしていた。あのうるさい王女が来ないなら、それでいいはずなのに、理由が分からないことが腹立たしい。貧乏ゆすりが止まらず、もはや両足でゆすってしまいそうだ。制御不能になった左足を止めようと、グッと左手で膝《ひざ》を押さえつけた。新聞を見ても、王家の公式行事が今日にあるとはどこにも書いていない。

（いつだって暇なくせに、なぜ来ないのか）

アランは、現在向かい合っている書類に目を落とした。隣国、マルティカイネンに関する報告書だ。

最近、我が国は隣国のマルティカイネンといざこざが生じている。軍務にも大きく関わっているリーヴェルト家は毎日調整で大忙しだ。頻繁に国境付近で諍《いさか》いが起こっており、一触即発状態だ。このままだと戦になるか、調停を申し入れ和平を結ぶか、瀬戸際《せとぎわ》だ。

元々マルティカイネンは小国で、大国セシリオ王国の相手になるような国ではない。しかし最近、機械技術の目覚ましい発展で、マルティカイネンは大量の兵器を開発している。マルティカイネンは技術者の多い国であったが、最近ではセシリオ王国も無視できないほどの兵器を生み出しており、他国も戦々恐々《せんせんきょうきょう》としている。

大規模な戦になれば、いくら小国といえども、犠牲者が大量に出るだろう。絶対に阻止しなくてはならないが、関税や貿易の類の調整をどのようにすれば最小限の損失で和平を結べるか、日々交渉中なのだ。

（のんきにお茶なんてしているラヴィアンは我が国がこれほど大変な状況だと知りもしないだろう）

現在はマルティカイネンとの揉《も》め事でピリついている我が国だが、それが無ければ国土も豊かで、王国軍は大陸最強と呼ばれ、他国から攻め入る隙を与えない、強国だ。

(だからこそマルティカイネンもいくら兵器があるからと、単純に攻めてくるとも思えない。一体なにが望みなのか……)

顎に手を当ててアランはしばらくの間、長考した。何度も和平交渉に首を振られている。関税や貿易の類はだいぶ歩み寄っているのに何が気に入らないのか。

アラン・リーヴェルトは軍務担当のため、国境付近の小競り合いなどの処理や、軍の配備などを担っている。和平交渉を行う外務担当ではないため、具体的な交渉は知らないが、あまりうまくいってないと聞く。

「はあ、今日はもう仕事をやめにする。夕食にするから用意してくれ」

「承知しました」

「ラヴィアンから連絡が来たら伝えるように」

「……承知しました」

アルマンドがなにか言いたそうな顔で出ていく。からかいたいような、ちょっかいを出したいような。何が言いたいかはわかる。しかし、アランはうっとうしいから無視をした。結局その日、ラヴィアンは来なかったし、来なかった原因も分からなかった。アランはその日、一日中イライラしながら眠りについた。

次の日の午前中、ラヴィアンの侍女《じじょ》、アネットが一人で屋敷を訪れた。アルマンドから知らせを受けたアランは、ペンを乱暴に放り投げ、執務室を出た。

なぜか早歩きになり、アルマンドを引き離し玄関に到着した。

玄関ホールで姿勢よく立っていたアネットは、アランを見るなり、丁寧《ていねい》な淑女《しゅくじょ》のカーテシーをしてみせた。いつものごとく茶髪を後ろで簡素に束ね、上品な紺色のドレスを身につけている。彼女は気の強そうな目でアランを捉えた。

「アネット子爵令嬢《ししゃくれいじょう》。何用で？」

侍女といえども、王女の侍女はみんな貴族令嬢だ。行儀見習いや、教養を身につけに、はたまた王宮に出入りして、結婚相手探しに来ているともいえる。アランの目から見てもしっかり者に見えるアネットは、王家の封蠟《ふうろう》が押された白い手紙を差し出してきた。それを黙って受け取る。

「ラヴィアン王女殿下からのお手紙です」

「そうか。ラヴィアンは？　無事か？」

「はい、昨日は申し訳ございませんでした。風邪をお召しになり、私どももバタバタしていたもので。殿下はすぐにリーヴェルト侯爵邸《こうしゃくてい》へ伝言に行くようにおっしゃっていたのですが、めったに体調を崩されない王女殿下が寝込んだため」

「そりゃ侍女が離れるわけにはいかないだろうな」

「いえ。その、王家の方々がひっきりなしにお見舞いに訪れるもので、部屋から出るのが難しく。失礼いたしました」

なるほど。王家の方々、国王夫妻や兄弟である王子たち三人だろう。

ラヴィアンは三兄弟の末に生まれた唯一の王女だ。人一倍大事にされ、愛されているのだろうと想像がつく。考えてみればあの天真爛漫《てんしんらんまん》さは、愛を受けて育った証《あかし》のように感じた。

「別に、毎日こちらに来る必要もあるまい。一日来ないくらいで大げさだ。理由を伝える必要もない」

アルマンドのもの言いたげな視線を感じたがもちろん無視をした。アネットは素直に受け取ったようで、丁重に頭を下げた。

「そうでございますね。いつも殿下がご迷惑をお掛けして申し訳ございません。今しばらく殿下にお付き合いいただければ幸いです」

「…………」

アランは何か言おうとしたが口を噤《つぐ》んだ。素直な気持ちを話し出すとなにかみっともない事を口走ってしまいそうだったからだ。

「王女殿下は昨日もベッドで寝込みながら、何度も城を出ると言って聞かなくて。最終的には侯爵に風邪を移す気ですか？　と申し上げ、なんとか我慢された次第でございます」

「……そうか」

相変わらずの平常運転だ。

手紙を手に持ち、もう用は無いとばかりに「気を付けて」と声を掛けると、アネットは大人しく帰って行った。

執務室に戻り、引き出しからペーパーナイフを取り出し、手紙を丁寧に開ける。病床で書かれた手紙のはずなのに、なぜか便箋が何枚も入っている。長文が一気に目に入ってきて怖い。目頭を揉みながら手紙に目をやった。

『愛《いと》しのアラン・リーヴェルト侯爵閣下《かっか》へ』

書き出しに今更驚いたりもしない。毎日のように愛の告白をしてくるのだ。特別なことではない。もはや女性から愛を告げられるというタブーな出来事にもすっかり耐性がついている。それにしてもあまりに文字が綺麗《きれい》すぎる。達筆だ。アランは、普段の暴れ馬のようなラヴィアンとのギャップに悩まされた。

『窓から見える山の頂はすっかり雪化粧をしている今日この頃、アランさまはますますご活躍のことと拝察《はいさつ》いたします』

なぜか時候の挨拶《あいさつ》まできちんとしている。怖い。

しかも『拝察いたします』などというが、一昨日《おととい》会っている。この三ヵ月毎日会っていて、拝察いたすもなにも無い。

『アランさま、今日はお訪ねすることができなくて、この世の終わりのように打ちひしがれております。神は私になんという試練を与えるのでございましょう。アランさまのお顔を拝まないことには私の一日は明けるわけが無いし、終えることもできないと言いますのに』

ああ。ラヴィアンだな。通常のラヴィアンだ。ホッとして手紙を読み進める。手を替え品を替え、あらゆる角度からアランへの愛を綴《つづ》っている、盛大なラブレターであった。

最後に『早く風邪を治して、元気なラヴィアンが参りますね。時節柄、アランさまもお風邪に気を付けてお過ごしくださいませ』と書いてある。これだけの構成の手紙を書けるのだ。十分元気だと思うが。

アランは午前中に手紙を読んでホッとしたのも束の間、今度はまたなにやら落ち着かなくなり、仕事が手につかなくなった。昼食中も、コツコツと人差し指で机を叩《たた》くのを止められず、見守っていたアルマンドはとうとう助け舟を出した。

「アランさま。王女殿下へお見舞いの品を贈るのはどうでしょうか」

アルマンドが身を乗り出して提案してくる。アランは渋々という表情を装って頷《うなず》いた。

「……………そうだな。いいだろう」

「何をお贈りしましょうか」

「フルーツか、花か……」

「そうでございますね。王女殿下は、苺《いちご》と桃とマスカットが好きなご様子です。お花でしたら薔薇《ばら》が好きだと聞きましたよ」

アランは胡乱《うろん》な目で、すらすら答えるアルマンドを見た。完璧に王女の好みを把握しているらしい。

「それではそれと、ピンクの薔薇を一本添えてくれ」

「たった一本でよろしいのですか？」

「ああ。白いリボンで結んでほしい」

「なぜその指定なのですか？」

「理由は言いたくない」

「……承知しました」

アランの人差し指と左足の制御がやっと本人に戻ってきた。ふうと、息を吐く。

執事のアルマンドはやれやれという表情をし、子供を見守る顔つきでまだ若き当主を見た後、部屋を出た。しばらくすると、アルマンドが一本のピンクの薔薇に白いリボンを結んだものとフルーツセットを手に持って入ってきた。

「こちらでよろしいでしょうか？」とアルマンドが律儀《りちぎ》に聞いてくる。

「ああ、王宮に届けてくれ」

「承知しました」

アルマンドが一礼をして去って行く。ピンクの薔薇に白いリボンには意味があった。アランにとってはだが……。

ラヴィアンが執務室に突撃《とつげき》してくるようになったのはここ三ヵ月くらいのことだが、実は十二年前に一度会っている。

その後も何度か王宮で見かけることはあったがしっかり話したのはあの一度きりだ。ラヴィアンはどうやら忘れているようだが、アランはしっかりと覚えていた。

なぜ覚えていたかというとラヴィアンはその時六歳で、天使と見紛うくらい美しく可愛《かわい》い姫だったからだ。当時八歳のアランはこんなにも美しい人間がいるのかと心底驚いたのを覚えている。

アランは八歳のある日、第二王子バスチアンの私室に訪ねてきていた。アランはバスチアン王子の数少ない友の一人として何度も王宮へと上がっていた。バスチアンは脱走癖があり、今も困り果てた教師と、アランだけがバスチアンの私室にいた。

そこに、六歳のラヴィアン王女が兄の部屋を訪れたのだった。

「あら？　バスお兄様は？」

「もしかして、……ラヴィアン王女？」

「そうよ。あなたは？」

「アラン・リーヴェルトです」

「リーヴェルト侯爵の？」

「そうです。リーヴェルト侯爵の長男、アランです。王女様」

アランは生まれて初めて見る天使のような女の子に、目をキラキラさせた。

ふわふわしたプラチナ色の髪に縁どられたぷっくりした真っ白な頬《ほお》。零《こぼ》れ落ちそうなアメジストの瞳で上目遣いに見上げてくる。桃色の唇は下唇がぽってりしていて、目元の縁が綺麗な紅色に染まっていた。

「……可愛い」

思わず零れ落ちた本音に慌てたアランだったが、彼女を動揺《どうよう》させることはなかった。言われ慣れているのだろう。

「ありがとう」

にっこり笑って言われたその言葉にも、胸がドクドクうるさい。まだこの頃のアランは初心《うぶ》で、人並みに愛を欲しがり、愛を与えようと努力していた子供だった。

「あら、バスお兄様に薔薇の花を差し上げようと思って、持ってきたのに。仕方ないからあなたにあげるわ」

そっと差し出されたのは、ピンク色の薔薇が一本。庭師が丁寧に棘《とげ》を取ったのだろう。茎の部分は棘一つなく、可愛らしい白いリボンが結ばれている。

「いただいていいのですか？」

「王宮の庭園で今日咲いたのよ」

「部屋に飾ります」

「エミお兄様にも渡してくるわ。さようならアランさま」

その子はもう一本持っていたピンクの薔薇を手に掲《かか》げて、部屋をあっけなく出て行った。

「あ……」

エミお兄様とは、第三王子のエミリアン王子のことだ。三人の兄にそれぞれ渡しに来たのだろう。一番上の兄の王太子セレスタンから年功序列に届けに来たのだと推測できた。

「待って」

思わず王宮の秘宝と呼ばれる王女を追いかけたくなって、足を一歩踏み出そうとした。そこで扉が開き、逃げ去っていたバスチアン王子が戻ってきた。

「いやーお腹《なか》が痛くって。そろそろ授業の時間も終わりかな」

バスチアンはいたずらっぽい顔を隠しもせずに、じっと部屋の隅で控えていた教師に悪びれず口にした。教師は時計を見てから、やれやれという顔で立ち上がる。

「あれ、薔薇？」

「ああ。さっき王女、ラヴィアン王女殿下が来られた」

「ふうん、そうか。女の子だからかな、花が好きらしい」

「バスチアンへのプレゼントらしいがもらっていいか？」

「ん？　いいよ。飾るの？」

クスクスと笑われたが、素直に頷くと、一瞬バスチアンは目を見開いて小さく微笑《ほほえ》んだ。

思い返せば、あれは初恋だったような気もするし、それとも憧れや憧憬《しょうけい》のような、そんな気持ちだったのかもしれない。

しかし、その後、アランは王女に会えることはなかった。王宮の秘宝ともいわれる唯一の王女であり、末っ子であるラヴィアンは、それはもう、国王夫妻にも三人の兄にも王宮中のすべての者に囲われ、大事にされていた。そのため、侯爵の嫡男《ちゃくなん》であっても、第二王子の親友であっても、お会いする機会はなかなか得られなかったのだ。

年に一度ほど、王宮ですれ違うことはあったものだが、向こうはアランのことなど覚えてもおらず、気にも留めず、たくさんの侍女を引き連れてさらりと通り過ぎて行くだけだった。

そのうちアランの両親が急逝し、十八歳で爵位《しゃくい》を継ぐと、王宮に行く機会も減り、領地とタウンハウスの往復ばかりになり、余計ラヴィアン王女に会うことは無かった。

——アランは幼い頃の淡い思い出を回想し、ため息を吐《つ》いた。

夕暮れのしんとした執務室はいつだって同じなのに、アランは誰もいない応接セットを一人ぽつんと眺《なが》めた。今日はやけに部屋が広く感じた。

◆◆◆

「アネットー！　クロエー！」

ラヴィアンはベッドの中から侍女を呼びつけた。真っ白のレースのネグリジェを着て、その上にモコモコのガウンを羽織って、ラヴィアンは大きな天蓋付きのベッドに寝転がっていた。

「はい、なんでしょう」

部屋の外に控えていた侍女のうちクロエだけが現れた。どうやらアネットは不在のようだ。

「ねえ！　このピンクの薔薇一本に深い意味があると思う？」

「いやぁ、どうでしょう。お庭に咲いていたからでは……。でも確かに一本……。普通は花束にしますよね」

クロエの回答は非常にラヴィアンを喜ばせた。

「そうよね！　きっと意味はあるわよね！　今すぐ薔薇の本数の意味とか調べてきて」

「え、今ですか」

「そうよ！　私これが気になって、夜も眠れないわ！」

ラヴィアンはベッドの上で足をバタつかせた。アネットなら叱《しか》るだろうが、クロエは優しいので見ているだけだった。

「承知しました、侍女の一人を図書館にやります」

「ありがとう、クロエ」

先ほど侍女が手渡してくれたアランからの見舞いの品はラヴィアンを大層興奮させた。あまりの感動にじっくり味わいたくて、侍女たちをみんな部屋から出して一人でひとしきり眺めていたのだ。

もう一度、籠に入った苺と桃とマスカットに触れてみる。

「ああ、ううう、どうしましょう。会いたいわー！」

ベッドにゴロゴロと寝転がりながら悶《もだ》える。またベッドに置いた籠を色んな角度から眺めまわして、フルーツをツンツンと触り、一本添えられたピンクの薔薇と白いリボンをじっと見る。

「もうう！　アランさまったら！　どうしてこういう事するのかしら！　もうもうもう！」

牛になったかのようなラヴィアンに、遅れて入室してきたアネットが呆《あき》れた顔を見せてくる。だが、ラヴィアンは気にしなかった。

「それだけ元気そうでしたら風邪は治っていますね」

アネットはラヴィアンの興奮した様子に呆れながらも、彼女の元気そうな姿に少しほっとする。昨晩までは、日頃の疲れなのか珍しく熱が上がってしまい心配したのだ。

「うふふー！　明日は絶対アランさまのもとに行くわ！」

その時、コンコンと部屋の扉からノックの音が響く。

「あ、図書館に行っていた侍女が戻ってきたようです」

クロエが扉を開けて、侍女の姿を確認したようだ。

「やだ！　すぐ呼んで！」

新人の侍女は緊張した様子で入室して、ベッド脇に立った。ラヴィアンは寝間着のままベッドの上に腰かけると、侍女を見上げた。

「なにか書いていた？」

「はい！　こちらでございます！」

『薔薇事典』と書かれた明るい色の背表紙の本を差し出してくる。ラヴィアンはそれを黙って受け取る。

「一本の薔薇の意味は、『あなたしかいない、ひとめぼれ、運命の人』などがあるようです」

「な、な、なんて……」

「ピンクの薔薇の意味は、『可愛い人』という意味が」

「きゃあああああ！　もう！　どうするのよ！　アネット！　余計に眠れなくなったじゃない！　うー――！」

　ラヴィアンはベッドの上を転げまわった。新人侍女は驚きおののいた様子で固まっている。アネットは呆れた顔で「ありがとう、今日はもう上がっていいわよ」と侍女の肩に手を置いている。侍女は一礼して部屋から出て行った。

「アネット！　アランさまってなんて罪深い人なのかしら！　どういうつもりなの！」

「殿下、恐れながら申し上げますが、侯爵が一本の薔薇の意味やピンクの薔薇の意味を考えて渡したとは到底思えません。それはこじつけのような本ですし」

　冷静に淡々と告げるアネットに、寝返りを打つのをピタリと止めて恨みがましく睨《にら》みつける。

「分かってるわよ、アネット。もちろんアランさまが私に一目惚《ひとめぼ》れしてないことなんて見れば分かるし、運命の人とかあなたしかいないとか可愛い人と思ってくれているなんて思ってないわ」

「……い、いや、すみませ」

　流石《さすが》に率直に言い過ぎたかとアネットは謝罪しかける。それに、ラヴィアンはアランの気持ちに対しては意外と冷静な判断をするところがある。

「いいのよ。現実は十分分かってる。けど、夢くらい見てもいいよね。今日だけ。アランさまが少しでも私を今日思い出してくれたのかしらって、少しくらい寂しいって思ってくれたかしらって、それくらい思ってもいいわよね？」

　ラヴィアンはじっとアネットを見上げた。アネットはこくこくと頷き、硬い顔を綻《ほころ》ばせた。

「アネット、手を握ってちょうだい」

「……はい」

アネットの薄い手を握りしめる。慰《なぐさ》めるように握った手の上にもう一つの手を重ねてくれた。ベッド脇の椅子に腰かけ、微笑んでくれる。

「明日、起きたら朝一番で行ってもいいと思う？」

「ええ、この二日我慢しましたから」

「アネットも早起きしてくれる？」

「もちろんです。明日は新調したミントグリーンのドレスにしましょう。とってもお似合いでしたから」

「そうするわ。アネット、ありがとう。大好きよ」

アネットは妹を見るような目でラヴィアンを見下ろし、とろとろと目を閉じていくお姫様の頭を撫《な》でた。それからピンクの薔薇を一輪挿《ざ》しに生けて、ベッド横のサイドテーブルにフルーツ籠と共に飾る。

「おやすみなさい、殿下。明日も良い日になりますように」

アネットはそっと王女の寝室を出て扉を閉じた。


――次の日、ラヴィアンは快復した。そして宣言通りに朝の八時前には王宮を飛び出し、リーヴェルト侯爵邸に足を運んだ。

朝が早かったおかげで、訪れた時のアランは朝食中だった。あまり人に囲まれるのが好きではないのか、給仕は一人でシェフや侍女、侍従《じじゅう》もおらず、アルマンドがそばに立っているだけだった。どうやら仕事の話をしていたらしい。食事はクロワッサンとポーチドエッグ、かぼちゃのスープにマスカットなどのフルーツが並んでいる。

「まあああああ！　朝食を召し上がるアランさまを見られるなんて！　鼻血が出そう！　やああん、ポーチドエッグを召し上がっておられるわ。す・て・き！」

「帰れ。帰れラヴィアン」

いつもより目が開ききっておらずまだ少し眠そうなアランは、朝からハイテンションなラヴィアンにうんざりしつつ、いつもの調子で追い返そうとする。

「もうそんな冷たい物言いをなさって。私を喜ばそうと思ったってそうはいかないのですわよ！」

「誰だ。ラヴィアンをここに通したやつは」

アランが話にならないとばかりに首を横に振る。ラヴィアンは初めてアランの朝食を見られた大興奮のあまり、アランの後ろや右や左、前に回り、ぐるぐると色んな角度から眺めまわした。

「ラヴィアン！　座れ！」

「きゃっ、では畏れ多くも向かいに座ってもよろしくて？　失礼じゃないかしら」

「周りを歩き回られるより余程失礼ではない」

ラヴィアンはアランの向かい側の席にちょこんと腰かける。アランの視線がチラリと上がって、ラヴィアンを捉えた。

「アランさま！　好きです」

「ああ」

「好きです！」

「……しつこい」

アランは困った顔でこめかみに指を当て、チラリと向かいに座ったラヴィアンを見た。

「好きです。大好きです！」

「何度言うのだ！　一度で分かる！」

アランは耳を赤く染めて怒鳴りつけた。

「言えなかった、昨日と一昨日のぶんですわ」

ラヴィアンは二日間会えなかったことを思い出してしゅんとした。この二日は枯れた花のような気分だったが、早朝から会えた今日は最高の日になった。アランがしゅんとしたラヴィアンをチラと見て、何やら声を掛けようとしていたが、結局黙って食事を再開した。

「昨日はお見舞いのお品をありがとうございました」

「大したものではない」

アランはラヴィアンからぷいっと視線を逸《そ》らし、クロワッサンをかじった。

「私、涙が出ました。アランさまのお気持ちに触れたようで、感激いたしました。少し夕食後にいただきましたが、残りのフルーツはなんとか永久保存できないか考えておりますの。いただいた薔薇はもちろんドライフラワーとして保存しますね。一生の宝に……」

「結構だ。とっとと食え。薔薇は捨てろ」

アランの冷たい物言いが聞こえていなかったのか、ラヴィアンはうっとりとした目で両手を組んだ。

「私、昨日いただいてから多幸感でいっぱいで。もうこの先の人生どうなってもいい気分ですわ」

「大げさすぎる。頭がおかしい。見舞いの品なら山ほどもらっただろう」

アランとラヴィアンは目が合った。ラヴィアンは花が咲くような笑みを見せた。

「愛している方からの贈り物ですもの、比べ物になりません」

ラヴィアンは頬を染めて、アランに訴えた。アランはチラリと視線だけでラヴィアンを見上げたが、すぐに目を逸らした。

「…………体調は？」

「すこぶる良好ですわ！　アランさまを見ているとますます。水を与えられた花のようです！」

「それは何よりだな。確かに元気そうだ」

アランがフッと笑う。口元を緩め、顔をクシャッと崩したその表情は爆弾を投下されたような衝撃をラヴィアンに与えた。身体《からだ》が小刻みに震えてくる。

「きゃあああ！　アランさまが微笑みなさったわ！　どうしましょう！　やあああ、カメラを持ってくればよかったわ！　なんて私ったら馬鹿なの！」

「帰れ。朝からうるさすぎる。頼むから帰ってくれ」

アランはやれやれと首を振り、こめかみに手を押し当てた。アルマンドとアネットたちはにこにことその様子を見守っていた。

今日も当然、ラヴィアンは朝からリーヴェルト侯爵邸に訪れる準備をしていた。ラヴィアンが初訪問して以来半年が経つが、その間で行かなかったのは、風邪を引いたあの二日だけだ。季節は春を迎えていた。

「ラヴィアン、随分《ずいぶん》早起きだな。朝の八時なのに支度がバッチリじゃないか」

向かいに腰かけながらトーストをかじっている兄、バスチアンが胡乱な目でこちらを見ている。バスチアンは王家の者特有の紫色の瞳を持ち、国王と同じカールのかかった茶髪をセンター分けにしている。垂れた目で人懐こそうな雰囲気《ふんいき》があるが、実際社交性や気安さに溢《あふ》れ、あのアランとも打ち解けている。本人は騎士団に所属し、軍内で役職を持ち、兵士や騎士たちの管理を一手に担っている。

ラヴィアンは視線を下げて、己のドレスを見下ろした。今日はビジューがしっかり縫《ぬ》い付けられた重そうなラベンダー色のドレスに、白い大きな花のヘッドドレスを着けている。透けて消えそうなプラチナ色の長い糸のような髪に、最上級のアメジストのような紫色の瞳の〝王宮の秘宝〟ともいわれるラヴィアンによく似合っていた。

「そうなの。アランさまのもとに行かなきゃいけないから」

そう言うと、バスチアンがチラリと視線をあげ、じぃっとラヴィアンを見つめる。

「アランに呼ばれているわけじゃないだろう？」

「残念ながらいつも帰れと言われています」

はあー、とバスチアンは盛大なため息を吐いた。彼はすでに既婚の身でありながら、王宮での夜会があった日は度々、元の私室に寝泊まりしては、こうしてラヴィアンと朝食を食べていく。自由な人なのだ。第二王子らしく責任とは無縁に生きている人だ。

「毎日行くことになにか意味があるのか？」

「意味って、そんなたいそうなものはありません。ただ、会いたいだけで……」

ラヴィアンは考えてみたが、彼の家を訪れる理由など本当にそれだけしか無かった。大義名分があるわけではない。ただただ、彼に会いたい。それだけだ。

「不毛すぎる。馬鹿ラヴィアン。そもそもなんでアラン？　いや分かるよ。あいつは昔から女性に人気があったから。見た目だろ？」

「ちっがーう！　確かに見た目はもちろん世界で一番かっこいいと思うけど、でも」

「はいはい」

「だから違うんだってばぁ」

兄はおざなりに話を聞きながら、プチトマトを口に運ぶ。

「俺はさ、五歳くらいからアランと友達だからいいやつだって知ってるよ？　俺と兄様が一歳違いだから、同年代の貴族の子供たちは、みんな王太子の兄様にばかり近づこうとしてさ。そんな俺のそばにアランだけがいつも一緒にいてくれたからな」

「まあああ。アランさまってなんて優しいの！」

「本人は素直じゃないから、俺と友達になる方が気楽だったからって言ってたけど、あいつは優しいやつだから俺が寂しがってんのに気付いたんだよ」

「うう――、幼少期のアランさまに会いたかった……！」

バスチアンはラヴィアンにくすりと笑う。そして、バスチアンは周りを見渡し、ラヴィアンの後ろに控えていた侍女のクロエに視線を留めた。

「君はアランの家に一緒に行ってるよね？」

とバスチアンがクロエに聞く。

「ええ、はい、だいたいお供しています」

クロエもラヴィアンの専属侍女だが、元々王妃《おうひ》である母の侍女だったので、ラヴィアンについてからは一年ほどだ。アネットより大人しい性格だが、言われたことはきちんとできる。はしばみ色の瞳を持ち、瞳と同じ色の細かいカールの髪を持つ美しい顔の女の子だ。

「アランはかっこいいだろ？」

「え、まあ、はい、そうですね」

クロエは意図が分からないながらも、第二王子からの問いかけを無視できずに押し切られている。

「ほら。女性はみんなアランの顔が好きだ」

バスチアンがなぜか偉そうな表情でふんぞり返ってラヴィアンを見下ろしてくる。ラヴィアンはやれやれと首を横に振った。

「アランのあの顔に迫られたらどうだ？」

「え？　せま？」

バスチアンがさらにクロエに畳みかけている。ラヴィアンはやれやれとトーストにバターを塗りつけた。

「アランに前から君が好きだったと迫られてみろ。どうする？」

「そ、それは……」

クロエがしどろもどろになった。想像をしてみたのか、可愛らしい顔が赤く染まっていく。バスチアンはさらに得意げになり、「ほら」と嫌味たらしい顔を見せてラヴィアンを心底呆れさせた。

「ほらじゃないわ、お兄様！　もう。クロエをからかわないで！」

「顔でアランに惚れるのは淑女全員が通る道だ！」

あまりに兄のバスチアンが分からず屋なので、ラヴィアンはいきり立った。使いかけていたバターナイフを乱暴に置き、立ち上がる。

「だから！　顔じゃないと言ってるでしょ！　私は彼が自分を律して、自分に厳しく、真面目で堅実で、それでいて、他人に優しく、その人の立場を思いやれる、そういうところを好きになったんだから！　同年代の若者たちと違って浮ついたところが少しも無いでしょ！　そこがいいの！　バスお兄様とは大違いだわ！」

テーブルに両手を突いて、熱く語ると、バスチアンは頬杖をついて、「へえーなるほどね」とニヤニヤしてみせた。ラヴィアンはそこで気付いた。

罠《わな》にはめられたのだ。これはラヴィアンから聞きだすための罠だ。性悪な兄にまんまと騙《だま》され、カッと赤くなる。クロエは気まずそうに目を逸らしていた。

「バスお兄様。絶交しますね」

淡々と告げて部屋を出ようと扉に向かうと、なんだかんだで末っ子の妹が可愛いバスチアンが慌てた様子で立ち上がって手を摑《つか》んできた。

「悪かったって。お前がアランのどこが好きなのか知りたかったんだよ」

「普通に聞かれたら答えていました！」

「悪かったよお。分かった、アランの食べ物の好き嫌いを教えるから。な？」

憤慨《ふんがい》して、部屋を出ようとしていたラヴィアンはそこでピタリと立ち止まり、腕組みをして振り返った。

「お、ラヴィアンちゃん。よしよし」

「早く教えてくださる？」

「アランが俺を暴漢《ぼうかん》から守ってくれた話とか、さぼってばかりの俺を叱った話もしてやる」

「もう、バスお兄様大好き」

ラヴィアンとバスチアンの兄妹《きょうだい》げんかとも言えない可愛らしいやり取りにクロエが吹き出すように笑いを零した。

ラヴィアンは兄バスチアンの話に夢中になり、アランの執務室に着く頃には朝の十時を迎えていた。アランはきちんとジャケットを羽織り、すでに仕事をしていたようで、執務机に向かっていた。

「アランさま！　今日もお美しい！　まあああ！　今日は紫のネクタイですのね！　お揃《そろ》いで嬉《うれ》しいですわ！」

「またお前は。朝からうるさい。帰れ」

「アランさまは朝が弱いですものね。失礼しましたわ」

そう言いながら、いそいそと応接セットのソファに腰かけた。申し訳ないが帰る気はさらさら無い。アランも本気で帰れと思っている様子は無く、呆れた顔で少し微笑むと執務机に向き直った。

以前よりも優しい表情をしてくれることが増えたような気がする。口調は冷たいが、どことなく歓迎されているような気配も以前よりはする。ラヴィアンの気のせいかもしれないが。

アランはチャコールグレーの揃えと同じ色のシャツの上に深い紫色のネクタイを締めて、最高の格好良さを更新している。ラヴィアンは目をハートにして見つめた。

「今日はアランさまの好きなハンバーグのサンドイッチを作ってもらってきましたのよ。お昼に一緒に食べましょう」

「……ハンバーグのサンドイッチが好きだなんていつの話だ」

アランはどこで余計な情報を摑んできたのだと怪訝《けげん》そうな表情をする。

「バスお兄様に朝聞きましたのに。今は違うんですの？」

兄のバスチアンが、アランと親友だというのはラヴィアンにとって大変喜ばしいことだった。兄からたくさん情報が聞けるからだ。そのため、特別なんとも思っていなかった兄との食事も最近では心待ちにしているほどだ。今回のハンバーグのサンドイッチもバスチアンから聞いたものだ。朝っぱらから兄にからかわれたことを思い出すと腹立たしいが、アランの情報を横流ししてもらったのでよしとする。しかし、アランは呆れた様子でラヴィアンを睥睨《へいげい》した。

「嫌いではないが、今は進んでは食べない」

「まあ！　新たな発見ですわね！　以前はレタスが嫌いだったというのも聞いたのですが、もしかして？」

「もちろん食べられるに決まっている」

「そうでしたのね！　さすがアランさまです。現在のお嫌いなものはありまして？」

ラヴィアンはアランの情報をもっと集めようと食い気味で質問する。アランに関することならどんな情報だって知れると嬉しいのだ。

「特に無いな」

「さすがアランさま！　苦手なものはなんでも克服されるのね！」

「俺はお前が苦手だ」

「まああ。冗談もお上手になって」

ふふふふと、ラヴィアンの笑い声が執務室に響く。話が通じないとアランは首を横に振った。アランは、高笑いするラヴィアンを睨みつけたが、ラヴィアンは視線を感じてにっこり微笑んだ。それはさすが王宮の秘宝と思われる完璧な笑みだった。けぶるようなまつ毛でパチパチと瞬《まばた》きをする。じっとアランを見つめていると、アランは顎に手を当てこちらをしっかりと見つめ返してきた。

ドクンとラヴィアンの心臓が跳ねる。好きな人に見つめられると、もろもろと溶けてしまいそうになるのはどうしてだろう。胸が苦しいのに、ずっとずっとその苦しみを味わっていたいと思うのだから不思議だ。

「ラヴィアン、もうここに来るな」

心臓が嫌な音を立てた。今までの楽しい雰囲気が嘘のように部屋が静まり返った。

「……嫌ですわ」

ラヴィアンは下唇を嚙《か》みしめ、アランを見た。アランはまっすぐラヴィアンを見返した。

「お前はもうすぐ十八、俺は二十歳だ。あまり俺たちが近づきすぎるのは良くない。王族は十八になったら婚約者を決定する決まりだ。そろそろお前にも婚約が決まるだろう」

「…………アランさまにも婚約者がいないではありませんか」

アランは口元を引き締め、取り付く島もない様子で首を振った。

「何を考えているか知らないが、俺は誰とも結婚する気はない。ずっと前から公言している」

「聞き及んでおりますわ。分かっていても、気持ちだけはどうにもなりません」

ラヴィアンも負けてはいなかった。炎が燃えるような熱い瞳でアランにすがった。

「どうにかしろ。もう大人だろう」

執務室にしんとした空気が流れた。ラヴィアンは二の句が継げなかった。アランの前ではネガティブな発言はしないと心に誓っている。それから姿勢も良くして、いつも笑顔で、絶対涙など見せない。悲しい顔も怒った顔も見せない。いつだって一番綺麗な姿を好きな人には見てほしいから。

だから。だから。ラヴィアンは輝くような銀髪を左右に振り、にっこりといつもの笑顔を懸命に作った。

(分かっているわ。アランさまと結婚などできるはずがないと私が誰よりも分かってる……)

「アランさまのお昼までここでお待ちしておりますわね」

「退屈だと思うが」

「今日は刺繍《ししゅう》のセットを持ってきましたの。大人しくしておりますからご心配なく」

ラヴィアンは刺繍用のハンカチをひらりとアランに見せる。まだ、そばにいることを断られる訳にはいかない。

「……勝手にしろ」

アランはまた仕事を再開して、視線を落としたので、ラヴィアンはそこでようやくホッと息を吐いた。アランをじっと見つめた。

この半年間は、毎日のように会えた奇跡のような期間だった。これが永遠に続くわけがないことはラヴィアンが一番分かっていた。アランの黒髪は艶やかで、一度指を通してみたい。意外と分厚い胸板に顔を埋《うず》めてみたい。それから、唇を重ねてみたい。恋をしてから、口には出せないさまざまな欲求が胸の内には広がったが、ラヴィアンはそのすべてを笑顔の下に押し隠していた。

(そのすべてを諦めるから、今だけ。顔を見ていたいの)

養護院に寄付するためのハンカチにワンポイントの刺繍をほどこしながら、何度も好きな人の真剣な表情を盗み見た。二人の静寂《せいじゃく》を切り裂いたのはラヴィアンの腹の音だった。キューっと大きく鳴ったその音を、静かな執務室では聞き逃すのは困難だった。

(朝、バスお兄様にからかわれて、朝食を食べ損ねたせいだわ！)

ラヴィアンは大人しく刺繡をしていたのだが、呼吸も手の動きも止めて、足の指をきゅっと折り畳んで羞恥を逃がした。顔がきっと赤くなっていることだろう。存在を隠すように肩を縮こませた。

「昼食にしよう」

アランの気遣ったような声がして、ラヴィアンの顔にさらにカーっと熱がのぼる。

「もう……アランさま。それでは聞こえたって言っているようなものですわ」

「俺の腹が減っただけだ」

「ああ、もう。アランさま、好き！　大好きです！」

「ふっ、しおらしくするのは一瞬だけか」

珍しく笑みを零したアランの表情は優しかった。笑うと目じりに皺が寄ることを発見して、ラヴィアンの胸がきゅうっと疼《うず》く。

「え？　うそ！　今もしかして微笑まれましたか⁉　どうしましょう！」

「うるさい。……おい、頼む、昼食の用意を。ラヴィアンが持ってきたサンドイッチを出してくれ」

部屋の隅に控えていた侍従にアランが告げると、すぐに部屋を出て行った。侍従が一人出て行ったところで、侍女は二人控えているので、万が一でも二人きりになることはない。相変わらずアネットとクロエは存在を消すようにじっと棒のように立っている。ラヴィアンは羞恥に耐えながらなんとか刺繡を施していたハンカチたちを収納した。

「ダイニングルームで食べよう」

アランの先導にちょこちょことついていく。後ろ姿も素敵だ。足が長くて、歩き方も優雅で綺麗。ラヴィアンが見とれているうちにダイニングルームに辿《たど》りついた。何度か食事中のアランを見るために足を運んだことはあるが、自らがここで食事をいただくのは初めてで緊張してくる。

豪華なシャンデリアに、大きなペルシャ絨毯《じゅうたん》が一面に敷かれたその部屋は、リーヴェルト侯爵家の繁栄を示すように十人掛けの横長のテーブルがドンと置かれている。真っ白のレースのテーブルクロスがピシリとアイロンを掛けて敷かれている。

「そんな手前じゃなくて、こっちに」

部屋の入り口近くの椅子の前に立っていると、アランが手招きしてくれた。無心でついていくと、日当たりのいい奥の席に案内された。椅子を引いてくれたので、大人しく腰かける。

「ありがとうございます。アランさま」

「ああ、向かいに座るがいいか？」

「ええ、もちろん」

アランはラヴィアンの向かい側に腰かけ、ナプキンを手に取った。好き。息を吐くように思う。どうしよう。この先、こんな調子で毎日好きになって、馬鹿だな、私って。ラヴィアンは苦笑いをしてから、誤魔化《ごまか》すように満面の笑みでアランを見つめた。

(いけない。アランさまにはいつも笑顔を見ていただきたいのに)

日当たりのいいダイニングルームで、ラヴィアンが持ってきたハンバーグのサンドイッチと、ビシソワーズ、前菜がいくつか並べられた。ラヴィアンは鮮やかな食事の数々にぱあぁっと、花が開くように、笑顔になった。

「どれもすごくおいしそうだわ！」

「どれだけ目を開くんだ。零れ落ちそうだぞ」

アランが呆れた様子でラヴィアンを見ている。ラヴィアンはパチパチと瞬きをした。

「え！　アランさまがご冗談を言うなんて？　きゃあぁ！　もうなんてことなの。好き！　とっても面白いです！　好きです」

「冗談のつもりは無かったが。少し黙っていろ」

「もう。アランさまったら。冷たいんだから」

ラヴィアンが突っ込むと、控えていたアルマンドと、侍女の二人、給仕をしてくれているリーヴェルト家の侍従たちが笑っている。ビシソワーズのスープに口をつけると、舌に甘味が広がってとろけた。

「こんなにおいしいスープは初めてだわ！」

ラヴィアンが頰を押さえて喜ぶ。アルマンドが孫でも見つめるような優しい眼差《まなざ》しで食事風景を見ている。食事を進めていくと、ナタンシェフがダイニングルームに顔を出してくれる。

「きゃ！　ナタンシェフ！」

「いかがでしょうか？」

ナタンもすっかりハイテンションな王女との交流に慣れたようで、ニコニコしながらラヴィアンの感想を聞く。

「すっごくお料理おいしかった！　ナタンシェフは天才ね！」

ラヴィアンとナタンが話をしていると、向かい側で食事を終えて紅茶を飲んでいたアランが目を見開いてこちらを見ている。

「どうしましたか？　アランさま」

聞いてみるが、「いや」と言葉を濁《にご》して首を横に振られてしまった。デザートに給仕されたクレームブリュレを見つめて、「きゃああ！」と声をあげる。美しい陶器のカップに入ったプリンの上に飴色《あめいろ》のカラメルがパリパリに固められのっている。

「まああ、クレームブリュレね。私、大好きなの！」

「はい、炙《あぶ》って参りましたので、パリパリに仕上がっております」

「本当ね。綺麗な飴色でおいしそう。いただくわ。ねぇ、今度、私に炙らせてくださらない？」

「え？　王女殿下がですか？」

「そう！　一度やってみたいのよ！」

ナタンシェフと軽快な会話のやり取りをしていると、アランがまたじっとこちらを見ていた。

「殿下、火は駄目です」

すかさず侍女のアネットが苦言を告げる。過保護なアネットにぷうっと頬を膨《ふく》らませる。

「アネット！　過保護よ！」と文句を言ったが、やれやれと首を竦《すく》められただけだった。ナタンシェフもアルマンドも給仕の侍従たちもみんなが笑ってくれている。

「いただくわね、ナタンシェフが作ってくれたの？」

「さようでございます」

ラヴィアンはブリュレの上の部分をスプーンでサクッサクッと崩し、一口サイズにすくって口に運ぶ。

「んーー、おいしすぎる。気合を入れてパリパリにしたのね。頬に刺さりそうなほどよ」

「だ、大丈夫ですか？」

ナタンは王女の頬をブリュレで傷つけたら大変だと焦った様子でラヴィアンを心配する。

「これがいいのよー！　最高すぎるわ。毎日でもいただきたいわ！」

「ははは！　そうですか！　嬉しいです」

大好きなアランは……、と向かい側に視線をやって、ラヴィアンは首を傾《かし》げた。なんだか、アランが泣きそうな顔をしていたからだ。

「アランさま……？」

ラヴィアンが不安になって声を掛けたが、アランはどこかぼうっとしていた。

◆◆◆

アランはみなが笑顔のダイニングルームで、一人置いてきぼりになったような気持ちになっていた。

シェフは〝ナタン〟という名だったのか。アランはそれさえ知らなかった。

それなのに、いつの間に、ラヴィアンは我が家のシェフと交流をしていたのか。シェフは嬉しそうに、愛しそうにラヴィアンを見ている。アルマンドもにこにこと。侍女二人も子供でも見るような優しい目でラヴィアンを見ていた。

アランは目の前で繰り広げられる喜劇を他人事《ひとごと》のように眺め、そしてふと思った。ダイニングルームがこんなにも笑いで包まれたことなんて、人生の中で一度でもあっただろうかと。

両親が生きていた頃も、笑いや団らんは無かった。家族の間には愛が無かったから、一緒に食事をしていても冷めきっていた。当時を思い返すと苦い気持ちになる。


――リーヴェルト侯爵の嫡男に生まれたアランは、幼い頃から両親の愛情を感じずに育った。

父親はなぜかアランを避け、面と向かうと厳しい言葉で叱責《しっせき》し、時には手も上げられた。

食器を落とすと椅子から転げ落ちるほど頰を張られ、扉を音を立てて閉めると厳しく叱りつけられた。ただ目の前を通り過ぎただけで蹴りつけられたこともある。

美しい母はアランと会うと可愛がってくれるが、そもそもあまり邸《やしき》にいないことが多かった。主にアルマンドと侍女たちの手でアランは育てられた。

両親の愛を受けずに育ったアランがその真相を知ったのは、十五歳の頃だ。父である侯爵と、執事のアルマンドの会話だった。夜中に喉が渇いて目覚めたアランは、父の執務室の前を横切った。

その時、執務室の扉は少し開いていて光が漏れていた。アルマンドは父の幼い頃から勤めているもっとも長い使用人だ。父にとって気が許せる存在だったのだろう。

「デルフィーヌはいまだバロー子爵と会っているようだな」

母のことだ。アランはハッとして、息をのんだ。アランの前で父は母の名前を出さない。聞いてはいけない話だと一瞬で分かった。

「……そうでございますね」

「ふん。きっと死ぬまで離れぬだろう。年々、アランはバロー子爵に似てきている。腹立たしいことこの上ない」

「……バロー子爵は社交界を騒がせるほどの美男子でしたから」

「二人は幼馴染《おさななじみ》であったからな。子供の頃からデルフィーヌはバロー子爵に惚れていたのだろう。私と婚約したのも両親に逆らえず嫌々だったに違いない。最初から私への態度が悪かった。徐々に軟化するかと思った私が間違いだったな」

「旦那さま……。しかし、アランさまに罪はありません。もう少し態度を改めていただけたら」

「分かっているが無理なのだ。我が子で無いだけならまだしも、あの男に似すぎている」

十五歳のアランは立ち尽くした。衝撃の事実に恐れおののき、呼吸が止まった。

しかし、ここにいてはいけないと判断して、なんとか痺《しび》れた足を引きずり、自室へともぐりこんだ。震える手で扉を閉め、カーペットに崩れるように座り込んだ。

はぁ、はぁ、はぁ。自分の荒い息が耳にこだまする。震える右手をぎゅっと左手で握る。涙がボロボロと零れ、その場でうずくまった。

ずっと。ずっと両親からの愛が得られないと、誰にも言わないが悩んで生きてきた。父の言う通りにしている。成績も上げ、領地のことも手伝い、第二王子のバスチアンとも親友になり、誰にも文句を言わせないほど侯爵の嫡男として成長している。

それなのに、どうして父親は自分に手を上げるのか。叱責するのか。むしゃくしゃをぶつけるような物言いをするのか。母はなぜ家に寄り付かないのか。アランを見るたびに困った顔をするのか。父の前ではことさら素っ気なく、アランを空気のようにあしらうのか。自分が悪いのだろうか。可愛げが無いから両親に好かれないのだろうか。本当は、いつもいつも悩んでいた。

プライドが高いから誰にも相談できたことはない。アルマンドにも言えなかったが、ずっと悩んで生きてきた。

「……そうだったのか。愛されなくて当然だな」

バロー子爵は見たことがある。自分に似ているとは気付かなかったが、壮年になっても輝くばかりの美貌《びぼう》で貴婦人たちをいまだに騒がせている人だ。

結婚はしておらず、独身主義かと思っていたが、そこでようやく母の不在の理由もよく分かった。父との結婚は名ばかりで、母と子爵はこそこそと結婚生活を送っているのだ。

愛とは一体なんだろうか。このような運命に生まれた自分は愛など与えられなくて当然で、母に一目惚れして結婚を申し込んだ父も、愛されなくて当然だというのか。

母は伯爵令嬢だった。バロー子爵は母より下位貴族だ。母の実家は上昇志向にあり、きっと子爵などとの結婚を認めなかったに違いない。

軍務を任され、王宮でも確固たる地位を築いているリーヴェルト侯爵から婚姻の申し入れ。母の意向など聞かずに、問答無用で結ばれた結婚だったと推測された。

誰が悪かったのだろう。結婚とはなんだろう。愛とは。愛とはなんだろうか。

生まれた時から両親から愛されなかった。きっとこの先も。

こんな空虚な自分を愛してくれる存在などいるはずがない。愛されたことが無いから、愛し方を知らない。愛したい人もいない。

見てくれだけでもてはやす人はいる。次期侯爵だと知ると近寄ってくる令嬢もいる。そんなものが何だと言うのか。真っ暗な自室で、アランの心は迷子になった。

それから一年後、アランが十六の時に、母とバロー子爵は馬車の転落事故であっけなく亡くなった。二人一緒に発見されたが、驚くことは無かった。一年の間に、自分できっちり事実を確認し、もう諦めていた。

母が死んだことは衝撃を受けたが、悲しいというよりは、二人一緒にあの世に行けて良かったのかなと思ったくらいだった。同時に、死ぬ時でさえ息子のそばにいないのだなと恨んだ。

父は母の亡骸《なきがら》をバロー子爵の墓に一緒に埋葬《まいそう》した。そこに父のどんな思いがあったのか。リーヴェルト侯爵家の代々の墓に入れたくなかったのか、それとも。母を想《おも》って。

真相は分からない。頑固で、アランを毛嫌いしている父が話をしてくれるはずがなかった。

そんな父が、アランが十八の時に倒れた。医者にかかった時にはとっくに助からない病にかかっていて、余命は数ヵ月だった。

アランは父から遠ざけられていたため、見舞いも断られていたが、ある日父の自室に呼び出された。

遠ざけていたくせに急に呼び出す。今すぐ来いなどと、心底勝手な人だ。

アランはくさくさした気持ちのまま、父の居室を訪れた。父の居室は広いが、本棚とベッドがある他は何も無かった。部屋の真ん中に置かれた大きなベッドに父は腰かけていた。

「アラン、もうすぐ侯爵を継ぐことになるだろう」

「……はい」

「仕事のすべてはアルマンドが知っている。分からないことは聞くがいい」

「はい」

「リーヴェルト侯爵家の嫡男に代々受け継がれている秘密の話を今からする」

「え？」

アランは耳を疑った。父の実の子ではない。しかし、他に子供がいないから、侯爵位を継ぐのは仕方ないだろう。父もそこを撥《は》ねのけるつもりは無いようだ。

「領地に、サンタマリ鉱山があるな」

「はい」

アランは領地の北に位置する大きな鉱山を思い出した。あまり作物が育たない寒い気候で、そのあたりは住人も少ない。鉱山に行く道は複雑で初見では辿りつけないと言われている。

「そこに鉱山道への秘密の入り口があって、その奥に市場に出回ったことのない鉱石が眠っている。通常は青緑色《あおみどりいろ》なのだが、光に当てると色が赤へ変化する。代々アレキサンドライトと呼んでいる」

「え」

「もちろん市場に出したり、交易に回したりすると莫大な資産になるが、リーヴェルト家は代々秘《ひ》匿《とく》してきた。愛する女性に出会った時に、その宝石の指輪を渡して求婚する決まりだ」

「はあ？」

思わず乱暴な声が出た。頑固な父はくそ真面目な顔で話をしていたが、耳を疑った。

この堅物な父から愛する女性や求婚などというワードが飛び出て、心底驚いたからだ。似合わなすぎる。鳥肌が立って仕方ない。

「私も渡した。あれに」

「そうですか……」

「一度も着けたところは見たことが無いが。あれは宝石に興味が無かった」

〝あれ〟とは母のことだ。確かに母は侯爵夫人にしてはいつも質素にしていた。

バロー子爵は財政がうまくいかず、美貌はあるものの貧乏子爵として有名だった。母は身分や富に関係なく、子爵に愛を捧《ささ》げていたのだ。

そして父が贈った値が付けられないほどの宝石を拒否した。アランの胸の中に木枯らしのような冷たい風が吹いた。

「鉱山を管理している代々の一族がいる。決して秘密を洩《も》らさない契約を結んでいる。詳細はアルマンドから聞いてくれ。話は以上だ、もう出て行け」

「……はい」

言われた通り、出て行こうとして、扉の前で踏みとどまった。父と話すのはきっとこれが最後だろう。アランには確信があった。

（どうとでもなれ）

腹の底に力を入れると、たくさんの迷いを振り切るように振り返った。

「俺が鉱山に足を踏み入れて、宝石を取り出していいのですか」

「愛する者が見つかった時だけだ。身を立てるのに困った時も踏み入れるが良い。ある程度の数の宝石を流せば相当な金になるだろう。領地経営は予期せぬことだらけだ。金に困れば鉱山を利用しなさい」

「金に、困ったら？」

「そう言っておる」

アランは耳を疑った。心臓が逆流したようにドクドクと音を立てる。やせ細った父を凝視《ぎょうし》したが興味が無さそうな顔で一点を見つめ、こちらを見ることもしない。

（だめだ、やめろ。泣くな。泣くんじゃない）

腹の底に力を入れ直したがだめだった。アランはとうとう我慢できずに、ボロボロと大粒の涙を流した。

父のことは好きじゃない。この数年、出生の秘密を知ってからは、父のことも理解しようと努力をしてきた。

だが、虐待《ぎゃくたい》に近い、長年の仕打ち。愛を求めた幼い頃の自分がどれだけ父に気に入られようと努力したか。媚《こ》びへつらい、愛を乞《こ》い、そうして打ちひしがれたか。

アランの心に染みつき、ふとした時に思い出しては傷つき、心の柔らかい部分を踏みつけるように痛めつけるのだ。

好きじゃないが仕方ない。許せないが仕方ない。この数年はそう思い、なんとか耐えてきた。

「それは！　それは！　リーヴェルト侯爵嫡男にしか許されないことではないのですか！　俺は、違うじゃないですか！」

涙を乱暴に拭い、怒鳴った勢いのまま、父を睨みつけた。

父は被害者だ。母とバロー子爵に振り回された被害者だ。だが、怒りを、どうにもならない思いをぶつける相手は父しかいなかった。

睨みつけた父は、見る影もないほどやせ細り、いまにも消えて吹き飛びそうなほど弱々しかった。

「男が泣くんじゃない！」

しかし、鬼のリーヴェルト侯爵と恐れられただけはある。部屋を震わすほどの大声を放ち、鋭い眼光《がんこう》のまましっかりアランを見据《みす》えた。

「何を言っている。お前は私の息子だ」

父は意志を持った強い瞳でしっかりとアランを見た。アランの胸に熱いものがこみ上げ、鼻がつんと痛みだした。早く部屋を出ないといけない。

「父上はそれでいいんですか。俺が鉱山に足を踏み入れても」

アランは縋《すが》るような瞳で痩《や》せた父を見つめた。父に何を言ってほしいのだろう。父がすべてを優しく説明してくれる性格じゃないのは分かっているのに。さっきの言葉が父のすべてだったのだ。

「駄目ならこの話はしない。馬鹿なことを言うな」

父はもうアランを見なかった。

「……そうですか」

アランは何とも言えず俯《うつむ》いた。

「話が済んだなら出て行け」

父の声はいつもアランを怯《ひる》ませる。怖くて恐ろしくていつも身体が氷のように固まるが、黙りこくっていても叱られるので、今回もアランはなんとか言葉をひねり出した。

「……決して私欲のために利用しないとお約束します」

「勝手にしろ」

アランは今度こそ部屋を出た。とうとう涙が堰《せき》を切って流れ、部屋を出た瞬間、ズルズルとしゃがみ込んだ。

愛する人へ求婚するための宝石を隠している鉱山。随分ロマンティックな一族だ。

決して市場に流通させず、愛する者だけのために発掘させるのに。なぜ父は実の子ではないアランに、金に困ったら使えばいいなどと言ったのか。なんで。そんな風にまるで実の親みたいに心配するのか。情けをかけるのか。なんで。なんで。今までそんな事一言も言わなかったくせに。ずるい奴《やつ》。ずるい。

憎めなくなった。

死ねと何度心の中で思ったか分からないのに、最後の最後で愛を与えられて、愛をもらったことのないアランは父を憎めなくなってしまった。今までの仕打ちすべてを赦《ゆる》してしまった。

悔しい。それが悔しくてたまらない。こんなにも簡単で愚かな自分が悔しい。

与えられた愛が嬉しくてたまらないなんて。自分の中身は愛に飢えた無垢《むく》な子供のままなんだと思い知る。

「うう——……っ。うっ。うっ。うっ。う——」

色んな感情が暴れ出し、アランはしばらくむせび泣いた。

すでに結婚はしないと誓っていた。結婚という制度がいかにくだらないかと思っていたし、貴族によくある政略結婚もくそくらえだ。

愛に期待を無くし、失望し、他者を拒絶する自分に恋愛結婚ができるはずもなかった。

だから、結婚などしない。

そもそもアランの出自はリーヴェルト侯爵では無いのだ。父には弟がおり、その弟には息子もいる。本来の血筋に戻すべきだろう。

父から聞いた鉱山だが、愛する者のために宝石を発掘する機会など死ぬまで無いだろう。

しかし今日の話は一生忘れない。

アランは思う存分泣いて立ち上がると、もう二度と父の部屋を訪れなかった。

それから二週間後、父は息を引き取った。

そうして十八歳の若さでアランは侯爵位を引き継いだ。


——ずっとずっと、両親が生きていた時も亡くなった後も、侯爵邸は寂しさに溢れていた。

それなのに、今どうしてこんなにも笑いに溢れているのか。

「王女殿下。朝摘んだ苺が綺麗な色をしているのですが少しどうですか？」

呼んでもいないもう一人のシェフまで入ってきて、バスケットの中に入れた苺を見せている。

「まあああ。綺麗ね！　いただくわ。甘いものは別腹だしね」

「練乳もつけますね」

「最高すぎる。もう住んじゃおうかしら！　ふふ、アランさまよろしくて？」

「いいわけがないだろう」

「もう！　アランさまは私を喜ばせるのがお上手ね！」

アランの冷たいあしらいも、なんだか小気味のいい合いの手のように思われている気がする。それを証明するように、周りの面々もアランの事まで微笑ましい顔で見ている。むずがゆくて困る。

だが今日はそれも悪くないか……。

アランはいつかの寂しさをこらえ、目の前の温かな光景が眩《まぶ》しくて眼《め》を細めた。

第三章 ♥ 最初で最後のデート

ラヴィアンは毎日欠かさず、リーヴェルト侯爵邸《こうしやくてい》を訪れていたが、その日は大きな違いがあった。玄関の扉が開いたかと思うと、アランが出てきたのだ。

「え！　え！　えええええええ！」

ラヴィアンは思わず玄関前のアプローチで大きな声をあげた。よたよたとのけぞって驚きを表現してみる。

声を向けられた主、アランが眉をひそめている。お返しとばかりに「うるさい！」と怒鳴りつけられたが、ラヴィアンは身を乗り出してアランの身なりをまじまじと見た。

「お、お、お出かけですの!?　そんなおめかしなされて、どこに。この格好は王宮では無いですわね。一体どちらに……！」

ラヴィアンは動揺《どうよう》を抑えきれず、あわあわと、両手を揺らした。

アランのグレーのジャケットには銀糸の刺繍《ししゆう》が上品に張り巡らされている。プラチナ色のクラバットをリボンの形に結び、いつもより数段華やかな印象だ。夜会に出れば貴婦人たちに囲まれるに違いない。

「はううう〜、天に召されそうだわ」

「今日は花まつりに行く」

「花まつり⁉　あ、もしかして、トゥーラ花まつりかしら？」

ラヴィアンの紫色の瞳が輝きだしたのでアランは嫌な予感がした。

「そう。リーヴェルト家が出資と運営をしている」

「そうでしたのね！　今日でしたか。視察に行かれるのですね」

アランの淡々とした返事にもラヴィアンは嬉《うれ》しそうに「ふふふ」と笑って、くるりと一回転した。

「そんなわけですまない。もう出なくてはいけないので帰ってくれ」

「わかりましたわ」

ラヴィアンが素直に踵《きびす》を返すと、アランが珍しいというように驚いた仕草をした。あっさり引き下がって帰ると思っているのだろうが、ラヴィアンは一瞬のうちに大きな決断をしていた。

「おい？」

左に停《と》められている自身が乗ってきた馬車には目もくれず、ラヴィアンはまっすぐ歩く。

アランが後ろから不思議がっているが、ラヴィアンはそのまま正面に停められているリーヴェルト家の馬車に乗り込んだ。アランが後ろからカツカツと革靴を鳴らし、小走りで続いて馬車に乗り込んでくる。

「ん⁉　ラヴィアン、馬車が違うぞ。お前の馬車はあっちだろう」

「いえ！　私もご一緒いたしますわ」

「いや」

アランがひきつった顔で首を振る。ラヴィアンはにっこり微笑《ほほえ》んだ。「トゥーラの街は近いですもの、夕方までには帰ってこられそうですし、私も一度花まつりに行ってみたいと思っていましたの。どんなお花があるのでしょう。お花は私大好きなんです！　たくさん持って帰りたいですわね」

ほうっと感嘆の息を吐いて、うっとりしているラヴィアンを無視し、アランは馬車の扉を開け、「アネット嬢、クロエ嬢！」と呼んでいる。

彼女の暴走にまだ王女に仕えて日の浅いクロエの方は馬車のすぐそばでおろおろしていたが、アネットは腹をくくったらしい。いつもの無表情で馬車のそばに姿勢よく立っていた。

「リーヴェルト侯爵、仕方ありません。私も同行いたします」

「いや、王都から王女を連れ出していいのか。俺が誘拐《ゆうかい》したなんて事態になったら困るのだが」

「今からクロエを使いに出しますので。大丈夫でしょう。王女殿下《おうじょでんか》、後で国王夫妻に叱《しか》られるでしょうがいいですね？」

アネットが感情を無くした顔でこちらを覗《のぞ》いてくる。アネットはせっかくの美人なのに笑顔が少ないところがもったいないわと思いながら、優雅に頷《うなず》いた。

「かまわないわ」

そう告げると、アランががっくりと肩を落としたのが目に入った。

それからはもう諦めたらしい。ラヴィアンが言い出したら言う事を聞かないことを理解しているのかもしれない。ため息をこれみよがしに吐《つ》いてから馬車の座席にドンと乱暴に腰かけた。

クロエはお忍び用の馬車でもう王宮へ出発したようで、アネットがこちらの馬車へと乗り込んできた。妙齢《みょうれい》のアランとラヴィアンを馬車の中で二人きりにはできないのだろう。二人掛けの席が向かい合うように設置されている馬車で、ラヴィアンとアランは隣同士に腰かけ、ラヴィアンの向かい側にアネットが座る格好となった。

「わ、出発したわ」

ラヴィアンは車窓に張り付いて、進んでいく景色に夢中になった。瞬《まばた》きも忘れて、食い入るように見てしまう。

「ラヴィアン、王都の代わり映えしない街並みでも目を輝かせられるのだな」

「代わり映えしないことはありませんよ、アランさま」

アランは街並みや景色に興味が無いらしい。腕組みをして、まっすぐ前を見ている。前を見たところで馬車の座席しか目に入らないというのに。

「アランさま！　王都を出ましたわ！」

窓の奥に見える王都はたくさんの建物が敷き詰められるように建ち並び、奥には巨大な王宮が見えている。そこから続く通りの道は広く、石畳《いしだたみ》で整備され、たくさんの馬車が行き交っている。この行き交う人や馬車の多さがセシリオ王国の豊かさを物語っているようだった。

「見ればわかる」

「王都を出ても道は舗装《ほそう》されているのですね！」

「トゥーラの街と王都は往来が多いから馬車や人が通りやすいようになっている。随分《ずいぶん》前からだ」

「そうなのですね！」

「あまり王都から出ないか？」

「はい。王都から出る機会は一年に一度避暑地《ひしょち》に向かう時くらいで、それはトゥーラと方角が違いますので」

「……え、今日いきなり王都から出て大丈夫だったのか。冷や汗が出てきた」

アランが眉を寄せて深刻な顔をするので、「大丈夫です、私ももう十八になりますから」と安心させる言葉を投げかけたが、「はいはい」となぜかあしらわれた。

「それにしても、もう。アランさまったら！　今日はグレーのジャケットでその銀糸の刺繍もなんて素敵なの。聡明《そうめい》であり、輝くばかりのお顔にぴったりのお衣装ですわ！　アランさま以外の人は着こなせませんわ！　どれだけ私を虜《とりこ》にするのかしら！」

「分かった、分かった」

「はあああん。足が長いのですわね。隣同士に座るのも初めてじゃないかしら。なんだか緊張してしまうわ」

隣同士に腰かけるのは初めてで緊張してしまう。距離が近くてドキドキする。これはデートといっても過言では無いだろう。妙齢の男女が花まつりに一緒に行く。完全なるデートだ。ラヴィアンは胸が苦しくなって、胸にぎゅっと手を押し当てた。

「似合っているな、ドレス」

アランは座席にもたれ、手を太ももの上で組みながら顔だけをこちらに向けていた。ラヴィアンは目を見開く。まさに目が零《こぼ》れ落ちそうなほど。

今日もマダムアーダのお店の素晴らしい生地を使った淡いオレンジ色のドレスを身にまとっている。裾《すそ》にかけて細かなプリーツがたくさん入ったシフォン生地のドレスだ。春にぴったりの華やかなものでラヴィアンは気に入っていたが、まさかアランに褒められるとは思っていなかった。

貴族男性は女性の装いを褒めるのもマナーといえるが、アランにそのような事を口にされたことは無い。

それがかえってアランの魅力というか、要するにどれだけ冷たい対応を取られてもラヴィアンにとって何の障害にもならないのだが、褒められるのはやっぱり嬉しい。

「……ありがとうございます」

ラヴィアンは珍しく小さな声でぼそぼそと返事をした。照れたのだ。

アランは不思議そうに首を傾《かし》げている。特別褒めた意識も無いのかもしれない。

ラヴィアンは思い切って隣との距離をぐっと詰めた。腰をあげてスッと移動する。アランの太ももに自らの太ももが触れ合う近さだ。アランが反射的に距離を取るように座席の端っこへと寄ってしまった。ラヴィアンはさらに距離を詰めて、ぴったりと隣に張り付いた。

「なぜ寄ってくる！」

アランはラヴィアンに距離を詰められたせいで、馬車の壁に窮屈《きゅうくつ》そうに張り付きながら訴える。

「近づきたくなったのですわ。肩が触れ合う距離で過ごしたいのです。だって大好きですもの！一緒にお出かけできるようになって私舞い上がっておりますの！　これってデートですわよね？」

「はあ？」

アランは向かいの座席で無表情のアネットに視線をやる。どうやら助けを求めているらしい。

しかし存在感を消したアネットは、顔のすべてをハの字にして首を小刻みに高速で横に振った。

これはきっと『暴走している から、制御不能』の合図だ。

ラヴィアンはにっこりして、隣にいるアランを見上げた。

「はしたないとは思わないのか！」

「だって、二度と無いかもしれませんから。私、今日はしたいようにしますわ」

「いつもしたいようにしているだろう！」

アランはくっついた太ももを一瞬見下ろし、いたたまれないというように顔をぷいっとそむけた。

「ふふふっ！　アランさまってなんて面白いのでしょう。大好きです！」

ラヴィアンが笑うたびに、身体《からだ》が小刻みに揺れ、触れ合ったアランの肩に振動が伝わる。アランが居心地悪そうに身じろぎをした。

アランは膝《ひざ》の上でぐっと握りこぶしを作り、何かをこらえるようにじっと押し黙っている。ラヴィアンが顔を見上げると、アランの綺麗《きれい》な形の耳が赤く染まっていた。

（私、もうこのまま人生が終わってもいいわ）

ラヴィアンは夢見心地《ゆめみごこち》になり、しばしの間、目をつぶって幸せを味わった。こうして一緒に馬車に乗るのは今日が最後だろうという確信もあった。

そのうち王都を出ると、ラヴィアンはまた車窓に張り付いた。アランは相変わらず興味が無い様子で、時折車窓に視線をやるものの、基本的にはまっすぐ前を見ていた。

「ねえ！　見てください、アランさま！　遠くの方に牛がいます！」

「トゥーラは酪農《らくのう》が盛んだからな」

「わあああ！　川が綺麗ですね！」

「トゥーラリズ川だ」

アランは車窓を眺《なが》めなくても地理が頭に入っているらしい。出かけてからずっと、アランとトゥーラにお出かけできている奇跡に感動が止まらない。何度も何度もこの奇跡に感謝する。

「アランさま！　今日も大好きですよ！」

「……今、外を眺めていただろう。脈絡《みゃくらく》が無さすぎる」

ラヴィアンは窓に張り付くようにしていた身体を反転《はんてん》させて、またぴったりとアランにくっついた。至近距離でじっと見上げる。それなのにアランはかたくなに向かい側の座席を睨《にら》みつけるようにまっすぐ視線を向けていた。そこには断固たる意志さえ感じるほどだった。ラヴィアンは目を合わせるのを諦め、アランの大きな肩にそっと頭をもたせかけた。

「今日見る景色すべてが宝物のように煌《きら》めいています。それはなぜかと考えていましたが、すぐに答えが分かりました、私がアランさまを大好きだからです。この世に一人しかいない尊いアランさまとご一緒できているからです」

「………………」

「私もう花まつりに行けなくてもかまいません。このままとんぼ帰りしたとしても今日は最高に幸せな一日です。ありがとう、アランさま」

女性が思いを伝えるのがはしたないとは思わない。

だって、この気持ちは私の中で一番綺麗な部分で、大事にしているものだから。自分の中で閉じ込めているままなんて、そんなの苦しい。アランに同じ気持ちを返してほしいだなんて思っていない。ただ、知ってほしいだけ。アランがそれだけ素敵で魅力的で心が惹《ひ》かれて仕方ない存在なんだと、知ってほしいのだ。

「俺を好きになった理由はなんなんだ？　ラヴィアンが見た目や爵位《しゃくい》などに惹かれるはずも無い。こんな、不愛想な俺のどこが一体いいんだ」

ぽつりとアランがつぶやいた。ラヴィアンは肩にもたせかけていた頭をあげる。じっとアランがこちらを見た。真剣な表情だった。ラヴィアンは少しばかり後ろめたい気持ちになり、さっと顔を俯《うつむ》ける。

（好きになった理由……）

もちろん理由はある。爵位などで好きになるはずも無いし、アランの見た目は好きだがそれだけで毎日押し掛けるほど好きになったわけじゃない。

だけど、理由を話してしまうと、軽蔑《けいべつ》されそうで怖い。毎日立派に仕事をこなし、真面目に生きているアランに嫌われそうで怖いのだ。好きになってほしいなんて贅沢《ぜいたく》なことは願わないけど、軽蔑されるのは怖い。身勝手で醜《みにく》い自分に嫌気がさす。

「……ごめんなさい。理由を言えなくて。私、実は一度、アランさまに心を救われたのです。これは本当です。一番辛《つら》かった時に、引き上げてもらったのです……」

「…………そんなわけが」

アランが信じられない様子で眉を寄せて、首を振る。

「あ！　見た目も大好きなのです！　えへ、私の好みのお顔ですわ！」

「……それは知っている」

アランが隣でフッと笑った気配がした。ラヴィアンは許されたような気持ちになって、また肩に頭を寄せた。ラヴィアンはじっとまた固まっていたが、押しのけることも、言葉で咎《とが》めることもしなかった。ラヴィアンにはそれで十分だった。

「アランさま。アランさまはご自分で思っているより、優しく、正義感に溢《あふ》れ、慈愛《じあい》に満ちた方です」

「到底そうは思わないが。ラヴィアンの目は節穴だな」

「そんなことはありません。ふふ。あ！　アランさま、あれはトゥーラの街ではなくて!?」

王都は貴族たちの大きな邸宅《ていたく》や巨大な王宮があり、色合いも落ち着いたベージュやグレーが多い傾向だが、トゥーラの街は違ってカラフルだった。赤や青や黄色など原色の屋根の小さな家がたくさん並んでいる。真っ白な石の道との対比が美しい街だ。祭りを表すようにたくさんの旗や花、アドバルーンなどで人々を歓迎していた。

「どうやら着いたようだ」

アランは先に馬車から降り、アネットとラヴィアンが降りるのを補助しようとした。

「リーヴェルト侯爵、そちらでお待ちください、今から王女殿下のお着替えをしますので。王女として行くと混乱を招きます」

「あ、……そうか、どうぞ」

ラヴィアンは自分のドレスを見下ろした。確かにオレンジのドレスはとても気に入っているが、これでは王女であると丸わかりだろう。よくできる侍女《じじょ》のアネットはきちんと変装用の衣装も持ってきているらしい。

アランは馬車の下で呆気《あっけ》に取られていたが、すぐに納得して馬車に背を向けてくれた。馬車の扉を閉めると、ラヴィアンは素直にドレスを脱いでいった。

「アネット、ごめんね」

「なにがですか」

「勝手にトゥーラまで来ちゃって」

「慣れていますから大丈夫です」

話をしながら変装用のドレスを身につける。あまり飾りのないシンプルな桃色のドレスは、先ほど着ていた物よりも軽く、動きやすい。

「……うん。ありがとう。あなたには本当に感謝しているの」

「ご事情はリーヴェルト侯爵にお話しにならないのですか？」

「……話してどうするの。会っている間はずっと笑顔でお話ししていたいの」

「そうですね。はい、殿下がそれでいいのなら何も言いません」

アネットはそれきり口を噤《つぐ》んで、手早くラヴィアンを着付け直してくれた。銀色の髪がかなり目立つので、お忍びの時によく使っている茶髪のカツラを装着する。アメジスト色の瞳だけは隠せないが、これならばラヴィアンを王女だと気付く人は少ないだろう。

「はい、町娘……にはさすがになりませんが、貴族か商家の娘くらいにはなりました」

アネットがラヴィアンの全身を眺めまわして言うので、「ありがとう」とお礼を言う。

「じゃあ、行ってくるわね」

「私は祭りをブラブラしています。せっかくですからお二人で楽しんできてください」

「いいの？」

「トゥーラの中だけですよ。ほら、行ってきてください」

「アネット！　ありがとう！」

馬車の中でアネットを抱きしめ、身体を離すと馬車から降りた。少し離れたところで待ってくれていたアランに駆《か》け寄ると、ラヴィアンの全身を見て頷いた。

「お待たせしましたわ。アランさま。さぁ、行きましょう」

「ああ」

「エスコートしてくださる？」

「……そうしよう」

迷ったように遠慮がちに手が差し出されたので、ラヴィアンは華奢《きゃしゃ》な手をそっと乗せた。きゅっと手を摑《つか》まれると胸が千切れそうなほどときめいたが、大げさに騒ぐのはこらえ、隣を歩いた。

トゥーラの花まつりは大盛況だった。そこら中に花が並び、食事の屋台も立ち並び、ありとあらゆる観光客で賑《にぎ》わっていた。

シロツメクサの花輪を頭にのせている若い女性もいれば、シャツの胸ポケットに一輪の真っ赤な薔薇《ばら》を挿《さ》して歩いている人も、カーネーションの花束を持っている子供も見える。ピンク色のシクラメンの鉢植えを大量購入して馬車に積んでいる小売り商人もいた。大道芸人が大きな自転車に乗り、芸を披露している周りにはたくさんの客が集まっている。あちらでは真っ赤なドレスを着た踊り子たちが花のレイを首から掛けダンスを披露している。

「まあああ！　綺麗だわ！　アランさま！」

ラヴィアンが目を輝かせてアランを振り返る。

「そうだな。綺麗だ」

アランも素直にそう言い、花まつりを見渡している。赤、黄、青、紫、白、ありとあらゆる色の花で街は溢れ、通りゆく人の顔すべてが笑顔だった。ラヴィアンは何とも言えない感動を味わって、涙がこみ上げてきた。

(夢のよう。きっと今まで生きてきた分のご褒美《ほうび》ね)

アランが花の並ぶ露店《ろてん》で立ち止まったので、ラヴィアンもつられて立ち止まる。簡易の花屋であるらしい。アランがじっと紫色の綺麗な花を見ている。

「この花は？」とアランが店主に声を掛けた。

「リシアンサスでございます。一本どうですか？」

陽気な顔をした店主がアランににこやかに告げた。

「いただこう」

アランと店主がやり取りをして、店主に金を払っている。興味津々《きょうみしんしん》で花を覗き込んで見ていたラヴィアンだが、アランがリシアンサスを一本バケツから引き抜くと思わずアランを見上げた。

アランはラヴィアンの顔の横に花を当て、顔と花の二つを見比べる。

「うん。お前の瞳の色だ」

アランは慎重な手つきでラヴィアンの小ぶりな耳に花を挿し込んだ。真剣な表情だった。

「カツラなのが残念だが仕方ないな。お前の銀色の髪の方が似合うだろうが」

ぶつぶつと言いながらアランはラヴィアンの耳にリシアンサスを挿し込むと、「うん」と満足そうに頷いた。ラヴィアンの耳より大きな紫色の花は、美しい顔をさらに華やかに彩った。

放心状態のラヴィアンがアランの満足そうな少年のような顔を認めた途端、胸を巨大な矢で射抜かれた心地になった。

「な！　な、な……」

ラヴィアンの真っ白な頬《ほお》がみるみる赤く染まり、ぷるぷると震えだした。

「な？」

「なんてことするのですか！」

ラヴィアンはかっかと怒った。

「駄目か？」

「駄目に決まっています！　これは罪です！　こんな、こんな人だとは思っていませんでしたわ。アランさまの女たらし！　スケコマシ！」

「なんて言葉を使うんだ。馬鹿なのか」

アランは心外だと言わんばかりにムッとした顔で抵抗する。

「ぷん！　もう知りません！」

「怒ったのか？」

「怒ってません。それから好きです！　大好き！」

ラヴィアンのときめきメーターは振り切れ、感情のリミッターが外れていた。アランはフハッと吹き出すように笑い、「ほら行くぞ」と隣の店へと歩き出す。

（ああ、どうしよう。どうしよう、好きでどうしよう）

ラヴィアンはこみ上げてくる涙を、懸命に瞬きをして誤魔化《ごまか》した。

好きだと告げてもはしたないと言わなくなったアランに感謝の気持ちでいっぱいになる。同じものを返してもらったわけじゃなくても、受け止めてもらえるだけでこんなにも嬉しい。好きになって良かったんだって心から思える。やっぱり女性から気持ちを伝えるのって決していけないことじゃないと思う。マナー違反だとか、はしたないだとか、前時代的《ぜんじだいてき》だわ。

「待ってください！」

ラヴィアンは慌てて追いかけ、アランの腕に手を差し込んだ。腕を絡めるようにして歩く。

アランの耳の先がまた赤く染まっていたし、ラヴィアンの鼓動《こどう》も街中の人に聞こえるのじゃないかというほどの有様になったが、花まつりの明るさと喧騒《けんそう》と人ごみにまぎれて次第に気にならなくなった。

「アランさま！　ハンバーガーですって！　なんて分厚いの！」

ラヴィアンがハンバーガー店を指さして言う。明るい赤色の屋根のお店は大きな窓が開いていて、そこに店主が顔を覗かせていた。ハンバーガーのイラストがでかでかと店先の看板に飾られている。

「食べてみるか？」

「ええ！　挑戦してみたいですわ！」

「買ってこよう。ここに座ってろ」

「勝手に行かないでくださいませ。一緒に歩いて行きますわ！」

絡まった腕を放して、ラヴィアンをベンチに座らせようとしてくれたが、ラヴィアンは首を振ってさらに腕を絡ませた。

(気持ちは嬉しいけど駄目。今日はずっと隣にいたいから)

アランは諦めたように笑い、腕をそのままにして一緒にハンバーガーを売っている小さな店へと向かった。

「アランさま！　これもいわゆるハンバーグのサンドイッチといえるのでは!?」

「まあ、たしかに。ハンバーガーだからな」

ハンバーグのサンドイッチが好物だったアランのことだ。パンにハンバーグを挟んでいるという点では同じだ。きっとアランは気に入るに違いない。興奮したようにアランに訴えたが、アランは相変わらず冷静な反応だった。ラヴィアンはイラストが描かれたメニューを眺め、「チーズバーガーがいいですわ」とつぶやく。

「チーズバーガー二つ」

アランが店主に頼んでくれて、支払いも済ませてくれた。しばらく待っていると、紙に包まれたハンバーガーが二つ渡された。

ラヴィアンはきょとんとする。この国にはハンバーガーというものは無い。最近庶民の間で流行《はや》ってきていると聞いたが、食べ方がいまいちわからない。ナイフもフォークも無しで、このように分厚いものをどうやって食べるのだろう。

「どうやって食べるのだ」

コワモテの店主にアランが尋ねてくれた。

すると、「かぶりつくんだよ」とニヤリと返事が返ってきて、二人がしばし固まる。

だが、「分かった」とアランが一言発し踵を返したので、ラヴィアンはついていった。ベンチに座り、アランから包みを一つ受け取る。紙の包みをそっと剝《は》がすと、ふっくらしたパンにはさまれたハンバーグにとろけたチーズが見えた。

「まあああ、熱いものなのね！　野性的な香りがするわ！」

「ラヴィアン、かぶりつくなど無理だろう。ナイフとフォークがどこかに無いか探してこようか？」

「いえ！　何事も挑戦ですわ。いただきます」

ラヴィアンが大口を開けて、それでも口に入りきらないハンバーガーにかぶりついた。しかし、パンは二枚かじったが、肝心《かんじん》のハンバーグが奥に引っ込んでしまっている。

「パンしか食べられなかったわ、なかなか難しいわね」とハンバーガーを睨みつけながら対戦する。

隣でその様子を見ていたアランは「ハハッ」と声を出して笑っている。今日はアランの笑い声を何度か聞いている。ラヴィアンは幸せとはこういうことかと噛《か》み締《し》めた。

「ん――！　なんておいしいのかしら！」

ようやくジューシーな肉に辿《たど》りついた。口元にケチャップをつけたまま、アメジストの瞳をぱちくりと見開いたラヴィアンは小さな口で懸命にかぶりついている。

「ははは、ラヴィアン、ふっ、ははっ！」

アランが吹き出すように笑った。目元をくしゃりとさせ、こらえきれないというように楽しそうに笑っている。

ラヴィアンはハンバーガーを口から離し、ぽかんと口を開けてアランを見る。

「ケチャップついてるぞ」とアランが親切に言ってくれても、「ええ」と返事をするのがやっとで呆然《ぼうぜん》としていた。アランがハンカチを取り出し、口元を拭《ぬぐ》ってくれたが、それもされるがままになってしまった。

「ラヴィアン？」

アランは珍しく固まるラヴィアンをどうしたのかと覗き込む。

「アランさまが笑ってる。ううう！　どうしましょう！　ああ、アランさま。私のことをきつく抱きしめていただけませんか？」

見たこともないくらいに眩《まぶ》しいアランの笑顔にラヴィアンの興奮は止まらない。あんな素敵な笑顔を引き出せた自分を褒めてあげたい。

「馬鹿なのか？」

「もみくちゃにしていただきたいです！　でないと、私弾《はじ》けて飛んでいきそうで！」

「黙ってハンバーガーを食べろ。ん、うまいな」

アランはハンバーガーにかぶりつきながら、トゥーラの賑わった街並みを眺めている。ラヴィアンも同じように遠くまで見渡した。

ラベンダー色のベルフラワーの鉢植えを抱えているふくよかで髭《ひげ》を蓄えた男性に目を奪われる。

「ベルフラワーだわ。珍しい」

「知っているのか？」

アランも目の前を通り過ぎていく人の鉢植えに目をやっている。

「ええ。セシリオ王国では絶滅危惧種《ぜつめつきぐしゅ》になっているのですが、なんだか可憐《かれん》で好きなんです。リーヴェルト領にはまだベルフラワーが残っているんですね。国内ではものすごく高値でしか手に入りません」

「確かに豊かそうな人が買っていたな。貴重なのか？」

「根っこの部分が喉の薬になるんですよ。私も扁桃腺《へんとうせん》が腫《は》れた時に飲んだことがあります。だいぶ前に薬のために乱獲《らんかく》されたらしくて数が減っちゃったんです。花じゃなくて根っこのために刈《か》られちゃったんです」

「ほお。なるほど。詳しいな」

アランが興味深そうな顔で目を輝かせている。そういう顔が好き。少年みたいで愛《いと》おしくなる。

ラヴィアンは微笑んで頷いた。

「三番目の兄のエミリアンが薬学研究所の理事なのです。幼い頃からエミお兄様は薬草などに興味があってその流れで薬学を研究しているんです。夕食の時はうんざりするほどお話を聞かされてました」

「ふっ、そうなのか」

アランは夕食時のラヴィアンとエミリアンの様子を想像したのか、楽しそうに微笑んだ。

「それとは別に、花が幼い頃から大好きで、王宮の庭に通い詰めているうちに庭師の方々とも仲良くなって、色々お話を聞かせてもらったのです」

「はは、ラヴィアンらしいな」

アランが納得したように頷いている。ラヴィアンは何がラヴィアンらしいのか分からなかったが、アランがなんだか楽しそうにしているのでつられて微笑んだ。

小川が流れ、レンガ造りのたくさんの家が建ち並び、石畳の道にはたくさんの人。子供や老人もみな花を身につけ、猫が一本のコスモスを咥《くわ》えて目の前を横切った。街中すべてを埋め尽くすばかりの花々。夢のような光景だ。

「……私今日のこと一生忘れません。トゥーラの花まつり、二度と来られなくてもずっと覚えておきますわ」

ラヴィアンは静かに語った。トゥーラは王都からも程近い。通常であれば二度と来られないということは無い。大げさだと言われてもおかしくなかったが、アランは野暮《やぼ》な突っ込みはしなかった。

「俺も覚えておく」と優しく返事をくれた。

ラヴィアンは嬉しくなって微笑んだ。きっと二度と忘れない大切な思い出になるだろうと確信していた。

その後、ラヴィアンは大量の花を買い付けて王宮への配送を頼み、アランと共に王都へ帰還《きかん》した。

ラヴィアンは馬車の中で変装を解き、自分のプラチナ色の髪に紫色のリシアンサスを挿し直すと、嬉しくなって馬車の窓に反射する自身を確認した。

「また明日も来ますわねー！」

疲れ知らずのラヴィアンはいつも通り元気で、花咲くような笑みを振りまき、王宮へと帰った。

ラヴィアンがその日、リーヴェルト侯爵邸に訪れると、アルマンドが疲れた顔で出迎えてくれた。

「あら、アルマンド。目の下のクマがすごいわ。眠ってないの？」

「王女殿下、いらっしゃいませ。そうなのです、アランさまと昨晩領地に向かい、先ほど帰ってきたところでして」

「なにかあったの？」

「落雷のせいで停電が発生して領地が混乱しておりましたので指示をしに急きょ向かっていたのです。ある程度片付いたのですが、現在アランさまは執務室で後処理をしているところです」

「そうなの。分かったわ。アルマンド、ゆっくり休んで。厨房《ちゅうぼう》に寄ってからアランさまのところに行くから案内はいいわ」

「承知いたしました。ありがとうございます」

アルマンドはにっこり微笑んで、慣れた足取りで厨房へと向かう。

リーヴェルト侯爵邸の厨房はシェフが数人常駐しており、楽しげな会話が繰り広げられている明るい職場だ。労働環境が良いのだろう。ここで働いている者たちすべての顔が明るい。仕えているのが口うるさくないアランのみというのも大きいのかもしれないが。

「ナタンシェフー。グランに、レベッカも、ごきげんよう」

シェフのナタンと他のシェフたちに挨拶《あいさつ》すると、厨房の入り口に立っているラヴィアンを見てみなが頭を下げた。レモン色のドレスを身につけたラヴィアンはそれに負けない華やかさでにっこりと笑顔を見せる。

「王女殿下。もう旦那さまのもとへ行かれましたか？」

ナタンシェフがにこやかな顔で手をお手拭きで拭きながらこちらに寄ってきてくれる。ラヴィアンは首を横に振って、「今からよ」と告げた。

「ナタンシェフ、今日もお髭が立派ね。あのね、アランさま、徹夜でお疲れらしいの。気持ちが落ち着くハーブティーを差し入れしたいなって思って。用意してくださらない？」

ラヴィアンは豊かに蓄えられたナタンの髭を褒めた。ナタンは笑顔で頷いてくれた。

「もちろんです。生のフルーツをいくつか入れて、フルーツハーブティーはどうでしょう。ちょうどパイナップルを乾燥させていたところなのでそれをメインで入れて」

「きゃ！　素敵すぎるわ！　私の分も用意してくださる？」

ラヴィアンは喜びを露《あら》わにし、両手を組んでナタンを見上げる。

「もちろんでございます」

「アランさまと一緒に飲めたら最高ね。お誘いしてみるわ」

茶目っ気たっぷりのラヴィアンにナタンがうんうんと頷く。それから思い出したようにナタンが、ポンと手を打った。

「そういえば旦那さまの好物を聞くことに成功したのです」

「ええ！　そうなの!?　なになに！」

「鯛《たい》のポワレが好きなようです。しかも、私が作るレモンバターソースのものがお気に入りだと教えてくださいまして」

ナタンシェフは大柄のコワモテの見た目で、身体をくねらせて喜んでいる。ラヴィアンも嬉しくなって「まあああ！」と喜びの声をあげた。

「ナタンシェフ！　すごいわ！　アランさまの新情報をありがとう！　レモンバターソースだなんて、なんて愛おしいの！　酸味のあるものが好きなのね！」

「そうなのです。もう。私、本当にここに勤めていて良かったです！　それもこれも王女殿下のおかげです」

ラヴィアンは目をぱちくりと開き、首を傾げた。「私？」と自らを指さすと、ナタンがうんうんと何度も深く頷く。

「王女殿下が来られてから旦那さまの雰囲気《ふんいき》が柔らかくなり、話しかけやすくなりました。それから、王女殿下が私たちと交流してくださるからでしょうか。ぽつぽつと会話してくださるようになり、最近はなんとナタンと！　名を呼んでくださったのです！　もう私、ここで骨を埋めることを決意した次第で！」

「そんな！　私のおかげだなんてことはないけれど、分かるわ。アランさまに名を呼んでもらえる喜びは。とっても嬉しいわよね。それは恋だわ、ナタンシェフ！」

「恋、なのでしょうか……!?」

ラヴィアンとナタンはそれぞれ胸に両手を当ててパチパチと瞬きをする。突っ込みが不在なので会話があらぬ方向へと向かっている。

そこにふらふらと歩いていたミゲルが現れ、二人の様子を見て「ふははは」と笑い転げた。

「ちょ、やめて。髭面のシェフがアランさまに恋してるわけないっすから。ナタンシェフも王女殿下の勢いに流されないで。あんた、奥さんも子供もいるでしょ」

ミゲルが二人を窘《たしな》める。ナタンは冗談に乗っかっていたのか、「へへ」と言いながら頭をかいている。

「でも確かに、王女殿下が来られてから、アランさまの雰囲気が優しくなったのは思います。話しかけやすくなりました」

「そうかしら？　以前からアランさまの雰囲気は優しいわ」

「はははっ、王女殿下がそんな調子だからいいんでしょうね」

ミゲルは笑い上戸らしく、お腹《なか》を抱えて笑っている。

「あのぉ、王女殿下」

厨房の奥からまだ若い女性のシェフのレベッカが声を掛けてくる。レベッカは二十代半ばくらいの新米女性シェフだ。赤い髪にそばかすがチャームポイントで、人懐っこいところが長所だ。

ナタンシェフの後ろからひょいっと小さな顔が覗き込んでくる。ラヴィアンも覗き込むようにして、レベッカに目を合わせると、「うわぁ！　眩しい！」となぜか太陽でも見るみたいに手をかざされた。

「レベッカ。ごきげんよう。どうしたの？」

「えっと、アイシングクッキーを作りまして、お茶請けに出してもよろしいでしょうか？」

「わ！　すごいわ！　たくさんのお花だわ！　わ、これはアイリスね！　大好きなの。もったいなくて食べられないわ」

「へへ。ありがとうございます。では、あとでお持ちしますね」

「ありがとう。じゃあ、アランさまのところに行ってくるわ」

ラヴィアンのレモン色のドレスは足先に行くにつれて、グラデーションになっていて、足元は真っ白になっている。見事なグラデーションが足元を軽やかに見せて、春の装いにぴったりだった。

リーヴェルト侯爵家の使用人たちはラヴィアンの妖精《ようせい》のような後ろ姿を見つめて、ほうっと息を吐いた。


コンコンコンとノックをしたが、中から返事が無かったので、ラヴィアンは黙って扉を開けた。

執務机には愛しのアランの姿があったが、積み上げられた書類を一心不乱にめくっている。

(相当忙しそうね。入室しても気付かないくらい)

ラヴィアンは大人しく応接セットのソファに腰かけ、ミゲルが淹《い》れてくれたフルーツハーブティーを静かに先にいただく。アイリスのお花のアイシングクッキーは舌先でほろりと溶けて、一人で頬を押さえて感激する。

(レベッカはクッキー作りの天才ね。帰りに感想を伝えにいかなくちゃ)

しばらく静かな時間が流れた。黒檀《こくたん》の家具が並んだ執務室には、白いレースのカーテンがかかり、そこから木漏れ日が差し込んでくる。アランがペンを走らせる音と、時折廊下を歩く足音が聞こえる。ラヴィアンは束の間の癒《いや》しを感じながら、ソファに背を預けてフルーツハーブティーを少しずつ飲んだ。

「ラヴィアン、来ていたのか」

アランがペンを持ったまま、驚いたような表情でこちらを見ている。鳩《はと》が豆鉄砲《まめでっぽう》を食ったような表情で、なんだか珍しい。余程集中していたのだろう。ラヴィアンはハーブティーのカップを置いて、アランを見て微笑む。

「ええ、アランさま、お忙しそうですわね」

「ああ、とりあえず終わった」

「でしたら、ご一緒にお茶しませんこと？　フルーツが入ったハーブティー最高においしいですわよ。レベッカのクッキー付き！」

「…………そうしようか」

アランは少しの間考えた末に頷き、立ち上がった。ラヴィアンの向かい側に腰かけたが、ラヴィアンは黙って立ち上がり、アランの隣に腰かけた。二人掛けのソファに並んで座る格好となった。

「なぜ隣に来る」とアランが怪訝《けげん》そうに聞く。

「味を占めたのですわ！」

「向かいに座れ」

アランが向かいの席を指さすが、ラヴィアンは首を横に振って距離を詰める。

「まあまあ、そんなことをおっしゃらずに」

「そんな下心丸出しの男みたいな言い方やめろ」

「その通り！　下心丸出しですもの！　ですのでお隣失礼しますわね」

隣同士で座る感動をもうラヴィアンは知ってしまったのだ。しかもアランは鼻が高いから横顔もとっても色っぽくて素敵なのだ。ラヴィアンは欲望を止めることがどうしてもできなかった。

アランは疲れているせいか、それ以上反論することを諦めたようだ。ソファの背もたれに身体を預け、重い息を吐き出した。

「徹夜したとアルマンドから聞きました」

「ああ、寝てないせいで眩暈《めまい》がする」

アランは額に手の甲を押し当て、息を吐き出し、目を閉じた。ラヴィアンは我慢して声を掛けるのをこらえ、じっと隣にいるのを堪能《たんのう》した。

「失礼いたします」

侍従《じじゅう》のミゲルがアランの分の温かいハーブティーを運んできてくれた。ミゲルは紅茶やハーブティーを淹れるのがとっても上手なのだ。パイナップルや桃など複数のフルーツが入ったガラス製のティーポットは見た目だけでも可愛《かわい》くて癒される。

「ミゲル、ハーブティーおいしいわ。ありがとう」

「いいえ、良かったです」

アランの前だといつもより澄《す》ました様子のミゲルがおかしくて微笑む。アランはじっとミゲルの顔を見て、それから「ありがとう」と小さく囁《ささや》いた。ミゲルは感激したのか、動揺したのか、「いえ、いえ、いえ！」と何度も告げると、右手と右足を同時に前に出しながら部屋から出て行った。

「おいしいな」

「でしょう、アランさまお疲れだからたくさん飲んでくださいね。なんだか身体がぽかぽかします」

「……ああ」

アランは小さく返事をすると、アランの太ももとラヴィアンのドレスの間に空いた拳二つ分の距離を親の仇《かたき》のような目で睨みつけている。ラヴィアンは首を傾げた。

「どうしました？」

「いや、別に」

「なになになに。内緒ごとは嫌です。アランさま！」

ラヴィアンは腰を浮かして、アランの太ももに身体をぴったり寄せると甘えるように顔を覗き込む。

「私になんでもお話ししてみてください！」

アランはまたアランの太ももに重なるようにレモン色のドレスがかかっているところをじっと見つめて、フッと笑った。

「以前馬車では嫌ってほど寄ってきたのに今日は寄ってこないのだなと思っただけだ。結局寄ってくるのだな。ふっ」

アランが顔をくしゃっとさせて嬉しそうに笑うものだから、ラヴィアンは「はうー！」と声をあげて、胸を押さえた。

「もうー！　アランさまったら！　そんな風に私を簡単に振り回すんですから！　いつか心不全で召されそうです！」

「わかった、わかった」

アランが疲れて重い表情だったのに軽快に笑ってくれるから、ラヴィアンは横顔を見つめながらホッとした。

「ねえ、アランさま」

「ん？」

「アランさまは若くして爵位を継承しましたでしょう」

「ああ」

「逃げ出したいとか、決められた道から逸《そ》れたいとか、思ったことはございませんの？」

アランが思わずといった感じで、隣のラヴィアンを見た。

きっと珍しく真面目な質問をするんだなとでも思っているのだろう。それにしても質問に返事もせずにまじまじと横顔を見てくるから、ラヴィアンもチラリと横を向くと、目がしっかりと合った。

至近距離のアランはすさまじい破壊力があった。アランがなぜかラヴィアンの瞳をまじまじと見てくる。ラヴィアンの瞳は紫色が目立つが、上下を飾るまつげは銀色で、神秘的な美しさがあった。

「まつげまで銀色なのだな……」

感嘆したように言われ、ラヴィアンは首を傾げる。

「ええ、髪が銀色ですもの、そんなに不思議なことですか？」

「ああ、この世のものじゃないみたいだなって思って」

「そ、それは褒めてますか？　けなしてますか？」

「いや……うん」

「ううう――。あー駄目だわ。目を合わせるのもう限界。至近距離のアランさま、神々しすぎて目が潰れそうだわ。神様の使いでしょうか？　どちらの神の……」

ラヴィアンが目を先に逸らしてしまう。にらめっこだったら負けていただろう。

「真面目な話をしたかと思ったら」とアランが呆《あき》れたような顔で笑う。

「あ、そうでしたわ。答えをどうぞ」

右手をどうぞという形で差し出すと、アランがまた呆れた表情で息を吐き出した。アランは紅茶をゆっくり飲み干すと、カップをテーブルに置いて、両手を太ももの上で組んだ。

「爵位とか責務から逃げ出したいと思ったことは無いな、考えてみたら」

「同年代の貴族の青年は毎日観劇やオペラに出かけたり、夜会やダンス、狩りばかりしている方もいらっしゃるわ」

「まあ、いるかもな」

「うらやましいとか思ったことはございませんの？」

「無いが……なんだ、つまらない男だと思っているのか？」

「へえ!?」とラヴィアンは素《す》っ頓狂《とんきょう》な声をあげてしまった。思いもよらぬ返答が返ってきたからだ。

思わず隣のアランを窺《うかが》い見ると、唇を尖《とが》らせている。ラヴィアンの間違いで無ければ、どうやら拗《す》ねているらしい。

「無趣味で仕事ばかりのつまらない人間だと言いたいのだろう」

ラヴィアンは昇天しかけた。隣にいるこの愛おしい存在は何だろう、神様が与えた宝物だろうかと、自問自答を繰り返し、頭が混乱した。

お行儀悪く足をジタバタして、胸を押さえる。しかし、現在進行形でしょんぼりしている様子が見て取れるので、ラヴィアンはすぐさま否定した。

「アランさまをつまらないだなんて思うはずがありません！　どんな勘違《かんちが》いを⁉　アランさまは私の道しるべのような方です！」

「道しるべ？」

意外な言葉だと思ったのか、アランがじっとこちらを見る。

ラヴィアンは心を落ち着け、ゆっくりと頷いた。

ある時から、アランの生き方はラヴィアンの生きる基準となったのだ。恋に落ちた日に、同時に尊敬の念を深く抱いたことを思い出した。

「はい！　アランさまのように生きたいと見習ってる最中なのです。いつも気を抜かないからどのようなお考えなのだろうと気になっただけですわ」

「いつも気を抜かないわけではない」

「そうでしょうか？」

「俺も朝起きた時に雨が降っていたらもう少し寝ていたいと思ったりもする」

ラヴィアンは肩を揺らして笑った。隣で触れ合うアランの肩にまで振動が伝わっていることだろう。愛おしさがこらえきれなかった。

（なんて、なんて、幸せなんだろう）

「ふふふ、ふふふふっ。あー、愛おしすぎて涙が出てきたわ。アランさまったら。もう」

「ラヴィアンは？　朝は強そうだな」

アランが珍しく会話を振ってくれたので、嬉しくなってアランの肩に頭を寄せた。

「そうでもありません」

「でもだいたい朝早くからここに来ているだろう」

「ふふ。ええ、寝る前になるとアランさまに会いたくてたまらなくなって、ベッドでゴロゴロしながら起きたら会いに行くって決意するの。そうしたら自然と早寝早起きになったのですわ」

それまではむしろお寝坊さんだったことは恥ずかしいからアランには内緒だ。

「毎日会っているだろう」と言って笑ったアランの表情は優しかった。

「アランさまが好きなんです！　一日一度じゃ全然足りないのにこれでも我慢してるんですのよ、褒めてくださらないかしら」

「頭がおかしい」

いつの間にかアランとラヴィアンはぴったりと寄り添い、太ももどころか、二の腕も肩も触れ合っていたが、アランは避《よ》けなかったし、むしろ体重をかけるようにラヴィアンの二の腕に重みが降ってくる。

「会いたくてたまらなくて眠れなくなったりすることもあるんですからね！　アランさまにも味わってほしいですわ、ビーム送っちゃお！」

ラヴィアンは目を細めて、両手の人差し指をアランの顔に向けて突き付けた。しっかり念じてみるが、アランは呆れた様子で取り合ってくれはしなかった。

「あら、届いていないようですわね。もう一度。ビ――ム」

真剣な表情でやっているのがおかしかったのか、アランが腹を抱えてクスクスと笑い出した。ラヴィアンはゆっくり手を下ろしながら、その様子をじっと見つめる。いつもより随分長くアランが笑ってくれている。

「はううう。なんて愛おしいんでしょう。私が笑わせたと思うと、もう、弾けて飛んでしまいそう」

「もみくちゃにしてほしいんだったか？」

「してくださるの!?」

ラヴィアンは目を輝かせて、バッと勢いよく両手を広げる。

「調子に乗るな」

ポンと頭に手を置かれた。大きな手だった。ラヴィアンは大人しく両手を下ろし、締まりのない顔を披露した。

(好きすぎて困るわ。どうしましょう。手を頭に乗せられただけで、身体中から力が抜けるようだわ)

ラヴィアンは全体が青で花びらの中心が黄色の花のアイシングクッキーを手に取り、サクッと音を立てて小さくかじった。アランの肩に甘えるように耳を寄せてみたが、アランはじっとしていた。

「このアイシングクッキー、アイリスのお花なんです。レベッカすごいでしょう。私、アイリスのお花も好きなんです。マルティカイネンの土地には多いと図鑑に書いていました」

「そうなんだな」

アランは小さく返事をくれた。ラヴィアンがクッキーを咀嚼《そしやく》する小さな振動が触れ合った肩からアランに伝わる。

そのうちラヴィアンはとうとう遠慮をほどいて体重をかけた。アランは黙ってその重みを受け止めてくれた。

「日当たりが良くてぽかぽかしてきますわね」

「ああ」

南向きの窓から陽《ひ》の光が差し込み、ちょうどラヴィアンとアランを照らしていた。足の先からぽかぽかと温められていく。アランは口をつけた紅茶をそっとテーブルに置くと、両手を組んだ。チラリとラヴィアンが横顔を盗み見ると、アランのまぶたがゆっくりと下りていくのが分かった。

(眠ってしまったわ)

ラヴィアンは銅像のように固まり、動かないようにじっとしていた。アランが小さく寝息を立てている。はじめはラヴィアンがもたれていたのに、そのうちアランが重みをかけるようにラヴィアンの小さな肩にもたれてきた。

「お疲れなのね……」

小さくつぶやく。隣で好きな人がうたたねをしている。ラヴィアンは時が止まってほしかった。息さえ潜《ひそ》めて、起こさないようにじっと身体を固くした。

「あ……」

ラヴィアンの肩が小さかったからか、アランの身体が傾《かし》いで、そのうちずりずりと降下していった。ラヴィアンの胸の前を滑り落ちて、ゆっくりとラヴィアンの膝へと頭を乗せる。膝枕をしているような状態になり、小さく息をのんだ。

膝の上にアランの寝顔がある。起きやしないかと思ったが、アランは余程疲れていたのだろう、体勢を変えたのにそのまま起きることなく眠っている。

「アランさま……」

ラヴィアンは勇気を出して、彼の髪に触れた。初めてのことだった。いつかアランの髪に指を通してみたいと思っていた。そっと髪に触れるとサラサラと流れるような感触だった。調子に乗って、地肌に触れるように頭を撫《な》でる。

「ん……」

アランが小さく声をあげた。ラヴィアンの胸がドクンと跳ね、くるおしいほどの愛に溢《あふ》れた。

(愛おしい。私より身体も大きく、年上の男性にこんなにも優しくしてあげたい気持ちになるなんて)

ゆっくり寝かせてあげたい。すべての疲れを取り去ってあげたい。ラヴィアンは愛情を持って髪を撫でながら、愛おしさを持て余した。閉じられたまぶたを見ていると、涙がこみ上げてくる。高い鼻梁《びりょう》は眠っていても美しい。大好きで、大好きで、胸が苦しい。

「……ずっと、一緒にいたいわ」

叶《かな》うはずのない願い事をぽつりと口にして、ラヴィアンは小さく洟《はな》をすすった。

――いつしか執務室はオレンジ色に染まっていた。ラヴィアンはもったいなくて一睡もせず、アランを時折眺め、それから執務室を見渡し、窓の外の夕暮れを見つめて過ごした。アランの頭に手を置いて、ゆっくりと癒すように撫で続けた。

太ももに乗った頭がビクンと跳ねる。ラヴィアンが見下ろすと、アランが目をゆっくり開いて、それから飛び起きた。

「え、あ、……す、すまない！」

アランの重みが無くなった太ももをじっと見つめ、ラヴィアンはにっこりと安心させるように微笑んだ。アランは動揺しているようで、髪をかき回し、ラヴィアンから距離を取るように身体を離す。

「起きられましたのね」

「いつのまにか眠ってしまったようだ。すまなかった」

「いえ。ものすごく幸せな時間でしたわ」

ラヴィアンから出た声は柔らかくほどけていた。アランは動揺していたようだが、ふうっと短く息を吐き出すと、落ち着いた様子で立ち上がった。顔を見たが、いつもの完璧なアランだった。

(夢のような時間が終わったのね)

ラヴィアンも諦めたように笑って立ち上がった。

「アランさまと朝まで過ごしたかったのですがそろそろ帰らなくてはなりません」

「いやすまない。帰る時間が遅くなってしまって」

アランが執務室を見渡す。夕暮れ時。いつもはラヴィアンがとっくに王宮へ帰還している時間だ。

「時間大丈夫か？　俺の方から王宮へ連絡しよう」

「いえ、ご心配には及びませんわ」

ラヴィアンは手を振ってにっこりと安心させるように微笑んだ。

「玄関まで送る」

「アランさま」

「ん？」

ラヴィアンの気のせいかもしれないが、アランから出た声はいつもより甘くほどけていた。

「頑張りすぎないでくださいませ。たまにはゆっくり休んでいいのです。十分、アランさまは頑張っていますわ」

「……ああ」

ラヴィアンは慣れた足取りで姿勢を正し、執務室から出て行こうと歩き出した。部屋から出る直前、シルクの手袋をはめた手を不意に摑まれて振り返る。

「今日はありがとう」

アランが照れくさそうに、だけどまっすぐな目でラヴィアンを見つめてきたので、ラヴィアンは優雅に微笑み、「よろしくてよ」とウインクして返事をした。アランが首を傾げながら笑う。

廊下を歩いても後ろをついてきているので、どうやら本当に玄関まで送ってくれるようだ。これは初めてのことだった。

「くしゅん」

玄関からアプローチに出た途端、ラヴィアンはくしゃみをした。春の夕暮れ時は少し冷える。花冷えというのだろうか。レモン色のドレスは豪華だが、肩が出ていて少し寒い。

後ろをついてきていたアランはなぜか着ていた紺色のジャケットを脱ぐと、ラヴィアンの肩にそっと掛けた。

「え？　え？　ええ！」

ラヴィアンは羽織らされたジャケットと、シャツ一枚になったアランを交互に見る。

まさか、まさか、寒そうだったから優しさで掛けてくれたというのだろうか。今日は神様が与えてくれたご褒美デーかもしれない。ラヴィアンはごくりと息をのんだ。

「うるさい」

アランが照れくさそうにぷいっと顔をそむけたが、ラヴィアンはアランにしがみついた。

「こ、こ、こ、こ」

「こ？」

「これ、お借りしても？」

しがみついたラヴィアンをアランが見下ろす。無表情は相変わらずだったが、アランの耳や頬が夕焼けに照らされて赤く染まっていた。「ああ」とアランがぶっきらぼうに答える。

「うう－！　……あのぉ、やっぱり返さなくてもよろしくて？」

「ふっ、返さないのか？　まあ、どちらでもいい」

吹き出すように笑うアランに対し、ラヴィアンはきゅっとジャケットを両手で握りしめた。

「きゃ！　では、返しません！　家宝にします！　一生の宝になるわ！」

「分かった分かった」

ラヴィアンは手を小さく振り、何度も振り返りながらお忍びの馬車に乗り込み、王宮まで帰るのだった。

第四章 ♥ 十八歳の誕生日と好きな人

その日はラヴィアンにとって一年で一番忙しい日だった。

風邪を引いた時以外は毎日お邪魔していたリーヴェルト家にも今日はさすがに行けそうにない。

行けない旨は昨日の時点でアランに伝えてある。というより、今日アランとは会えるだろう。

今日はラヴィアンの十八歳の誕生日だからだ。王家主催の大舞踏会が王宮で行われ、リーヴェルト侯爵《こうしゃく》ももちろん招待されている。

ラヴィアンには兄弟が三人いるが、上二人はすでに既婚者なので、末の兄のエミリアンにエスコートを頼んでいる。

実はアランにエスコートしてほしいと父である国王に冗談交じりでお願いしてみたが、もちろん却下され、問答無用でエミリアンになった。エミリアンには婚約者がいるが、今回は妹の誕生日ということで妹のラヴィアンを優先することになった。

それもこれも、ラヴィアンやエミリアンが決めたというより、勝手に父に決められたのである。

主役の登場は最後である。国王陛下夫妻よりも後だ。王族専用の控室にしばらくいるが待ち時間が長く退屈していたので、タキシード姿でソファに腰かけている兄のエミリアン相手に、ラヴィアンは喋《しゃべ》り倒していた。

「エミお兄様、聞いていますか？」

「聞いている。何度も何度も聞かされて、耳にタコができている」

「もうエミお兄様ったら。アランさまってばね、鯛《たい》のポワレが好きなんですって。レモンバターソースをかけているのが好きって、もう、もう。愛《いと》おしすぎませんか!? ああ、食べているところが見たいわ。どうしましょう」

「はいはい。見ればぱ？」

「そんな簡単に。アランさまの食事を拝見できる機会なんてそんなにありませんのよ」

「…………」

エミリアンはやれやれという様子で首を横に振っている。

エミリアンはラヴィアンと同じ紫色の瞳に、栗色《くりいろ》の髪を持つ美少年だ。美少年と言っても十九歳になったので、薬学研究所の理事を務める一方で、本人も薬学の研究に没頭している。

エミリアンとラヴィアンは隣に並ぶと大層絵になる。三兄弟の中でも一番中性的な魅力のある王子で、貴婦人たちからもてはやされているが、本人はクールなしっかり者で、冗談をあまり言わないタイプだ。暴れ馬の妹ラヴィアンをいつも窘《たしな》める立場である。

「ほら、時間のようだ。行くよ」

「はーい。ねぇ、今日のアランさまの格好はどんな感じかしら。あー胸がドキドキしてきたわ」

「思う存分見たらいいだろ。はあ、ラヴィアンのエスコート、バス兄に代わってもらえばよかった」

「どうして!?　ねえ、どうしてよ！」

　エミリアンの手に手を重ねて二人はまっすぐに姿勢を正すと、口角を上げて笑顔を作り上げた。

侍従《じじゅう》の二人が大きな観音扉《かんのんとびら》を開けてくれる。大量の照明とあまたの人の視線と拍手が突き刺さる。

「本日十八歳のお誕生日を迎えられたラヴィアン王女殿下《おうじょでんか》と、エミリアン王子殿下のご入場です！」

　アナウンス役の声と共に入場を開始する。二人はあらゆる方向に手を振りながら、まっすぐ壇《だん》上《じょう》へと向かって歩き出した。所狭《ところせま》しと招待客で溢《あふ》れ、この世の贅《ぜい》をすべて集めたような食事が大きなテーブルに並んでいる。シャンデリアが光り輝き、美しく着飾った貴族たちを照らしていた。

「王女殿下、美しいわ」

「おめでとうございます、まさにこの国の秘宝ね」

「天使のようだわ、王女殿下」

　口々に向けられる賛辞に笑顔を振りまく。

　本日のラヴィアンは最高級の琥珀《こはく》のような、とろける蜂蜜《はちみつ》のような、そんな色の豪華なドレスを身にまとい、流れるようなプラチナ色の髪はアップにまとめられ、うなじが露《あら》わになっている。たくさんのトパーズがちりばめられたネックレスと、ティアラ、イヤリングを身につけ、エミリアン王子にエスコートされながらしずしずと歩いた。

　ほうと、みながため息を吐《つ》いている。拍手をする招待客へ向けられる紫色のアメジストの瞳も今日は一段ときらめき、真っ白な陶器のような肌は光り輝いていた。ラヴィアンは貼り付けた笑顔のまま、顔馴染《かおなじ》みの貴族たちに手を振り、前へと進みながら不自然ではない程度に視線をキョロキョ口と動かしていた。

「そっちじゃない、左。左前方」

隣で同じように笑顔を貼り付けたエミリアンが腹話術《ふくわじゅつ》のように口を動かさないまま、言葉を発した。その言葉にならって、左前方へ視線を向けると、お目当ての人がそこにいた。アラン・リーヴェルト侯爵は大ホールの壁にもたれながら、こちらを見ている。そのおかげでバチッと目が合った。

(アランさまだわ!)

ラヴィアンは今までの貼り付けた笑みと違い、ぱあっと花が綻《ほころ》ぶように微笑《ほほえ》んだ。その変化に周りの招待客がくぎ付けになってラヴィアン王女に見とれた。ラヴィアンはこらえきれずに歯を一瞬見せて笑ってしまったが、なんとか下唇を噛《か》んでこらえた。

「アランさま」

小さくエミリアンにしか聞こえないような声で呼んでから、胸元で上品に振っていた手を伸ばし、アランに向かって手を突き出し大げさに振る。

アランが「ふっ」と息を吐くように笑った。口元を緩め、早く行けという感じで小さく手を振り、顎《あご》をしゃくってくる。ラヴィアンはこくこくと頷《うなず》き、前に向かって歩き出した。

(今日のドレス、アランさまの瞳と同じ琥珀色にしたのだけど、気付いてくださったかしら)

「はあーあ、バレバレ。貴族の一部が噂《うわさ》してるよ。ラヴィアン王女とリーヴェルト侯爵の秘密の恋なんてね」

「もう、エミお兄様。からかわないで」

エミリアンは肩を竦《すく》めてエスコートしながら歩き、壇上に上がった。そして、招待客に会釈《えしゃく》をし、隣で優雅に微笑むラヴィアンを心配そうな眼差《まなざ》しで見つめた。

ラヴィアンやエミリアンは次々に挨拶《あいさつ》に来る貴族たちの対応に追われた。こういうのは上位貴族の順番で行われるので、公爵《こうしゃく》が終わったところで、侯爵の番となった。アラン・リーヴェルト侯爵が壇上に上がってきたのを見つけて、ラヴィアンは嬉《うれ》しさのあまり、両手を振る。

「アランさま！」

「ラヴィアン王女殿下、お誕生日おめでとうございます」

「まあ、アランさま。そのような他人行儀なご挨拶なさらないで。いつものようにラヴィアンとお呼びになって」

アランが慌てて周りに視線をやって、「こら、まだ公爵家も近くにいる」と小声で窘める。

アランがラヴィアンを睨《にら》みつけてきたが、ラヴィアンにはあまり効き目がなかった。正装のアランに感動して、興奮していたからだ。王宮で初めて会えるというのも嬉しい。ラヴィアンは豪華な琥珀色のドレスの下で足をジタバタさせて、ふふふと声に出して笑った。嬉しさがどうしても我慢できなかった。

「アランさま。今日の私はどうかしら」

ラヴィアンがその場でくるりと回ってみせる。隣に立っていたエミリアン王子が「ラヴィアン、はしたないよ」と注意している。アランは至って事務的に「お綺麗《きれい》です」と告げた。

「もう。そうじゃなくて、アランさまの瞳の色に合わせたのよ。え、まあああ！　アランさま！

アランさまのタイとチーフは私の瞳の色じゃなくて!? エミお兄様! どうしましょう!」

アランは黒の燕尾服《えんびふく》の上下にラヴィアンの瞳と同じ紫色のタイとチーフを身につけていた。いつもとは違い、髪を後ろに撫《な》でつけ、普段よりフォーマルだけど、額が露わになって色気が倍増している。

「どうもしないから。興奮しないで」

「だって! こんなことありまして!? こ、こんなふうに色を揃《そろ》えるなんて恋人のようでは!? もう恋人といっても良いのでは!?」

「ラヴィアン、どうどう」

エミリアンが暴れ馬ラヴィアンをまさに馬のように扱ってくる。ラヴィアンはその失礼さにも気付かずに、両手を口元に当てて感動と興奮をこらえ、目を輝かせていた。

「アランさま、私のことを思って紫色に!?」

「……だって、お前の誕生日だろう」

ぼそっと照れくさそうに言うものだから、ラヴィアンはバシッと隣にいたエミリアンの二の腕を渾身《こんしん》の力で叩《たた》いた。

「きゃああああ! ど、どうしましょう。エミ、エミお兄様。聞きましたか! ぐ、ぐううう、アランさまが臨界点《りんかいてん》に! アランさまの愛しさが臨界点に達しているわ!」

「エミリアン王子、すみません。すぐに下がります」

興奮するラヴィアンを呆《あき》れた目で見るエミリアンに、アランが謝っている。アランはジャケットの内ポケットに手を突っ込んで、なにやら取り出すと、感動して両手で口元を隠しているラヴィアンに一歩近づいた。

ラヴィアンは目をパチクリさせて首を傾《かし》げた。アランは黙ったまま、ラヴィアンのまとめられた銀髪に髪留めをスッと差し込んだ。

「え？」

「誕生日、おめでとう。ラヴィアン」

アランはそっと踵《きびす》を返して、そのまま振り返らずまた会場の端っこへと移動した。

ラヴィアンは壇上に突っ立ちながら、控えている侍従が次の客を挨拶に来させてもいいかと聞いてくるのに対し、声も出さずに首を横に勢いよく振る。

「え、エミお兄様。頭になにがついています？」

「ダイヤモンドがちりばめられた髪飾りだ。高そうだな。花のような形をしている」

「きゃあああ！　ど、どうしましょう。エミお兄様。泣いてもいい？　私、涙が零《こぼ》れそうで、どうしましょう。泣いたら駄目よね。みんなびっくりしちゃうわよね」

「うん。泣くのは後にしよう。ラヴィアンが奇声をあげるからみんながこっちを見てる」

「分かってる、分かってるわ。泣かない。奇声もあげない。だから、今すぐ侍従に鏡を持ってきてもらっていい？」

「分かった、頼んでくるよ」

お誕生日を祝う言葉を繰り返す貴族たちに笑顔で対応をしながら、侍従が持ってきてくれた手持ち鏡でこっそり髪飾りを見る。

「わあ……きれい」

一人でぽつりとつぶやきながら、頭の角度を変えて何度も髪飾りを見る。

花の形の髪飾りはダイヤがふんだんにあしらわれた高級な物だと一目で分かる。ラヴィアンは今すぐ私室の鏡台に駆《か》け込みたかった。こんな小さな手鏡じゃなくって、もっと大きな鏡に映して見たい。それから、手に取って眺《なが》めてみたい。だけど、外したくも無い。

「ううー、困ったわ」

「ラヴィアン。鏡は侍従に渡して、ほら挨拶再開」

「はい……」

ラヴィアンは王族である。板についた笑顔で対応を再開した。それから、今日は大舞踏会なので、もちろんダンスがある。今日のラヴィアンは主役なので、エミリアンと二人でホールのど真ん中で踊った。あまたの視線が降り注ぐが、慣れたもので、わずかな緊張はダンスのスパイスとなった。エミリアンもラヴィアンもダンスに関しては幼い頃から英才教育が施されている。特別つまずく部分など無い。

ラヴィアンはダンスをしながらホールの一部分をじっと食い入るように見ていた。アランが壁にもたれて存在感を消しているにもかかわらず、数人の令嬢《れいじょう》に囲まれているからだ。

何を話しているのかまでは分からないが、一人の令嬢などアランにほぼしなだれかかっている。

アランは直立不動で対応しているが、なにやら令嬢たちと会話もしている模様だ。気になって仕方ない。あまりにも視線の攻撃を送っていたからか、アランの視線がこちらに向いた。

目が合う。ラヴィアンはむくれた顔をしているのだろう。エミリアンとダンスを踊りながら、唇を尖《とが》らせ明らかに拗《す》ねていた。アランの目の前の女性が手をアランの腕に掛けたので、あまりにイライラして、歯をむき出しにして威嚇《いかく》した。さながらマングースのようだ。

「ラヴィアン、こわ。なんて顔してるの」

エミリアンの呆れた声を気にも留めず、シャーっと威嚇していると、アランが遠く離れた場所で、ふはっと吹き出したのが分かった。笑ってくれたので、ラヴィアンの気持ちは少し静まる。

「エミお兄様。アランさま、大人気だわ」

「そりゃそうだよ。リーヴェルト侯爵で独身だよ？　しかもあれだけかっこいいんだから、冷たくされても令嬢が群がるに決まってる」

ラヴィアンはへの字口をしてエミリアンに不満を訴える。エミリアンはダンスを踊りながら、女性が群がっているアランへ器用に視線を向けている。

「なんてことなの。アランさまの魅力に気付いたのは私だけじゃないってことなのね」

「うん。彼は誰から見たって魅力的だよ」

「まさか、エミお兄様も!?」

エミリアンはラヴィアンを見下ろし、愛おしそうに微笑む。

「ふふ。やっぱり私の妹は馬鹿だな。可愛《かわい》いよ、ラヴィアン」

「もう。エミお兄様」

エミリアンとのダンスが終わると、王太子である一番上の兄セレスタンと踊った。その時には国王陛下夫妻やその他の有力貴族もダンスを開始している。

しかし、アランはどうやら踊る気配は無いようだ。ラヴィアンは王太子とダンスしながらもアランにだけ視線を集中させていた。曲が終わり、次に第二王子のバスチアンと踊りながらもやはりラヴィアンはアランだけを見ていた。

「見すぎ」

「あら、いつの間にバスお兄様に!?」

ラヴィアンの目の前には、いつの間にかよく見慣れた垂れ目があった。

「マジで失礼」

そう言って、バスチアンは呆れた様子で妹を見下ろした。

「ごめんなさい、アランさまが大人気なのが気になって、気になって」

「いつもの事だろう。アランはいつだって囲まれてる」

「そんな！　私、知らなくて。だって、知り合って初めて一緒の夜会に出ているのです」

二人は会話をしながらも器用に笑みを貼り付け、手足を優雅に動かし踊っている。

「半年前までは興味無かったもんな。アランはずっと前から美貌《びぼう》の侯爵として人気だったけど？」

「うう――、もう。バスお兄様の意地悪。さらに私をハラハラさせて」

ラヴィアンはバスチアンにホールドされてクルクル回りながら、睨みつけるようにアランを見る。

さすがのアランも視線には気付いているようで、何度か目が合って、とうとうそのうち身体《からだ》を折って、腹を抱えて笑い出したのが見えた。そんなアランが珍しかったのか、群がっている令嬢たちが食い入るように見ているのが分かる。腕にもベタベタと触られている。

「え？」

ラヴィアンは声をあげた。バスチアンもその声につられて、アランを見る。

アランは令嬢たちの囲いを抜け出すと、まっすぐにラヴィアンに近づいてきた。ワルツの曲が終わりそうだった。ラヴィアンは胸がドクンドクンとうるさい音を立てるのを感じていた。期待をにじませた瞳で見つめるのをどうしても止められない。

「良かったな、ラヴィアン。お待ちかねの人の登場だ」

「……やだ。バスお兄様。泣きそう、どうしよう」

「泣くな。楽しめよ、せっかくだから」

「うん」

バスチアンは可愛い妹ラヴィアンが目を潤《うる》ませながらアランを見つめているのを見て、くすりと笑った。頬《ほお》を赤く染めたラヴィアンは近づいてきたアランをひな鳥が親鳥を見るように一心に見上げた。

「ダンスを踊っていただけませんか？」

アランが少し屈《かが》んで、手を差し出す。童話に出てくる王子様のようだった。ラヴィアンは背中が粟立《あわだ》ち、足のつま先までしびれが走った。バスチアンがラヴィアンの手をうやうやしくアランへと誘導した。

「よろしくてよ」

ラヴィアンは頬を真っ赤に染め上げながら、なんとか王女としての矜持《きょうじ》を保ち、了承した。バスチアンが去って行く。

アランに腰をそっと触れられただけで、声をあげそうになる。ドキドキしてたまらなかったが、一度ぎゅっと目を閉じて開くと、ラヴィアンは至近距離のアランを見上げた。

二曲目のワルツが始まり、二人は踊り出す。アランのダンスは乱暴ではなく、強引でもなく、しっかりラヴィアンの足取りや呼吸を摑《つか》み、合わせて踊ってくれる。優しさを感じるダンスだった。少し二人の距離が近い気もするが、しっとりした甘い曲なのでさほど不自然では無いだろう。というよりもうラヴィアンは己を客観視できなくなっていた。とろけた顔をしている自覚もあるが、隠すこともできなかった。

「アランさま。ダンスに誘ってくださって感激です」

「あれだけ見られたら仕方ないだろう」

「だって。たくさん話しかけられていましたわ……」

ラヴィアンは拗ねたように小さく頬を膨《ふく》らませた。存分に甘えている自覚はあるが、好きな人と誕生日にダンスをしているのだ。いつもよりラヴィアンを大胆にさせた。アランは一瞬目を見開いて、ラヴィアンをまじまじ見ていたが、優しく口角をあげて微笑んだ。

「誰かと親しいわけじゃない」

「はい」

アランになだめられた。それが本当か嘘《うそ》かなどどうでも良かった。ただ、アランになだめられ、嫉妬《しっと》を許されたのだ。ラヴィアンは涙が零れるほど嬉しかった。アランがきゅっとラヴィアンの手を握る力を強くした。

「アランさま、髪留めありがとうございます。すごく綺麗です」

「ああ。似合ってる」

「このようなものをいただけると思っていなくて、私、感動して」

ラヴィアンの目の縁に涙がじわじわと溜《た》まってきていた。泣いてはいけないと決めたのに涙線が制御不能になってきて困る。アランはそれに気付いた様子で慌てて腰を引き寄せてきた。

「泣くな。泣くんじゃない」

「はい。はい。あの、本当に嬉しいです。ありがとうございます。一生の宝にします」

「ふっ、お前は一生の宝が多いな」

「……はい」

アランは高貴な顔がほどけるような甘い笑みを浮かべ、目の前にいるラヴィアンをじっと見つめる。ラヴィアンも紫の瞳を宝石のように煌《きら》めかせて、見つめた。恋する視線だった。

「十八歳おめでとう。ラヴィアン。幸せな一年になるように」

「……アランさま。大好きです。大好き。大好き」

ラヴィアンは、毎日毎日伝え続けている愛の言葉を、いつも以上に切実《せつじつ》な気持ちでアランに伝えた。

「ああ、知ってる。もう喋るな」

アランが色気の乗った瞳に、有無を言わさない口調で告げる。ラヴィアンは縫《ぬ》い付けられたようにアランを見つめ、こくこくと小さく頷いた。

ラヴィアンの唇、指先が震える。握られた手が発火したように熱くなった。ラヴィアンとアランはまるで恋人のように寄り添い、ダンスの間中お互いしか目に入っていなかった。

曲が鳴りやむと我に返ったように、アランは息を吐いた。ラヴィアンはそんなアランの様子を見上げていた。

(終わりの合図ね。ああ、そっか。終わったのね……)

珍しくダンスを踊ったアランに貴族令嬢たちがじりじりと寄ってきている。二人の世界から一足先に戻ったアランはそれに気が付いたようだ。ラヴィアンはまだ夢うつつのまま、じっとひたすらにアランを見上げている。

「ラヴィアンの手を放すと、誰かにダンスをねだられそうだから帰ることにする」

「はい」

「ようやく夜に会えたな。おやすみ、ラヴィアン」

「……はい」

アランはそっと手を放すと、そのまま会場の扉へわき目も振らずにまっすぐ歩いた。令嬢たちがアランの一挙手一投足を見つめていたが、孤高《ここう》の侯爵アランは全く気にも留めなかった。

(好き。大好き。愛してる。アラン・リーヴェルト侯爵。私が初めて好きになった人。さようなら)

ラヴィアンはとろけるような眼差しに涙をたっぷり溜めて、アランの後ろ姿をいつまでもいつまでも見つめていた。


──次の日、ラヴィアンはいつものようにアランの執務室を訪れた。

相変わらずノックと共に扉を開けるラヴィアンのやかましい入室に、アランが眉をひそめた。いつもと同じ光景にラヴィアンは微笑む。昨日、国中の人々から祝われたことも無かったかのようだ。

「アランさまー！　きゃあああ！　今日もかっこよすぎますわ！」

「うるさい、帰れ」

「もう──。アランさまったら！」

アランが呆れた顔で笑っている。最近笑顔が増えた気がするは気のせいだろうか。だけど、昨日大舞踏会で近づきすぎた距離が元に戻ったようで、どこかホッとする。

侍従のミゲルが紅茶のポットとカップを持って入室してくる。

「本日は焼き菓子などは不要とお聞きしました。よろしいでしょうか？」

「そうなの。昨日食べ過ぎちゃって、ちょっと控えなくっちゃ」

「承知いたしました」

「ふっ、主役は食べられないと聞くが、食べ過ぎたのか？」

アランが笑うので、ラヴィアンは嬉しくなって「ええ」と答えた。

本当は食べ物が口を通らないのだ。アランと会うのはいつが最後になるだろうと想像するたびに、苦しくなって、食欲が消え失《う》せる。最近はろくに食べられていない。ポットからカップに丁寧《ていねい》に紅茶をそそぐミゲルを見ていると、コンコンコンと性急なノックが聞こえた。

アルマンドが入室してきたのを横目で見ながら、紅茶に口をつける。アルマンドはそそくさと入ってくるとアランのもとへ近づき、耳打ちをしている。アランはアルマンドと顔を見合わせて、渋い表情を作った。ふう、と息を吐き、アランが立ち上がる。

(ん……？)

ラヴィアンはそんな二人の様子をじっと観察していた。

「ラヴィアン、俺は今から邸《やしき》を出る。今日中に帰る予定だが」

「そうなのですね！　どちらへ？」

「国境で無視できない争いが起きている」

「……まあ」

ラヴィアンはごくりと息をのんだ。そして、目に焼き付けるようにアランを見た。

「マルティカイネン軍が戦車に乗って、国境を越えてきたらしい。いよいよしびれを切らしたようだな。軍務会議が今から開かれる。どうにか和平を結ばねばなるまい」

アランは目の前の軍務会議に気を取られているようで、バタバタと用意を始めている。

「大変なことでありますね」

「悪いが、今日は帰ってくれるか」

「……分かりました。どうかお気を付けて」

（そうなのね。今日がその最後の日になったのね……）

ラヴィアンは気を強く持ち、すっくと立ち上がると、部屋をそのまま出ようとする。入り口あたりに控えていた侍女《じじょ》のアネットが「殿下」と呼び止めてくる。

「いいのですか？」

心配そうに顔を覗《のぞ》き込まれたが、ラヴィアンは首を横に振り、小声で「いいの」とアネットに微笑む。

（よし、ラヴィアン・ド・セシリオ。頑張れ。好きな人には別れるその時までずっと笑顔を見せていたいのだろう？）

「アランさま！　今日も大好きです！」

ラヴィアンは花が開いたような満面の笑みでアランに手を振った。アランは急いで外出用の身支度を整えながら「ああ、気を付けて」と気もそぞろで返事をくれた。ラヴィアンは諦めたように笑って、アネットを連れてリーヴェルト侯爵邸を出た。

玄関から出てリーヴェルト侯爵邸を振り返る。城のような造りの大きな建物はもうすっかり馴染《なじ》みのあるものになっていた。目に焼き付けるように見上げていると、隣でアネットが眉をハの字にしてこちらを見ていた。

（さようなら、アランさま。大好きでした。さようなら、私の初恋）

ラヴィアンはにっこり微笑むと、歩き出した。

「アネット、行きましょう」

「……はい」

二人は固い決意を込めて馬車に乗り込み、肩を寄せ合った。

ラヴィアンは王宮へ戻ると、用意は侍女に任せて、机に向かった。

初めての恋を捧《ささ》げた人への最後の手紙を書くために。ラヴィアンはこみ上げる涙を何度も拭《ぬぐ》ってペンを走らせた。

第五章 遅すぎた恋の自覚

アランは軍務会議へと向かっていた。今日は軍務大臣を務めるマーロー侯爵《こうしゃく》の邸《やしき》の一部屋を利用させてもらうようで、そこに続々と軍務会議の役職メンバーが集まってきている。

「お、アラン」

バスチアンがよっと手を上げている。アランは頷《うなず》いて応えた。バスチアンはなんとかジャケットを羽織っているが、タイも着けず、シャツのボタンを二つほど開けて、酒を飲みにでも行くような格好だ。

「ああ、バスチアン。状況は？」

「両者睨《にら》み合いだと。とりあえず国境越えてきてるから戦線を国境まで戻そうとしてる」

「そうか」

第二王子のバスチアンも軍務の役職だ。旧友のマーロー侯爵家の次男マクシムも揃《そろ》い、顔馴染《かおなじ》みと一緒に会議の席に腰かけた。

マクシムは深緑色《ふかみどりいろ》の髪に黒ぶちの眼鏡をつけたインテリという感じで、武力で軍務大臣までのし上がったマーロー侯爵とは似ても似つかない。どちらかというとマクシムは奥方に似ている。

しかし、持ち前の頭脳から繰り出される軍事戦略は目を見張るもので、きっと軍務大臣の跡を継ぐのはマクシムになることだろうとアランは確信していた。

果たして軍務会議は夜まで長く続いた。その日の夜にはひとまず駐屯軍《ちゅうとんぐん》を大量に派遣して戦線は国境付近まで戻すことができた。しかし、川を挟んで両国の睨み合いは続いている。

（マルティカイネン、いくら兵器や戦車があるとはいえ、我が国相手にどういうつもりか。兵士の数もこちらは二十倍以上。さすがに全面戦争は向こうだって避けたいはずだが）

結局、王宮にしばらく貴賓《きひん》として迎えられていたマルティカイネンからの使者と、国王陛下と大臣たちで極秘の和平交渉会談が行われるということで、軍務会議はストップした。それの結果次第でまた明日招集がかかるだろう。

「バスチアン、また明日」

みなが帰り支度をする中、さっさと部屋を出て行こうとする手ぶらのバスチアンにアランは声を掛けた。

「多分明日の会議は開かれないよ。和平交渉会談は合意するだろう」

「そうなのか？」

「ああ。残念ながらね」

バスチアンは寂しげな顔でアランに手を振った。

「おい、なんでそんな顔をしている？　和平が結ばれるならいいだろう」

「そうだな。それが一番いいに違いない」

バスチアンは今度こそ背中を向けて去っていった。アランは首を傾《かし》げながら帰路についた。

——次の日、バスチアンの言う通り、軍務会議は開かれなかった。どうやら昨日の極秘会談で話がついたようだ。川向こうからマルティカイネンが兵士と戦車を引き上げたとの一報を聞いた。和平がようやく結ばれるようだ。

一体どのような条件で話がついたのか。知りたいが、いまだ公表はされていない。そのうち公表されるだろうが、すぐに明かされないところを見ると、よほど不利な条件をこちらが呑《の》んだのだろう。

しかし、アランにとっては自分の担当する軍務に影響が無ければその方が良い。領地経営に集中できるからだ。

戦争などしない方がいい。勝てたとしても、兵器や戦車だらけの国と戦っては、無血では勝てない。関税など交易の類で話がついたなら安いものだろう。

憂《うれ》いも無くなり、執務室でいつも通り仕事をしていたが、十五時を過ぎてもラヴィアンが姿を見せないことが気になった。

それから少しして、夕暮れが差す部屋で、アランはウロウロと執務室を歩き回っていた。やはり耐えきれなくなり、備え付けのベルを鳴らす。

すぐに入室してきた侍従《じじゅう》に向かって、「ラヴィアンはどうした?」と尋ねた。

「聞いて参ります」とうやうやしく告げた侍従はすぐに部屋を出て行った。その後、入ってきたのはやはり執事のアルマンドだった。

「アランさま。連絡はございません」

「また風邪か？」

「そうかもしれませんね」

アルマンドは顎《あご》に手を当て、首をひねってから同意した。

「ふん。明日まで様子を見よう」

アランは思った。またアネットが朝っぱらから訪れて、ラブレターでも持ってくるのではないかと。今日の自分を盛大に振り回し、仕事を手につかなくさせたことは腹立たしいが、仕方あるまい。先日は大舞踏会があったし、忙しすぎて体調を崩したのだろう。

「風邪など早く治せ、ラヴィアン……」

執務室で一人。いつものようにシンと静まり返ったその場所で、アランの独り言がやけに寂しく聞こえた。


だが、アランの淡い期待に反して、次の日もラヴィアンは来なかった。予想していたアネットも来なかった。その日のアランは終始イライラして、仕事など到底手につかず、珍しくアルマンドに八つ当たりのような不機嫌《ふきげん》な態度を取り続けた。

機嫌を取るように出された夕食の鯛《たい》のポワレにもあまり手を付けなかった。アランの今の好物が鯛のポワレだからだろう。ハンバーグのサンドイッチなどと幼稚なものはとうに卒業しているとラヴィアンに話したことをふと思い出して、アランは余計にイライラした。

夕食でいつもより多めに酒を飲んだアランは、自室に一人戻ると、部屋のスタンドランプを蹴飛ばして倒した。ランプに盛大に八つ当たりしたのだ。それから大きなベッドに大量に敷き詰められたクッションも手当たり次第、壁に投げつけた。

「はあ、はあ、はあ」

息を荒くし、髪を振り乱したアランは、とうとう気付いた。黒い髪をかき上げ、ベッドに乱暴に座り込む。

アランは認めざるを得なかった。ラヴィアンを手遅れなほど、心の内に入れてしまっていることに。本当はずっと前から分かっていた。愛されたことのないアランの砂漠に、枯れ果てた心に、毎日ラヴィアンがせっせと愛という名の水を撒《ま》いていた。毎日飽きもせず、耕す意味のない土地を。花の咲かない不毛な土地を。

毎日、毎日、毎日。いつの日か、アランの干からびた心はラヴィアンの惜しみない愛で満たされていた。アランの砂漠には紫色の綺麗《きれい》な花が咲いていたのだ。

ラヴィアンが何度も訪れるたびに。愛されたことのないアランが、急に最大級の愛を与えられて、簡単にほだされそうだったこと。手放せなくなりそうで怖かったこと。初めての愛が怖くて、恐ろしくて、見ないふりをしていたこと。決して自分から欲しがらないように自制していたこと。

アランはそのすべてを思い返して頭を抱えた。髪をかき乱して、ベッドの上で重い息を吐く。

ラヴィアンに会いたい。あのけたたましい声が聞きたい。ラヴィアンの顔を見ないと眠れない。

眠りたくない。会いたい。会えないともう生きていけない。アランは子供のように幼稚な願望を心の中で唱え続けた。

「はは、そうか。ビームか。今頃効いたようだな」

執務室でラヴィアンから『会いたくてたまらなくて眠れなくなる』ビームを送られたことを思い出した。

眠れないまま、空が白み、小鳥のさえずりが聞こえてきた頃、アランは泣き笑いのような表情を浮かべた。

そうして、決意した。

日が昇《のぼ》ったら、自分から会いに行く。王宮に乗り込み、顔を見に行く。

そう決めるとスッキリし、ようやく明け方わずかな眠りについた。

——コンコンコンコン！　コンコンコンコンコン!!

多すぎるノックに顔をしかめて目覚めたアランは、返事もなく勝手に開け放たれた扉を睨みつけた。

アルマンドが血相を変え、何かを手に持って入室してくる。とっさに時計を見るも、まだ朝の六時だ。先ほど眠ったばかりだから、一時間ほどしか経《た》っていない。あまりに眠すぎる。

「アルマンド！　勝手に入ってくるな！」

「ぼ、ぼ、ぼっちゃま！　大変です！」

ぼっちゃま？

アルマンドが動転して、アランを幼い頃のように呼んでいる。アルマンドの手には新聞があり、ベッドで座り込むアランに押し付けてきた。アランは片目をこすりながら、新聞を見た。一面に大きく書かれたトップニュース。

「は!?」

そこには『ラヴィアン王女とマルティカイネン国王、近々結婚か!?』の文字。

アランは腹筋を使って飛び起きた。ベッドから立ち上がったまま、新聞を詳しく読み込む。

『セシリオ王国とマルティカイネンは近年、国境付近での争いが絶えなかった。いつ全面戦争になってもおかしくない緊迫した状況が続いていたが、とうとう和平会談が合意されたようだ。セシリオ王国にそう不利ではない条約である。だが、その条件はラヴィアン王女の輿入《こしい》れであった模様。ラヴィアン王女はすでに王都を離れ、マルティカイネンへと出立しているという。国民は王宮の秘宝・ラヴィアン王女の居る方へ足を向けて眠れなくなるだろう。』

アランは、新聞を乱暴に床に叩《たた》きつけた。

「ふざけた記事だ！　ふざけるにもほどがある！　新聞が嘘《うそ》をつくな！」

床でくしゃくしゃになった新聞を拾うアルマンドの手は小刻みに震えていた。

「し、しかし、アランさま。王女殿下《おうじょでんか》は昨日も一昨日《おととい》もこちらにいらっしゃらなかったではありませんか。もしやこの記事が本当だということは」

「あるわけがない！　ラヴィアンは何も言ってなかっただろう！」

アランは八つ当たりするように隣にあったサイドテーブルにドンと拳骨《げんこつ》を落とした。

「でも」

「うるさい！　今から王宮へ向かう。準備しろ」

苦労人のアルマンドはさらに皺《しわ》を深くして、慌ててアランの寝室を出て行った。アランはイライラと侍従を呼びつけ、身支度を手伝わせると、すぐに馬車に乗り込んだ。

まだ朝の七時も迎えておらず、王宮は静まっていたが、すぐにラヴィアン王女に会わせろと無茶な要求をした。リーヴェルト侯爵の要求だ。通らないはずはない。王宮の勤め人は上の指示を仰ぎに出て行ったが、程なくして近衛大臣《このえだいじん》とともに戻ってきた。

「リーヴェルト侯爵、ごきげんよう。国王陛下がお呼びです」

「陛下が？」

「さようでございます。ついてきてくだされ」

近衛大臣はアランを促すと、王宮の奥に位置する国王夫妻の私室へと案内した。

初めて訪れる王族の居住スペースにアランは動揺《どうよう》する。警備が厳しい奥へと足を進めながら嫌な予感しかしなかった。ラヴィアンに会いに来たのに、国王陛下に会わされる。

(別に、俺は国王陛下に会いに来たわけじゃないのに。近衛大臣の出迎えも、陛下の私室に行くのも全部、俺は求めてない……)

先ほど読んだ新聞の内容が頭のなかで何度も繰り返されている。胸が張り裂けそうで、苦しくてたまらなかった。通された国王夫妻の居室はもちろん広く豪華で目を見張るような家具や絵画が置かれていたが、アランは少しも目に入らなかった。ただただ、ラヴィアンがそこにいない残念さを覚えただけだった。

国王夫妻は豪華なソファセットに並んで腰かけていたが、アランが来ると立ち上がった。

「陛下、王妃殿下。朝早くから御前《おんまえ》失礼いたします。アラン・リーヴェルトでございます。このようなプライベートな場所へのお招き、大変恐縮しております」

「良い。リーヴェルト侯爵、ラヴィアンに会いに来たと聞いた」

「……はい」

国王はラヴィアンと同じく紫色の瞳をしていた。国王をきちんと近くで見ると、顔立ちがバスチアンとそっくりだと気が付いた。だけど威厳のある雰囲気《ふんいき》で、ちゃらんぽらんなバスチアンとはなかなか結びつかないのも仕方なかった。国王は騎士団に交じって身体《からだ》を鍛《きた》えているそうなので、ガッチリとして確かに筋骨隆々《きんこつりゅうりゅう》だ。

王妃の顔立ちはラヴィアンとよく似ている。ほっそりとした体型も小さな顔もそっくりだ。年を重ねて迫力のある美しさになっていて、まさか四人の子があるとは思えない。

しかし、いつも微笑《ほほえ》んでいる王妃に笑顔が無く、目は腫れていた。それだけで聡《さと》いアランは絶望を感じた。

「ラヴィアンは王宮を出た。二日前だ」

「新聞が正しいというのですか」

アランは険しい顔で問いかけると王妃は悲しそうに目を伏せた。

「そうだな。ラヴィアンはマルティカイネンの国王に嫁ぐ。そう決まった」

「なぜ⁉　ラヴィ……王女殿下はそれで納得されたのですか⁉　王女殿下自身が望んでいたとは到底思えません！」

「何を言っている、侯爵。侯爵も立派な貴族だ。王族や貴族がみな恋愛結婚をしているとでも？　本人が望む、望まないの話では無い」

「……………」

国王にズバリと言われて、アランは己の身勝手さを恥じ、額に手を当て息を吐いた。

「わしも王妃とは国同士の結婚だった。貴殿《きでん》の父も恋愛結婚ではなかったはずだが？」

その通りだ。貴族や王族は、親に決められた結婚をする者がほとんどだ。恋愛をして結婚をするなどそうそう通らない。一割にも満たないだろう。母とバロー子爵《ししゃく》が結婚できなかったように。

「でも！　王女殿下は陛下にもご家族にも、王宮すべての人から愛されてきたはず。マルティカイネンの国王などと……！」

アランはそれでもあがいた。みっともないのは承知だった。馬鹿な事を言っているのも分かっていた。だけど納得してしまうとすべてが終わってしまうと思ったのだ。

「口を慎《つつし》むがいい。マルティカイネンの王は三十五歳。側妃《そくひ》はいるものの、正妃《せいひ》はおらず、今回ラヴィアンを正妃で迎えてくれるという。男盛りの三十五歳で、たくましく精悍《せいかん》だ。マルティカイネンは技術が発展している、小国だがこれから豊かになるだろう。悪い縁談ではない。ラヴィアンも十八となった。結婚するのに早い歳《とし》ではない。……うちの議会がそれほどあちらの兵器を脅威《きょうい》と見たのだ。小国といえども侮れないとな。国民の戦争忌避《きひ》の意識も強い。仕方がない話だ」

理解はできる。これが他国の全く関係の無い王女の話だったら、さもありなんと疑問も抱かず納得しただろう。戦争の和平に両国の王族が婚姻を結ぶ。よくある話で、よくある婚約。

そして、両国の国民すべてが祝福する何の瑕疵《かし》も無い素晴らしい婚約だ。

「しかし……、すみません。分かってはいるのですが……」

アランは国王夫妻の前であるというのに、取り繕《つくろ》うこともできずにうなだれた。

「ラヴィアンは一人娘だ。このような戦争の火種が無ければ、手元に置き、国内の貴族と結婚させたかった」

国王はようやくそこで豊かな茶髪にくしゃりと手を差し込み、大きく息を吐いた。そして、泣き出してしまった隣の王妃の肩を抱いて慰《なぐさ》めている。

「そうなのよ、侯爵。私は側妃がいる国王に嫁がせるなど反対でした。それに……」

「そうだな、王妃」

国王は王妃の手をそっと握った。そして、二人でアランの顔をじっと眺《なが》めた。アランは不思議に思い、二人の顔を見つめ返す。

「ラヴィアンが侯爵に惚《ほ》れていた事はとっくに知っていた。毎日のように押しかけていることもな」

「え⁉」

初めて知る事実に仰天した。目を付けられているだろうと思っていたがまさか毎日の押しかけも知っていたとは。国王は苦笑いし、王妃は涙を流しハンカチで拭《ぬぐ》っている。

「毎日繰り返される王女の脱走がバレないわけがなかろう」

「……確かにその通りです」

「実はマルティカイネンの王との縁談はもう半年ほど前からほぼ確定として検討されていた。向こうの王がラヴィアンを要求していたのだ」

「……はい」

そうだった。マルティカイネンの王は綺麗な物が好きだった。宝石よりも美しいラヴィアンを求めるのは道理ともいえた。

「ラヴィアンも知っていた。覚悟もしていただろう。だから、侯爵邸へのお忍び訪問が露見《ろけん》した時に、ラヴィアンからお願いされたのだ。マルティカイネンへ旅立つまでの間、好きにさせてくれと」

「…………全く、知りませんでした」

アランはラヴィアンに思いを馳《は》せた。毎日笑顔で通ってきていた裏で涙した日もあったのだろうか。敵国に嫁ぐと分かっていながら、どういう気持ちで。

考えるとふさぎ込んでしまいそうで、アランは一度思考を振り切って国王を見た。

「本来なら和平成立は一週間前にするはずだったのだ。だが、ラヴィアンがあんまりにも悲しい顔をするからな。何も言わなかったが部屋で一人泣くもんだから。わしが娘可愛《かわい》さのあまり、少し待ってくれと向こうに言ってしまったのだ」

「はい……」

国王は居室のキャビネットに並べられたたくさんの家族写真に目をやった。

「そうしたら三日前、国境付近で争いが起きた。もう待てないということだな。それで慌てて合意し、娘は急いで発《た》つことになった。準備は前々からしていたがな」

「そう、……でしたか」

軍務会議に急いで向かったあの日にラヴィアンは王宮を出たのかと思うと胸が張り裂けそうだった。あの時の自分は最後にどんな言葉を掛けただろうか。覚えていない。

「娘にお願いされたのだ。自分が出発してしばらく経つまで発表を隠しておいてくれと。きっと侯爵からの反応が怖かったのだろう、知られずに行きたかったのだ」

アランはこの世の終わりだと思った。足元がふらつき、今自分が立っているのか、まともな顔をしているのかも定かじゃなかった。国王夫妻に失礼じゃないかなど、そんなこともはや考えられなかった。

「私は、あなたと結婚してほしかったわ。あの子、あなたのもとへの訪問がバレてからは毎日のようにどれだけあなたが好きか、私に聞かせてくれたのよ。お茶しながら、あなたがどれだけかっこいいか、素敵か、ふふ、本当に毎日ね、家族もみんな知ってたわ。可愛かったのよ。あなたに生まれて初めての恋をしてたのね」

王妃が泣きながら話す。嗚咽《おえつ》をこらえきれないようで、国王が慰めるように肩を抱いた。

「どうにもなるまい。ラヴィアンとの結婚が駄目であれば、国境の豊かな土地、グリー領の国土を要求されていた。国土を削るわけにはいかぬ。戦争も避けねばならぬ。それにはラヴィアンの婚姻しか無かった」

国王はがっくりと肩を落とし、大事な一人娘の輿入れを嘆いた。アランは何も言うことができず、少し話をして王宮から出た。アランよりどうしようもできないことに嘆いていた国王夫妻にこれ以上何をぶつけることができただろう。

馬車の前で待っていたアルマンドは、肩を落として帰ってきたアランを馬車の中に黙っていざなった。

「王女殿下は」

アルマンドは続いて馬車に乗り込み、待ちきれないというようにアランを問い詰めた。

「新聞は正しかった。ラヴィアンの婚約は半年前から決まっていて、分かっていた上でうちに来ていたそうだ」

「……何もおっしゃらずに。いつも明るくてらっしゃったのに。アランさま、どうにかならないのですか」

「どうしようもないだろう。何もできない……」

「そんな。うっ、うぅっ……」

アルマンドはとうとう泣き出し、アランは右手を眉間に当て、目を閉じた。

どうしようもない。国同士の結婚。一侯爵がどうにかできる話ではない。何度も。何度もそう言い聞かせた。

――アランは邸に着いてからも到底仕事をする気になれず、自室に閉じこもった。

そして、机の上に置いた手紙に手を伸ばし、大きく息を吐きながらペーパーナイフで丁寧《ていねい》に開けた。国王の私室から出る前に、王妃から預かった手紙だ。

「ラヴィアンからあなたへよ。もし自分に会いに来ることがあれば渡してほしいと言われていたの」と王妃が言っていた。

(会いに来ることがあれば？　随分《ずいぶん》な言い草だ。来ないと思ったのか？　そんなに薄情《はくじょう》な人間だと思っていたのか)

アランは憤りを隠さずに、だけど震える手で手紙を開いた。以前は何枚も何枚も愛を連ねていたくせに、たった一枚の手紙だった。

『アラン・リーヴェルト侯爵閣下《かっか》』

書き出しの冷たさに、アランの心臓がドクンと跳ねた。手紙を持つ手が震える。

以前は〝愛《いと》しの〟という飾り文句がついていた。ただそれが無いだけなのに、アランは打ちのめされた。この手紙を書いたのは誰なのだろう。他人行儀なこんな人は知らない。

『お手紙で失礼いたします。今まで散々押しかけたのにもかかわらず、別れの挨拶《あいさつ》もできずに申し訳ございません』

本当にその通りだ。別れの挨拶も無しに行くなどと許せるはずがない。これでもう二度と会えないなら一生恨むだろう。悪いが許せそうにない。

「違う……」

違う。分かっている。ラヴィアンは何も悪くない。自分が全部悪い。あれだけ毎日愛を伝えてくれたのにいつまでもそこにあると驕《おご》っていた自分が悪い。愛していたくせに。可愛くて、可愛くてたまらなかったくせに。見ないふりをして、ラヴィアンにばかり頑張らせた。己を心の内で罵倒《ばとう》しながら、なんとか震える手で手紙を持ち、読み進めた。

『お別れをすると、きっと泣いてしまって困らせそうでした。許してください。笑顔で送り出されても、悲しんでいただけたとしても辛《つら》かったのでそのまま行きます。そして、今までの、淑女《しゅくじょ》らしからぬ数々の無礼と失礼をお許しくださいませ。私のわがままで振り回した事お詫《わ》びいたします。リーヴェルト侯爵のこれからの道が明るく照らされていますよう、ずっとお祈りしております。お仕事は無理をなさらないで、どうかいつまでもお元気で』

とうとう手紙を持っていられず、机に落とした。両手で顔を覆《おお》い隠し、俯《うつむ》いた。

「……うっ……、う……、うぅ――……」

誰もいない執務室でアランの慟哭《どうこく》はしばらく止まらなかった。

朝も昼も食べずに部屋でじっと考え込んでいた。両の掌《てのひら》は握りこぶしをずっと作っていたせいで、爪が食い込み、血がにじんでいた。

夕食の時間になり、ようやく自室を出て、違和感に気付く。

扉の前に立っているはずの侍従がいない。眉をひそめて、ダイニングルームに入るも、食事の準備がされていなかった。テーブルの上はさらりと何も載っておらず、もちろんメイドもいない。キッチンを覗《のぞ》いてみるもシェフもいない。

「はあ？」

玄関ホールの方に歩いていくと、ようやく執事のアルマンドが確認できた。しかし、なぜか普段は行かない離れの方からこちらに向かってきた。

「アルマンド！　誰もいないがどうなっている？」

アルマンドは緩慢《かんまん》なしぐさで顔を上げ、首を横に振った。

「ストです」

「なに？」

「ストライキです、アランさま」

聞き慣れない言葉にアランは耳を疑った。足をピタリと止める。

「ストライキ!?　なぜ」

「意にそぐわない結婚をなされようとしている王女殿下を何もせず見送っているアランさまに愛想が尽きたそうです」

やや芝居がかった口調でアルマンドは言ったが、アランは愕然《がくぜん》とした。

「は!?　一体何を言っている!?」

「ここで働いている者はみな王女殿下の虜《とりこ》でしたから。そして、アランさまと王女殿下の組み合わせを見るのが何よりも好きだったのです」

「……そんなことを言われても。俺にどうしろと……」

アランはとうとう床にしゃがみ込み、うなだれた。頭を抱え、髪をかき回す。どうしようもないではないか。

「ひどい奴《やつ》らだな……」

だって、ラヴィアンはもう行ってしまった。ここに来ている間、ラヴィアンが何を考えていたのかは知らない。ただ、王女として責務を果たし、国を守るために行ったのだ。今更どうしろと。

「本当に、何も方法はありませんか？」

「……さらって逃げるくらいしか。しかし、そんな方法ではその先に幸せなど……。両国を巻き込んで、戦争が起こるかもしれぬ」

「……駆《か》け落ち。ロマンティックですねぇ。最高じゃないですか」

「こんな時にのんきだな、アルマンド」

アルマンドは両手を絡めてうんうんと頷いている。どこか恍惚《こうこつ》としている様《さま》に呆《あき》れ果てていると、アランの頭の片隅でなにかが引っかかった。

「ロマンティックか……。ああ、方法。あるにはあったな。いやしかし」

「あるのですか？」

「いや、無い」

アランは黙って首を振る。ロマンティックで思い出したのだ。父から聞かされたアレキサンドライトの鉱山の話を。愛する女性のために発掘する鉱山。随分ロマンティックな話だと当時思ったものだ。

「アランさま、念のため聞かせてくださいませんか」

「サンタマリ鉱山のことを思い付いただけだ。しかし、あれは……駄目だろう」

「ああ！　鉱山！　すっかり忘れておりました。なぜ駄目なんでしょうか？」

はて？　と首を傾げた分からず屋のアルマンドにイラッとして、「は？」と低い声が出る。

「ラヴィアンのことを思うと本当なら鉱山ごとくれてやりたい気持ちだが。良くないだろう……。あれは、あれは、リーヴェルト侯爵家が代々秘匿《ひとく》してきた大切な鉱山だ。愛する女性への求婚のために発掘して、それからは隠してきた」

「そうでございますね。でも、旦那さまはおっしゃっていましたか？　女性の指に着けるためだけに発掘しろ！　と」

言ってはいない。確かに、代々一粒を発掘してきたとは聞いたが、アランに一粒にしろとも言わなかったし、女性の装飾品を作るためだけに発掘しろとも強要しなかった。

むしろ、金に困ればある程度発掘しろと、なぜかあんな風に。情けをかけるなんて。あの時のことを思い出すと、胸がぎゅっとしぼられるように締め付けられた。

「旦那さまは、亡くなる寸前、私を呼び出して、おっしゃいました」

「父が？」

「はい。アランさまを幸せに導いてやってほしいと。そのためなら鉱山どころか、侯爵を捨てると言っても認めてやってくれと。何があっても味方でいてやれと。ご命令なさいました」

「…………」

「旦那さまは……面と向かうとどうしても厳しくしてしまうようでしたが、アランさまがいない時にはそうやって優しい言葉を零《こぼ》されることもあったのです。旦那さまも苦しんでいらしたんです……。アランさまには何の慰めにもならないかもしれませんが」

アランは下唇を噛《か》みしめて俯いた。父の事は好きじゃない。罵《ののし》られ、叩《たた》かれ、息を吐くように冷たくされた。

だが、父も愛を与えられず孤独だった人。最期にアランに情けをかけてくれた人。

一瞬のうちにあらゆる感情がアランの体内を駆け巡った。それは寂しさだったり、嬉《うれ》しさだったり、怒りだったり、言葉にはできない複雑な感情だった。

「アルマンド。……アレキサンドライトを発掘してもいいか？」

「もちろんでございます。旦那さまも喜ばれますよ。だって、あの鉱山は愛する女性のためへのものです。アランさまはまことその通り使おうとされているではありませんか。違いますか？」

愛する女性のための鉱山。まさにその通りだな。アランはフッと笑った。

今更遅すぎて話にもならないかもしれない。すでにラヴィアンは二日前に出立《しゅったつ》しているのだ。追いつかないかもしれない。

そもそもその宝石で敵国と交渉できる保証もない。こんな石ころいらぬと撥《は》ねつけられる可能性だって十分ある。その可能性の方が高いだろう。気持ちとしては鉱山を丸ごと差し出したいが、勝手に領地の一部を差し出すのは領主といえども権利が無い。国王陛下や大臣たちに聞き、議題に上げないといけないが難しいだろう。王女の結婚で片が付いているのに今更大金の眠る鉱山を敵国に差し出すのは反対されるだろう。時間も無い。

発掘したアレキサンドライトで勝負するしかない。最後の最後。ひとあがきしてみたい。マルテイカイネンの王に自ら会って直談判《じかだんぱん》するしかない。宝石もほかの物もアランが差し出せるものはすべて使う。これ以上無いほどあがいて、それでもだめなら諦めるから。

（だってまだ俺は何もしていない）

「今すぐサンタマリ鉱山に案内してくれ。それから、侍従のミゲルを呼んで早馬を飛ばすように。王女の馬車に追いついて引き留めを」

「承知しました。すぐ準備してまいります。アランさまもしばらく家には帰れません。身支度を」

「分かっている」

慌てて自室へ飛び込んだ。ストライキで誰もいないので一人で鞄《かばん》に衣装など必要なものを詰め込んだ。邸を飛び出し、馬車に飛び乗ろうとしたところで、「旦那さま！」と焦った声が後ろから掛けられた。

「ナタン？」

先ほどはいなかったはずの使用人たちだが、ナタンシェフが焦った様子で離れの方から走ってくる。どうやらナタンは離れで身を隠していたようだ。ナタンは手に何かを持っていた。

「これ！　道中で食べてください！　急いで作ったのでまだ熱いのですが……！」

「これは？」

紙袋を渡されて受け取る。底に触れてみると確かに熱かった。ズッシリと重いそれを覗き込む。

「ハンバーグのサンドイッチです。私が新人シェフの頃に作り、まだ幼かった旦那さまがこれを一番好きだと言ってくださったのです。裏に隠れて泣きました。新人でしたから。あの時の感動を、王女殿下が来てくださったおかげで思い出したのです」

「……そうか。あの時のサンドイッチはナタンが作ってくれていたのか」

バスチアンが我が家に初めて遊びに来てくれた日、アランの友人が初めて来たと喜んだアルマンドが精一杯もてなし、シェフたちが渾身《こんしん》の料理をふるまってくれたのだった。あの日出されたサンドイッチはバスチアンと頬張《ほおば》った思い出の品だ。

「行ってくる」

「はい！　行ってらっしゃいませ。どうかご無事で！」

「ああ。ありがとう。楽しみにいただくよ」

ナタンシェフが深々と頭を下げるのをチラリと見て、アランは馬車に乗り込んだ。アルマンドが後から乗り込み、馬車は出発した。どうやら御者など使用人はみな近くに控えていたらしい。馬車の車窓から邸を見ると、みんなが出てきて、頭を下げている。感慨深い気持ちでそれを見つめた。

「我が家には地下室でもあるのか？　どこに隠れていたんだ」

アランが冗談交じりに怒った素振りをすると、アルマンドが小さく笑った。

「ミゲルも出発したようです」

アルマンドの言葉に頷く。侍従のミゲルも出発したと聞いてホッとする。ミゲルは乗馬が得意だから相当速く追いかけてくれるだろう。

「アルマンド、一緒にサンドイッチを食べよう。先は長い」

「ええ、そうしましょう」

二人はまだ温かいハンバーグのサンドイッチを分けて、頬張った。


――サンタマリ鉱山のふもとに立っている小さな家の前で馬車は停《と》まった。

前日の夜に邸を出たが、もう日は沈みかけている。その家は干し柿が庭先につるされ、子供の赤い自転車が並び、たくさんのスコップが庭に立てかけられていた。裏には畑もあるようだ。

「ここか?」

「そうでございます。管理人のハマース家です。侯爵家とはもう何百年と続く関係です」

「行こう」

アランは迷いなく一歩を踏み出した。扉の近くについていた呼び鈴を鳴らすと、少しして見上げるほど背の高い髭面《ひげづら》の男が出てきた。それからひょこひょこと顔を覗かせた子供が五人。あまりの多さにアランは黙りながらわずかに目を見開いた。

「アルマンドさま。ご無沙汰《ぶさた》しております」

「ハマース殿。お久しぶりです。今日はこちらの方をお連れしました」

「もしかして、リーヴェルト侯爵様で?」

ずんぐりした髭面の男の低い声が降ってくる。

「そうだ。鉱山の管理人で合っているか？」

「はい。来ていただけるのをずっとお待ちしておりました、侯爵様、どうぞ。狭い家ですが」

「気にしないでくれ。邪魔させていただこう」

アランとアルマンドは一瞬目を見合わせて、共に中に入った。アルマンドはどうやらハマース家と知り合いだったらしい。鉱山の管理を任せているので、顔合わせをしているのだろう。

小さいが綺麗に整頓された家からは、おいしそうなクリームシチューの香りがした。どうやら奥さんがキッチンで料理をしているようだ。顔を覗かせていた子供たちは興味津々《きょうみしんしん》でついてこようとするが、ずんぐりした男に「あっちに行っておいで」と促され、諦めたようだ。

アランたちはそのまま奥の居室へと誘われた。そこは夫婦の寝室のようで困ったが、あまり部屋数が多くないのだろう。応接室のような部屋がどの家にもあるわけじゃないのは、アランも言われずとも理解できた。小さな机に案内され、椅子に腰かけると、男が丁寧に頭を下げた。

「侯爵様。代々、サンタマリ鉱山を管理しとりますハマース家のガノと申します。今日はどういったご用件でしょうか」

「ガノ。すまない。急いでいるので用件のみを言う。今すぐにアレキサンドライトを用意してほしい、すぐ発掘できるか？」

「発掘はすぐにはできません。厳重に封鎖しとりますので。そうでないと、無法者《むほうもの》が勝手に入って荒らしてしまいますから」

アランは眉を寄せて固まった。それでは困る。今日の今日で発掘したかった。しかし、仕方がない。工事をしてもらい、数日かけてでも掘り出してもらうしかない。

「そうか。……しかし急ぐのだ。最短、何日で発掘できる？」

「発掘はできませんが、手元にあるのです」

「ん？　手元に？」

「少しお待ちください」

ガノは立ち上がると、収納の戸を開けて、小さな金庫のようなものを持ってきた。ガノの大きな手にはものすごく小さく見える。

「こちらに入っています。実は先代の侯爵様が、求婚の時以外にも何度か発掘に来られたのです」

「なぜ？　父が？」

「奥様に贈るためだと伺いましたが、受け取りを拒否されたようで、私どもが厳重に預かっておりました」

「……そうなのか」

あの頑固な父が、母のために何度か宝石を贈ろうとしていたという事実に、アランは驚愕《きょうがく》した。求婚の時の一粒だけではなく、母を振り向かせようとしていたのだろうか。だが何度もとは。

ああ。父はそうなんだな。振り向いてくれなくても母のことを焦がれるほど好きだったのだ。片思いをしていたのだろう。

そして、母はそんな父にとうとう振り向かなかった。なおさら、バロー子爵に似たアランなど憎くて仕方なかったに違いない。

だが、愛する人の子供だと思うと、放り出すこともできなかったのだろう。

父の切ない事情が一瞬で理解できて、アランはしばし俯いた。

「四桁の数字が必要なんですが、わかりますでしょうか。私は知らないんです」

小さな金庫を封印する鍵を眺めた。数字を四つ入れるようになっている。少し考えて、母の誕生日を当ててはめてみた。駄目だ、開かない。

「アルマンド知らないか？」

「いえ。聞いておらず、どうしましょう……。申し訳ございません」

「いや。色々試してみる」

母の誕生日は違った。次に、父の誕生日。違う。父と母の結婚記念日。違う。家の地番。母の命日。あらゆるものを入れてみたが、ダメだった。

アランは途方にくれたが、ふとダメ元である数字に合わせてみた。

カチャリ。

「アランさま！　開きましたね！　どの番号にされたのです？」

「………俺は父が嫌いだ。腹が立つ。死ねばいい。死ね」

「アランさま、旦那さまはもう亡くなっておいでですよ」

アルマンドはアランの手元を覗き込み、理解したのだろう。微笑むと、ゆっくりと元いた位置へと身体を戻した。

１２２６。それはアランの誕生日だった。

中から、見たこともないほど大きな宝石がコロコロと三つ出てきた。

それはこの世の光を集めたように輝く形容しがたい宝石だった。

一見すると青緑色に煌《きら》めき、エメラルドのようにも見える。けれど、光の加減で赤やピンク色にも見えるような。

アランは手に取り、灯りにかざしながら、コロコロと色合いの変わる宝石を眺めた。

「光に当てると色が変わる特別な宝石なのです。世界に一つとして同じものは無い宝石です。価値の分かる人には分かるでしょう」

ガノに勇気をもらい、アランは頷いた。

「助かった。お礼はまたの機会に。必ず約束する。今はとりあえずこれを持って、愛する者のところに行かねばならない」

「はい。馬なら、うちのを使ってください。駿馬《しゅんめ》です」

「何から何まで。すまないな。助かる」

アランは老齢のアルマンドを置いて、一人で馬に跨《また》がり走り出した。マルティカイネンの国を目指し、街道をひたすらに。馬を乗り換え、夜通し休むことなく走った。

父が想《おも》いを込めて発掘したアレキサンドライトを三つ懐《ふところ》に入れて。

第六章♥恋の始まりは仮面舞踏会《かめんぶとうかい》

あの人に出会ったのは仮面舞踏会の夜だった。

その日、ラヴィアンは生まれて初めて仮面舞踏会に参加していた。

お友達の伯爵令嬢《はくしゃくれいじょう》クローゼ・グロッサラーと一緒に。

今考えると、あの頃のラヴィアンはとても幼稚で、大人になりきれずみっともなかった。崇高《すうこう》なあの人には絶対知られたくない。

ラヴィアンは十七歳になり、家族にも王宮にも国民にも愛され、何も困らずに生きてきた。驕《おご》ることはなかったが、毎日ちやほやされ、物資にも恵まれ、それを当たり前のように享受《きょうじゅ》してきた。

しかし、豊かなセシリオ王国で、戦争知らずのこの国で、隣国マルティカイネンとの情勢が数年前から悪くなっていた。

ここ百年、大国セシリオ王国は戦争知らず。国民も戦争を忌避《きひ》しており、好戦的なムードではない。たくさんの兵器を開発中というマルティカイネンとの戦争はどうしても避けたかった。

ラヴィアンは政治に参加していなかったが、王宮に時折流れるピリピリしたムードは敏感に感じ取っていた。

その日、ラヴィアンは父に呼び出され、国王の執務室へと向かった。そこには大臣など数人の重鎮《じゅうちん》も控えており、家族間の他愛ない話では無いと理解した。

「お父様。お話とは？」

「ラヴィアン。婚約が決まりそうだ」

「え？　もうですか？　王族の婚約は十八のはずです」

ラヴィアンから笑みが消え、お気に入りの扇子《せんす》を持っていた腕はだらりとした。

「ああ、まだ内定の段階だ。発表はラヴィアンが十八になってからのつもりだ」

「……はい。お相手はどなたですか」

ラヴィアンは何人か国内有数の貴族の顔を頭に浮かべた。公爵令息《こうしゃくれいそく》で年の近い誰かだろうか。

「マルティカイネンの国王だ」

「え!?」

信じられなくて、国王である父の顔をすがるように見る。父は気落ちした顔をしていたが、冗談とは思えなかった。大臣たちも黙って成り行きを見守っている。父だけで決めたわけではなく、セシリオ王国としての意向なのだろう。

「ど、どうして」

マルティカイネンの王には一度会ったことがある。セシリオ王国の国王夫妻の結婚二十五周年の大規模な舞踏会に参加していた時だ。

諸外国から首脳たちを招いた大きなパーティーにまだ十五歳だったラヴィアンも参加していた。その時に挨拶《あいさつ》した記憶がある。

その頃からすでにマルティカイネンはセシリオ王国にちょっかいを出していたのだが、表立って戦争をしているわけではないため、国賓《こくひん》として招待されていたようだ。

彼に対しては全然良い印象が無い。

男らしいといえばそうだが、野蛮で、偉そうで、女性を装飾品としてしか見てない。妖艶《ようえん》な美しい女性を連れていた。ラヴィアンのことも上から下までじろじろ見ていたことを思い出す。あんな人に嫁ぐのか。

王族として贅沢《ぜいたく》を享受してきた。日々の食事にも、ドレスにも、寝床にも、働いたことも無いのに困ったことが無い。

分かっている。恋愛結婚ができるとは思っていない。好きな人もいないから特定の誰かと結婚したいわけでもない。

でも、なんとなく国内で幼い頃から知っている交友関係のある貴族と結婚すると思っていたから。いきなり異国の、しかも敵国に人質のように嫁ぐなんて。

「お父様！　絶対に嫌です！　考え直して？　この国の人だったら誰でもいいです。お願いします」

ラヴィアンは無茶なお願いをした。王族としての責務も果たさず、逃げ出そうとして父に甘えた。

父は困ったように眉を下げて、「本決まりではない。だが、心の準備をしていてくれ。ラヴィアン。

すまないな」と申し訳なさそうに話した。

ラヴィアンは泣きながら部屋を飛び出し、自室へ戻って泣きくれた。

(こんなの人質だわ！　生贄《いけにえ》!?　供物《くもつ》!?)

今この時間、この世で一番可哀想《かわいそう》なのは自分に違いないと本気で思った。

大事に育ててきた風にして、父は結局娘を簡単に政治の道具にする。国王といえども、議会の決定には逆らえない。議会の重鎮たちは王女が嫁ぐだけで長く続いている緊張状態から脱せると安易に考えたのだろう。

「最低。最低。お父様なんて嫌い！　みんな大嫌い！」

ラヴィアンは入れ代わり立ち代わり部屋を訪れる家族を全部拒否して、一人部屋に立てこもった。大好きな食事も拒否した。


次の日は伯爵令嬢のクローゼとお茶会だった。

正直そんな気分でもなく断ってしまいたかったが、誰かに話を聞いてほしかった。愚痴《ぐち》を吐き出したかった。なんとかもぞもぞとベッドから這《は》い出し、部屋に訪れたクローゼを迎え入れる。

彼女は金色のふわふわした髪を緩くまとめ、愛らしい桃色のドレス姿だった。背が低いため幼く見られがちだが、割と毒舌でズバズバと話をしてくれる。しかも同い年のため、すぐに仲良くなった。

王宮の庭園でのお茶会予定だったが気分にならずに、私室へ招いた。

「ラヴィアン、ごきげんよう。あら、ご機嫌《きげん》斜めね。泣いたの？」

「泣いたのー！　婚約が決まりそうなのよ！　うぅっ、また泣けてきたわ」

「ええ！　誰と!?」

「言えない。言っちゃいけないって言われてるから。けど、ううう――」

「あら。よっぽど嫌な相手なのね。可哀想。あ、わかった、バルデス公爵の長男でしょ！　もうすでに頭頂部が寂しいもの！　しかも太ってる！」

「違うのよー！　あの人も嫌だけど違うー！　うぅ――」

クローゼとは親友だ。王女と伯爵令嬢、身分の違いはかなりあるのだけど、二人ともあまり気にしていない。気軽に話し、敬称もつけない。唯一心を許せる相手だ。父や母よりも明け透けな本音が言える友だ。

「誰かを好きになったことも無い。誰かに抱きしめられたこともないのに。嫌よ」

「そうよね。私ももうそろそろ婚約が本決まりになるわ。ハイアット伯爵のとこのケヴィンさまと」

「幼い頃から決まってたのよね」

ケヴィン・ハイアットは何度か夜会で見たことがある。甘いマスクのせいか、女性に人気でいつ見ても色んな女性と楽しげにしている。

「親同士の口約束だけどね。でも、あの人は女性と遊びまくりで、毎回仮面舞踏会にも参加してるって噂《うわさ》なの。腹が立って仕方ないわ！」

クローゼは多分ケヴィンのことが好きなのだと思う。いつもぷんぷん怒って、女遊びをしている彼に憤慨《ふんがい》しているが、ラヴィアンにはそうとしか思えない。

だって、ラヴィアンはマルティカイネンの王にすでに側妃《そくひ》がいると聞いてもなんとも思わない。ショックも受けない。どうでもいい人に執着されるよりよっぽどいい。クローゼがこんなに腹を立てられるのはきっとハイアット伯爵令息に好意があるからだろう。

「ねえ！　ラヴィアン！　私たち一度仮面舞踏会に行ってみない？」

「え!?　仮面舞踏会？」

仮面舞踏会というと、仮面で顔を隠して奔放《ほんぽう》に出会いを求める場所というイメージだ。今まで一度も参加しようなどと思ったことが無かった。

「結婚したら身動きが取れないわ。独身の今だけよ、遊べるのなんて」

「そ、そうかもしれないけど、ちょっと怖いわね、仮面舞踏会。遊んでる人たちが行くところでしょ？　浮気願望のある既婚者もいるだとか……」

「大丈夫よ！　大きめの仮面をつければ正体はバレないし。ケヴィンさまがどれだけ女遊びをしているか、この目で見てやるわ！」

なるほど。クローゼの目的はそれだったか。

(遊んでやろうなんて結局思っていなくて、婚約者のケヴィン・ハイアットに会いたいだけね。引っ捕まえて懲《こ》らしめたいってところかしら)

ラヴィアンはクローゼの可愛《かわい》いところを見つけて、小さく笑った。

「いいわ。行きましょう。クローゼの家に夕食にお邪魔するって言っていいかしら？」

「うん。賛成！　お忍びの馬車に乗って行きましょう」

「いいわね」

十七歳の同い年の令嬢二人。悪巧《わるだく》みをしてクスクス笑った。

ラヴィアンは倦《う》んだ気持ちになっていた。好きな人も知らない。家族以外の男性と手を繋《つな》いだこともない。焦がれる人と笑い合ったこともない。何も知らないで、敵国の王に嫁ぐのは嫌だった。王宮の夜会ではいつも兄たちが鉄壁のガードをして、並大抵の若い男性は近寄ってこない。

誰も正体を知らない仮面舞踏会なら、王女としてしか見られなかったラヴィアンにもなにか起こるのじゃないか。そんなわずかな期待を抱いて。


こうしてマーロー侯爵《こうしやく》長男が主催の仮面舞踏会に、ラヴィアンとクローゼは参加した。

マーロー侯爵は軍務大臣を務めているし、次男のマクシムも軍務の役職について真面目な人なのに、長男はふらふら遊んでいるらしい。

ラヴィアンはいつもと雰囲気《ふんいき》の違う紺色の大人っぽいドレスに、口元まで隠れそうな大きな仮面をして会場へ入った。

（もうクローゼったら。これ胸が開きすぎだわ。なんて際どいドレスなのよ）

ラヴィアンはまろびでそうな胸を隠すように、ドレスを上に引っ張り上げた。仮面舞踏会だからといってクローゼが張り切って用意したドレスはなかなか刺激的だ。

（こんなドレス、王宮の夜会で着て行ったら、お兄様たちに即刻着替えさせられるわね）

クローゼもセクシーなドレスを着ているが、小さめの仮面で目元だけを隠している。一目見てクローゼと分かるだろう。どうやら婚約者のケヴィン・ハイアットに見つかってもいいようだ。むしろ声を掛けようとしているのだろう。

豪華な邸《やしき》に入ると、たくさんの人が大ホールに集っていた。

皆がそれぞれ仮面をしている。いつもの夜会と違うのは、照明が少し暗く、ところどころでくっついている男女がいるというところか。

顔が隠れていると人は大胆になるのだろう。腰を抱いたり、手を絡めたりした男女が囁《ささや》き合っている。ラヴィアンとクローゼのセクシーなドレスもさほど目立っていない。

「クローゼ、すごいところに来てしまったわね」

「そうね。ケヴィンさまはどこかな」

「ふふ、一緒に探しましょう」

クローゼはやはりケヴィン・ハイアットにしか興味が無いようだ。もはや隠さなくなったクローゼが微笑《ほほえ》ましくて、手を繋いで一緒にホール内を練り歩いた。

そのうち、女性の腰に手を当て、耳に口元を近づけている男性の姿が目に入って、「あ！」とクローゼが声をあげる。

「見つけた！　ラヴィアン、ごめん行ってくるね」

「行くのね。健闘を祈るわ」

ラヴィアンはクローゼに力強くガッツポーズを送った。クローゼが無事に目的を果たせることを祈って。

「あとで。馬車で落ち合いましょう！」

「はーい。ごゆっくり」

クローゼはケヴィンにそのまま近づき、彼の肩をトントンと叩《たた》いた。何事かと振り返ったケヴィンは、クローゼの顔を見るなり驚愕《きょうがく》して、わたわたと慌てだした。クローゼは腰に手を当て、ぷんぷんと怒っている。

（大丈夫そうね）

ラヴィアンはしばらく見届けると、ホールを歩いた。一応、豪華な食事も並んでいるが、口元が隠れそうな大きな仮面をしているため、食べる気にもなれない。

がやがやしたホールを壁にもたれて眺《なが》めた。給仕からワインを受け取り、少しだけ口に含む。こんなにたくさんの人がいても、ラヴィアンは結局誰にも声を掛けようと思えなかったし、誰にも声を掛けられなかった。

恋とはどこに落ちているのだろう。それとも結婚すれば、最初は好きじゃなくても、夫の優しさ、男らしさ、魅力に触れて徐々に好きになったりするのだろうか。分からない。何も知らないから。

王宮の夜会ではラヴィアンには挨拶の列が絶えない。だけど、こうして仮面をつけて、顔も分からなければ、誰も声を掛けてこないのだ。

一体自分とは何だろう。

ラヴィアン・ド・セシリオ王女。王宮の秘宝？　そんなの嘘《うそ》。私はそのうち同盟の証《あかし》として敵国に行くわ。たくさん側妃がいる方に嫁いで、一夫多妻の苦しみを味わいながら、形だけは王妃《おうひ》として奉られる。

二度と、家族にも友人にも会えないかもしれない。そして、夫である国王の機嫌を損ねると、一度結んだ同盟をまた破られるかもしれないと怯《おび》えながら生活しなければならないのだ。

でもそういうものなのだ。国民は今回の婚約を盛大に喜び、国をあげて祝うことだろう。王女として奉られて生きてきたけど、中身はなんてちっぽけなんだろう。

ラヴィアンは大きくため息を吐《つ》いて、ホールを出た。お手洗いに向かったら、馬車でクローゼの帰りを待ってようと思ったのだ。

ホールを出て廊下を歩いていると、後ろから誰かが小走りで近づいてきて肩を掴《つか》まれた。思わず振り返る。

どこかの貴族だろう。見ると、赤色の派手なジャケットを着てシャツを開襟《かいきん》している。スパンコールの仮面をつけているのでどのような顔の人かは分からない。

「帰っちゃうの？」

「え？」

手首をすごい力で摑まれる。

「ホールに一緒に戻ろうよ。仮面の下、可愛いんじゃない？」

「え、いいえ、いいわ。放してちょうだい」

「すぐ帰るなんてもったいないよ。ほら、踊りに行こうよ」

酒臭い香りがするその人はぐいぐいと引っ張ってくる。しかも、仮面の下の目がラヴィアンの胸をまじまじと食い入るように見ているのが分かった。

ラヴィアンはこのような乱暴なことを初めてされ、身体《からだ》が震えた。普通なら特になんてことはないのだろう。だが箱入り娘で育ったせいで、こういったことへの免疫《めんえき》がまるでない。

「は、放してください」

「いいから、いいから。あっちにおいしそうなケーキあったよ。取ってあげる」

「結構よ！」

手首を掴む男の手を振り払おうとブンブンと腕を振るも効き目がない。涙が浮かびそうになっていたら、向こう側から歩いてきた端整な顔の男性が気付いて小走りで駆《か》けつけてくれた。

「そこ。嫌がってるから放しなさい」

助けに来てくれた人の声は有無を言わさぬ響きがあった。ラヴィアンは男性に手首を掴まれたままだというのに、彼の隙のない顔に釘付けになった。

すらりとした長身にピカピカに磨かれた革靴がよく似合う品のある人だった。一目見ただけで特別な人だと分かった。ラヴィアンが呆気《あっけ》に取られているのにもかかわらず、彼はラヴィアンの顔を見ていなかった。厳しい目で男性の無遠慮に掴んだ手を断罪するような目で見下ろしていた。

「は、はぁ？」

「マーロー侯爵に告げてもいいのだな？　乱暴な行為は禁止されているはずだが」

「な、なにが」

「二度と仮面舞踏会に参加できなくなってもいいのだな？」

無体をしてきた男は慌ててラヴィアンから手を放した。

そして「ふん」と鼻を鳴らすと、そそくさとホールに戻って行った。あっけないほどあっさりと。

王女であるラヴィアンにちょっかいを出したわけではなく、酒を飲んで手頃な女性に声を掛けたつもりなのだろう。今日のラヴィアンは王女が着るような最高級のドレスは着ていない。むしろ胸をもろに出したドレスだ。誘ってくれと言わんばかりだろう。

「では」

助けてくれた男はもう用は無いとばかりに足早に去って行こうとする。

どこかで見たことがある。

(確か。えっと。確か……あ！　リーヴェルト侯爵だ)

何度か夜会で見かけたことがある。ラヴィアンは思い出して、パッと顔を輝かせた。

「あの！　助けてくれてありがとうございました！」

「いえ」

「その！　なぜ仮面をされていないのですか？」

去って行く後ろ姿に声を掛けた。引き留めたかった。仮面姿の浮かれた女性になど全く興味が無いようで、早く去りたい気持ちを露《あら》わに、うっとうしそうに振り返った。

彼は仮面をつけていなかった。だからすぐにリーヴェルト侯爵だと分かったのだが、参加者じゃないのだろうか。それともどこかに仮面を置き忘れて？　近くであらためて見ると、ラヴィアンが見たこともないほど美しい男性だった。

きっちり固めた黒い髪から、前髪の束が少しだけ垂れ下がり、色気に溢《あふ》れている。だが、他者を寄せ付けない冷たい琥珀色《こはくいろ》の目と、ツンととがった鼻筋と、高い背が、向かい合う人を軽蔑《けいべつ》しているように映る。近寄りがたい高貴な人。

ラヴィアンの胸の谷間などチラリとも見ない。存在を視界に入れるのも嫌そうにしている。ラヴィアンは生まれて初めて男性の色気に当てられ、ぞくっと震えた。

「参加していないからだ」

「で、では、どうしてこちらに？」

「あなたが知る必要が？」

「無い、ですが……」

「マーロー侯爵の次男に会いに来ただけだ。悪いがエスコートなら他を当たってくれ」

「あ、あ、待って」

声を掛けたが、彼はカツカツと革靴を鳴らして早歩きであっという間に廊下を曲がって消えて行った。

確か、リーヴェルト侯爵とマーロー侯爵はどちらも軍務会議の役職を務めている。仕事関係なのか、友人関係なのか。どちらにしてもあの素敵な人はきっと、仮面舞踏会など参加しないのだ。

婚約者はいるのだろうか。あの方も好きな女性には優しくしたりするのだろうか。琥珀色の瞳をとろけさせたりするのだろうか。なぜか猛烈《もうれつ》に気になった。

気になって、気になって、どうにかなりそうだった。

ラヴィアンは慌てて消えて行った方角へ向かい、追いかけた。

(いない！)

曲がり角を曲がったが、もう人影は無かった。

小走りになりながら、向かったであろう方向へ足を進める。広い廊下には無数の扉があって、どれか分からない。

駄目。絶対に駄目。会いたい。今日絶対に、絶対に会いたい。だって、リーヴェルト侯爵はそれほど王宮に通う人ではない。きっと今日を逃せば会えない。

ラヴィアンは必死に足を進め、廊下をがむしゃらに走ると、ほんの少し開いた扉から光が漏れ出ている部屋を見つけた。そっと近づいてみると、中から声が聞こえた。

「マクシム、仮面舞踏会を開いているのか」

「ああ、兄さんがね。兄さんはマーロー家を継ぐっていうのに遊びまわってる」

「そうか」

(ああ！　先ほどの！　リーヴェルト侯爵の声だわ！　見つけた！)

ラヴィアンは扉にかじりついて漏れ出る声に耳を澄《す》ませた。話の通り、どうやらマーロー侯爵の次男マクシムと二人でいるようだ。男性の声しか聞こえない。

「仮面舞踏会いいなー。俺も参加してこよっかなー。楽しそう」

(ん!?)

三人目の声だ。聞いたことのある声がして耳を澄ます。

「バスチアン王子が参加してみろ。騒ぎになる」

「大きな仮面でもつければバレないってば」

「こちらの苦労を考えてくれ」

(ええええ！　バスお兄様なの!?)

どうやら部屋には三人がいたようだ。確かにバスチアンは軍務会議の役職持ちだし、そういえばリーヴェルト侯爵とは昔からの友達だった気がする。

扉の隙間からそっと覗《のぞ》くと、小さな部屋だった。茶色の机がドンと真ん中に置かれ、黒の革張りのソファが机を囲むように置かれている。

意中の彼はちょうど入り口に向かって座っているので表情がよく見える。バスチアンは背を向けているので顔が見えない。マクシムは侯爵の隣に腰かけているが、バスチアンに隠れて少ししか見えない。三人がつまめるような酒の肴《さかな》と、赤ワインを用意して、気軽に食事をしていた。

その中でもひときわ輝く彼は、赤ワインを口に含みながら困ったような顔でバスチアンを眺めていた。そして口を開いた。

「マルティカイネンが今日もテプラノ砦《とりで》のあたりを攻めてきたようだな」

マルティカイネン。その名前を彼の口から聞いて、ラヴィアンはごくりとつばを飲み込んだ。テプラノ砦は我が国の国境近くにある砦だが、マルティカイネンからほど近い距離にある。

「挑発だろうな。本気で戦をする気は無いだろう」

マーロー侯爵の次男マクシムが答える。

「うん」と冷静な顔でリーヴェルト侯爵は頷《うなず》いた。

「和平の条約を結ぶとして、関税の類ではなかなか納得しないと聞く。難航しているようだな」

「まあ、そのあたりは外務大臣たちが交渉しているから、全部の情報は入ってこないけどな。向こうが求めているのは何なのか……」

バスチアンはむしゃむしゃと食事を優先していて、全く話に参加していない。話をしているのはリーヴェルト侯爵とマクシムだけだ。我が兄ながらなんてだらしないの、とラヴィアンは呆《あき》れた。

「アラン。侯爵はどうだ？　大変か？」

兄のバスチアンがニコニコした顔で聞いている。

そうだ。リーヴェルト侯爵は両親を早くに亡くし、十八という若さで侯爵を継いだと噂で聞いたことがある。兄弟もおらず、もう家族はいなかったはずだ。

それはどれほどの孤独だろう。両親も健在で、兄が三人もいるラヴィアンは、自分がいかに贅沢者なのか気付いた。家族からの愛を一身に受け、何の疑いも抱かないほど大事にされ育った。目の前の侯爵はどれほど。十八で責務を背負い、どれほど。

政略結婚の打診が来ただけで、世を憂《うれ》え、自暴自棄《じぼうじき》になり、仮面舞踏会にまで参加した王女。

それが自分だ。彼に比べると何も果たしてない。まだ両親の愛に甘え、王族としての責務からも逃げようとしている。

情けない。ラヴィアンは己の愚かさを恥じて、涙がじわりとこみ上げてきた。

「分からないことだらけだが、執事がサポートしてくれているからな。なんとかなっている」

侯爵がそう言って、はにかんだような表情を見せるので、ラヴィアンは胸を矢で貫かれた。

「そうか。先代からあまり引き継ぎもされてないんだろう」

「俺は嫌われていたから。それは仕方ない」

それを言った侯爵の寂しそうな顔もラヴィアンの胸を容赦なく串刺しにした。

「婚約は？　やっぱりしないのか？」

「しない」

(婚約者はいないんだ。そうなんだ……)

ワインを飲む横顔を眺めた。ツンとした鼻が他者を拒絶している。けぶるようなまつ毛に彩られたアーモンド形の綺麗《きれい》な琥珀色の瞳も。薄めの唇は上品そうにワインを飲みほした。

友人との食事だからラフな格好なのだろう。紺のジャケットに柔らかそうな麻の生地のベージュのシャツを身につけ、ノーネクタイだった。そのような気安い格好なのにどこにも隙がない。冷気でもまとっているかのよう。

「アラン。手を怪我《けが》しているな。どうした？」

バスチアンが声を掛けている。兄はちゃらんぽらんには違いないが意外と人をよく見ている。

「ああ、昨日領地で河川の氾濫《はんらん》があった。すぐに視察に行ったのだがみな必死にやっていたから少し手伝った」

「手伝ったぁ？　なにをだよ」とバスチアンが突っかかっている。

「土嚢《どのう》を敷き詰めたり、大きな岩を運んで、河川の流れを整えたり」

「おっまえ！　そんな力仕事、侯爵がしなくていいだろ！」

「自分の領地だ。俺が一番に守らないでどうする。領地から利益を得ているのに窮地《きゅうち》の時は指をくわえて、頑張れと応援するだけなどできない。まあ、大して役に立たなかったが」

そう言って、侯爵はフッと笑った。ラヴィアンは胸を絞られたかのような衝撃を受けた。

同じ年頃の人なのに立派すぎて、胸が苦しい。自分の情けなさが悔しくて、涙がぽたぽたと零《こぼ》れ落ちた。

「ふ……っ、ぅ……」

もう立っていられなくて、ラヴィアンは扉の外で足を抱えてしゃがみ込んだ。

「なあ」とバスチアンがいたずらを思い付いたような顔で話を切り出した。リーヴェルト侯爵とマーロー侯爵次男がバスチアンに視線を向ける。

「マルティカイネンの王がラヴィアンを気に入っているらしい」

「下種《げす》だな」

「アラン、お前。酔ってるな。口が悪いぞ」

侯爵が暴言を吐いて、マーロー侯爵次男が窘《たしな》めている。

「いやでも、現実的に王女殿下《おうじょでんか》と婚約すればマルティカイネンも引き下がるのかもな」とマクシムが思案顔をした。

「ありえん。あんな小国に、たった一人しかいない王女を差し出すなどと。冗談でもつまらないな」

とリーヴェルト侯爵が切り捨てた。

「でもよーアラン。マルティカイネンは脅威《きょうい》だぜ。どれだけの兵器があるか未知数だろ。ラヴィアンは美しいし、相手も気に入るんじゃゃね。そしたらパッと和平成立ってな」

兄のバスチアンはなんでもないことのように妹のことを語った。ラヴィアンは胸がチクリと傷ついた。

昨日兄もラヴィアンの婚約について心配して部屋を訪ねてきていたが、内心ではさっさと嫁げばいいと思っていたのだろうか。ラヴィアンは婚約話に不貞腐《ふてくさ》れて、家族の訪問を一切拒否していたため話はしていないが、兄はどう思っているのだろう。胸に冷たい風が吹いた。

「バスチアンやめろ。そんな事望んでないくせに。偽悪的《ぎあくてき》な言い方をしてごまかすのはお前の悪い癖だ。大事なものは大事だとはっきりと言え」

リーヴェルト侯爵の凜《りん》とした声が響く。三人の酒の場にしんとした空気が流れた。

「……そうだな。うん……」

バスチアンの消え入りそうな声が遅れて聞こえた。兄の沈んだ声で本心を知り、ラヴィアンの胸は温かくなった。

「俺は……政略結婚は好きじゃない。貴族同士の見合いのような結婚でも反吐《へど》が出るが、敵国に人質として嫁ぐなどどれだけ心細い気持ちになるか。可哀想だろう。そんな事態になれば、この国の貴族として王女に顔向けできん」

「アランは真面目だなー、冗談だろ。例えばの話じゃないか。そんな話無い無い」

バスチアンが冗談めかして笑い飛ばしているが、兄はそれが冗談じゃないことを知っている。

「まあそうだよなーそんなわけ無い無い。関税だろ。あとは通行料とかだろうな。外務の連中が無能なんじゃないか？」

マーロー侯爵次男マクシムが同じように笑い飛ばした。

「早く和平を結んでほしいものだな」とリーヴェルト侯爵は頷いて同意した。

「代わりに俺が婚約しようかしら」とバスチアンがうそぶく。

「いいんじゃないか、相手も気に入るだろう」とリーヴェルト侯爵が真顔で告げている。

「おいおいおい、バスチアン、結婚したばかりだろうが。ははは」

マクシム・マーローが突っ込む。三人はその後、和やかに酒の席を楽しんでいた。

(ああ……。クローゼ。私、仮面舞踏会に来て、恋をしたわ。恋に落ちたわ)

ラヴィアンは一瞬のうちに恋を知った。

焦がれるということも。手を繋ぎ、抱きしめてほしい。口付けをしたい。それからたくさんのことを。胸がいっぱいで苦しかった。

崇高な侯爵に見合う自分じゃないことが辛《つら》かった。こんな装飾のついた仮面をつけて、胸元をさらけ出し、のこのこと仮初の幸せを探しに来た自分が恥ずかしい。

自分には厳しく、責任や責務でがんじがらめなのに、それを苦労とも思ってない人。そんな人なのに、話したこともない王女には情けをかけてくれる。

愛国心があるのだろう。でもそれだけじゃない、人の立場になって思いを馳《は》せられる、心の温かさがある人なのだ。

あのような凍てつく態度を取っているが、心の奥底ではちゃんと芯の通った優しさと強さを持っている。ラヴィアンにはそれがすべて理解できた。

好き。

こんなにも簡単に人は人を好きになるんだ。ラヴィアンは感動で胸が締め付けられた。

そして、決めた。

ちゃんと言われた通りに、マルティカイネンの王との婚約を受ける。きちんと私も、リーヴェルト侯爵に恥じない王女になると誓う。逃げ出したりしない。

ラヴィアンは扉の隙間から見える愛《いと》しい人に微笑んで、そっと踵《きびす》を返した。


――次の日。

「わああああああん！　会いたい！　会いたいよー！　会いたくて死ぬ！　会いたくて死ぬううううう！」

ラヴィアンは、天蓋《てんがい》付きのベッドでもんどりうって叫んでいた。

「ううううう……」

どうしても、どうしても。

「アランさまに会いたーい!!」

昨日あんなに殊勝《しゅしょう》に決意したラヴィアンだが、あっという間にブレて、ブレて、ベッドでジタバタと手足を叩きつけていた。

初めての恋のせいで眠れぬ夜を過ごしたのだ。リーヴェルト侯爵への想《おも》いが膨《ふく》らみすぎて、勝手に〝アランさま〟呼びまでしてしまっている。本人の了解などもちろんあるはずが無い。

「王女殿下。アランさまとは？」

そばで控えていた侍女《じじょ》のアネットが厳しい顔でこちらを見下ろしている。ラヴィアンは暴れまくってずり上がったネグリジェをそっと下ろして、アネットに向き合って座った。

「ふふん、アネット。聞きなさい。アラン・リーヴェルト侯爵よ！」

ラヴィアンはふんぞり返ってなぜか自慢げな顔をした。

「ああ、琥珀の侯爵様ですね」

「琥珀の侯爵様と呼ばれているの!?」

「ええ、孤高《ここう》の侯爵とも呼ばれていますね」

アネットはいつも通り淡々と答えて、自慢げなラヴィアンをスルーした。

「きゃあああ！　まさにピッタリだわ。なんて素敵なの！」

ラヴィアンはくねくねして喜んだ。

「なぜ会いたいのです？」

「昨日運命的な出会いを果たしたのよ！」

「どこでですか？」

しまった……！　仮面舞踏会に訪れたことは、一番の侍女、アネットにももちろん内緒にしている。バレたらすぐに両親に筒抜《つつぬ》けだ。絶対に言えるはずがない。

「えーっと、そのぉ、あ！　クローゼの家を訪ねてきてたのよ！」

「そうなのですか？　グロッサラー伯爵家にですか」

怪しんでいる雰囲気のアネットにこくこくと何度も素早く頷く。

「そう！　そうなのよ！　そこでチラッと見て、私恋に落ちたの！」

「恋に。王女殿下が」

アネットが珍しく驚いた顔をしている。

「だって、あなた。アランさまを見たことがあって？」

「まあ、そりゃあ。私も貴族の端くれです。有名ですから。淑女《しゅくじょ》たちがみな夜会でアタックしては砕けて帰ってきてますよ。女性に興味が無さそうなところもますます人気の理由で」

アネットは子爵《ししゃく》家の娘だ。リーヴェルト侯爵のことも知っているようだ。

(有名なのね。騒がれるのも納得するほどかっこいいもの。そりゃそうよね)

ラヴィアンは至極当然だとばかりに頷いた。

「お話しされたのですか？」

「ううん。してない」

「してないのに恋に？」

「あら、アネット。恋を知らないのね。恋ってそういうものなのよ。ふふっ」

先輩風をふかしたラヴィアンに、アネットは微笑むと「お着替えをしましょう」と言った。

立ち上がって前に出ると、何人もの侍女が着替えを手伝ってくれる。鏡台に腰かけると、侍女が髪の支度と、お化粧を整えてくれた。

その間も、ずっと。ずーーーっと。ラヴィアンは考えていた。

「ああああん！　もうむり！　我慢できないわ！　会いに行く！」

「王女殿下？　何をおっしゃって」

「リーヴェルト侯爵のタウンハウスに行きます！　はい、決めました！」

「ま、ま、まさか。そんな事許されません！」

「そうね、王女がまさか独身の貴族男性に先触れなしで会いに行くなんてね。非常識よね」

「その通りでございます。分かってくださればいいのです」

「分かったわ。では、あなたたち全員一度部屋から出て行ってちょうだい」

「はい？」

「私窓から飛び降りて、勝手に会いに行く。絶対にあなたたちに迷惑なんてかけないわ！」

アネットは深い、深い、ため息を吐いた。

「王女殿下。いい加減にしてください」

「アネット。私は行くわ。放っておいて！　彼を一目見るまでずっと断食してやるわ！」

「王女殿下。馬鹿なことを言わないでください！」

「絶対に絶対に行く！　それか今すぐ彼を王宮に呼んで！　あ、それは駄目だわ。お仕事頑張ってるのに呼びつけたら迷惑がかかる。やっぱり私が会いに行くわ！」

結局アネットとつかみ合いの攻防を繰り広げ、一時間に一回ラヴィアンは癇癪《かんしゃく》を起こした。そうして、二人して荒い息を吐いて、ラヴィアンは名案を思い付いた。

「いいわ！　侍女になって王宮を出ます。こっそりよ。お忍び！」

「却下です」

「クロエ！　分からず屋のアネットはもういいわ！　侍女の服装一式持ってきてちょうだい！　持ってきてくれたらお給金倍増！」

あたふたしているクロエをなだめすかし、アネットを無視して強硬策に出た。結局侍女の服装とカツラを装着し、ラヴィアンは自室を走って飛び出した。

「ごきげんよう」

「ご、ごきげんよう？」

王宮を出る際、守衛《しゅえい》は侍女姿のラヴィアンをスルーした。本当のところはカツラをかぶって変装をしたラヴィアン王女だと気付いていたが、後ろから鬼のような顔で追いかけてくる侍女を見て、関わらないでおこうと決めたのだ。

後ろから「こらー!!」と大声を出すアネット。ラヴィアンは走って逃げた。

そして、王女はまさかの徒歩で、王宮に程近いリーヴェルト侯爵のタウンハウスにやってきたのだった。

タウンハウスが王宮に近いほど貴族としての力があると言われている。リーヴェルト侯爵家は王宮からとても近かった。

「着いたわ！」

ラヴィアンは、勇み足で呼び鈴を鳴らした。後ろからゼーハーと息を荒くしたアネットが追いついて、隣に立つ。

「王女殿下。あとで覚えておいてくださいね」

まずい。アネットの眉がピクピクしている。ラヴィアンは見ないふりをした。

「ふふ、アネット。よろしく頼むわ。あ、それから私の着替えを取りに行って、とっても豪華なやつね。お部屋を借りて着替えてからアランさまに会うわ。侍女の変装でお会いするなんて嫌よ」

「はー……分かりました。給料三倍で手を打ちましょう」

「ふふふ、頼むわね」

ラヴィアンは王女然として、綺麗な装飾のついた扇子を口元に当てた。「はい」と呼び鈴の向こうで訝《いぶか》しそうな声がする。

「初めまして。先触れも無い訪問、誠に申し訳ございません。ラヴィアン王女殿下の侍女アネットでございます。王女殿下をお連れしました」

「は!?　え!?　んん!?」

呼び鈴の向こう側が盛大に慌てている。

（もうすぐ会えるのね）

ラヴィアンはあまりのわくわくで胸がいっぱいになった。

――そうして、ラヴィアンは初日も次の日も、そのまた次の日もアランに追い返され、冷たくあしらわれ、それでもめげずに毎日通った。

「あんなに毎日帰れと言われて、辛くないのですか？」

アネットが心配そうに声を掛けてくる。初日あんなに反対していたのに、今では当たり前のように一緒に来てくれる優しいアネット。お忍び用の馬車の向かい側で彼女は心配そうに眉を下げている。

「辛くない。全然！　同じ空間にいられるだけでも幸せ。贅沢すぎるの」

「そんな。王女殿下ともあろうお方が」

「ふふ、恋の前では身分なんて関係ないわ」

「それでしたら、ご婚約などは考えないのですか？」

ラヴィアンの婚約事情を知らないアネットに微笑む。まさかアランとの婚約だなんて考えられるはずがない。そんなことは少しも思ったことがない。それどころか、心が通じることも期待してない。むしろアランのおかげで敵国の王との婚約を決めたのだ。

（彼に会いに行くのはマルティカイネンへ嫁ぐまでの短い時間だって十分わかっている。こういうタイムリミットが無ければ、こんな風にわがままな振る舞いはできていなかっただろう）

「アネット、心配してくれてありがとう」

「いいえ、王女殿下がよければそれで」

「うん。いいの」

(国を出れば会いたくても、どうせ会えなくなる。すげなくされるくらいでちょうどいい。万が一でも振り向いてもらったら辛いもの。半年後には敵国の王に嫁ぐんだから。気持ちを伝えさせてもらえているだけで十分幸せ。それでいいの)


だから今日も。執務室の扉をコンコンコンとノックして返事を待たずにバンと開けた。

「アランさま！」

ひょこっと扉から顔を覗かせると、アランが机に向かいながらラヴィアンをじろりと見る。

「うるさい！　ラヴィアン！」

「ふふふふ！　今日もアランさまとお話しできましたわ。なんていい日なのかしら」

「これを会話と思っているなら相当頭がおかしいな」

「もう。アランさま。今日も絶好調ですわね！　大好き！」

ラヴィアンは執務室の大きな机に一人で向かうアランを見つめる。広い部屋。たくさんの本棚と、小さなソファセットはあるけれど、何も無駄な物の無い部屋で、いつも一人きりのアラン。

皺《しわ》一つ無いパリッとしたシャツと黒のスラックスという簡素な格好なのに、どうしてこんなにかっこいいのか。ラヴィアンはほうっと息を吐いた。こんなにかっこよく、仕事熱心で、身分も高いのに、なぜ一人でいるのか。他人を排除するみたいに。特に女性にはことさら距離を取っているように思える。その事実は、ラヴィアンに切なさと喜びを同時に運んだ。

恋に落ちてからラヴィアンはアランに関する情報収集に余念が無いので噂には聞いた。

アランの両親は不仲で、母親の方は世間を騒がせたバロー子爵とできていて、アランはもしかすると子爵の子ではないかと一時期噂になっていたようだ。

アランの両親が亡くなる頃には、そんな噂も消えたようだが、それが本当だとするとどれほど辛かったのだろう。執務室で不機嫌そうな顔をして仕事に向かうアランをじっと見る。

「見るな。気が散る」

「気にしないでくださいませ」

「気になると言っているだろうが！　話が通じないな」

アランが息を吐き、やれやれと首を振る。

「アランさま。今日は王宮のシェフが作ったローストビーフのサラダを持ってきたのです。ご一緒にどうですか？」

「結構だ。帰れ」

暴言を気にすることもなく、ラヴィアンは仕事中のアランを存分に眺めた。

(難しいことを考える時の眉間に皺を寄せた姿が悩ましくて好き。疲れた時に吐き出すため息も色っぽくて好き)

たまにチラリとラヴィアンがいるのか隠れて確認しているところも大好き。だからいつ見られてもいいように、姿勢よくする。恥ずかしくないように。決して背中を丸めたりしない。沈んだ顔も見せない。

(ため息も吐かないし、あくびもしない。足も開かないわ。好きな人にはいつだって一番綺麗な姿

を見てほしいから）

今日も今日とて冷たくあしらわれて、ラヴィアンは王宮へと帰った。馬車の中で、侍女の服装にそそくさと着替え、王宮へ乗り込む。

アランの邸でいつも綺麗なドレスを着ているのは、馬車できちんと変装を解いているからだ。まさかアランの前で、侍女の姿でいられるはずがない。綺麗に着飾った自分を見てほしいからだ。

侍女の格好でフンフンと鼻歌を歌いながら、自室へ向かうため王宮の廊下を歩いていると、前から王妃が歩いてきた。最近流行《はや》りのマーメイドラインの銀色のドレスは王妃にふさわしい豪華さだ。

（わあああああ！　お母様だわ！　なんでこんなところにいるの！）

慌てて、そそそっと端っこに寄って頭を下げる。

（お願い……！　通り過ぎて）

ラヴィアンの願いとは裏腹に、王妃は一直線に侍女姿の娘のところに歩き、すぐさま首根っこを摑んだ。

「ラヴィアン？　あなたなんて格好をしているのかしら？　そして毎日リーヴェルト侯爵邸へ何のご用事？　私に教えてくれるわね」

赤い紅がひかれた母の唇が魔女のように見える。

「お母様！　全部知っていたんですね！　後をつけるなんてひどいです！」

「なーにがひどいのですか！　あなたって子は！　お尻を叩くわよ！」

ラヴィアンは幼少期のお転婆《てんば》な頃にお尻を叩かれた記憶を思い出しぞっとしたが、それよりもアランへの愛を語りたかった。

「お母様、知っちゃったならもう聞いてください。アランさまがどれだけ素敵な人なのか」

「ラヴィアン。あなた反省って言葉を知らないの!?」

王妃と王女の言い争いは国王夫妻の居室に入っても続いていた。国王は困った顔でラヴィアンを見た。そして、母と娘の言い争いを止めると、困った顔でおずおずと口を開いた。

「リーヴェルト侯爵と結婚したいのか？」

「いいえ！」

ラヴィアンははっきりと告げる。

「ん？　どういうことだ」

「お父様。私、マルティカイネンの王と然《しか》るべき時に結婚します。もう決めましたから大丈夫です」

「ラヴィアン、おお、急にどうしたのだ？　ん？」

「心配しないで、お父様」

なぜか国王であるお父様がわなわなと震え泣きだした。お母様もあんなに怒り心頭で、頭から角でも生えてきそうだったのに、一気に涙を目に溜《た》めている。

「リーヴェルト侯爵のことを好いているのだろう？　違うのか？」

「はい。私、初めて人を好きになりました。恋したのです」

「……それなのにマルティカイネンの王との婚約を受けるというのか？」

「はい。王族としての責務を果たします。そうじゃないとアランさまに恥ずかしくて会いに行けないわ」

「……それでいいのか？」

両親の悲痛な視線に、安心させるように微笑んだ。

「いいのです。だってそれしか無いでしょう？　お父様、お母様、お願いがあります」

「ん？」

「国を出るその時まで、アランさまに会いに行ってもいいですか？」

二人は顔を見合わせて困った表情をした。婚約を控えた娘が、年頃の男性のもとへ足繁《あししげ》く通う。普通に考えていいわけがないだろう。

「しかし、リーヴェルト侯爵もまだ二十歳の若い男性だ。その、邸に一緒にいて大丈夫か？」

「アランさまは私に全く興味がありません。これっぽっちも。手を繋いだこともありませんわ。今後そんな予定もありません」

「それはそれで……」

「いいのです。だけど、会いたいんです。毎日会いたくてたまらないんです。お願いします。あとはすべて言う通りにしますから」

親ばかな両親はまた涙を流して、結局すんなり頷いた。お忍びの馬車を新たに用意してくれ、門番や護衛《ごえい》にもある程度の事情を説明し、箝口令《かんこうれい》を敷いた。そうして、アネットとクロエにも事情を説明した。アネットは今回の縁談を泣いて反対したが、なんとかなだめ、慰《なぐさ》めた。

クロエは大人しいので何も言わなかったが、眠れないラヴィアンに付き合い、カモミールティーを淹《い》れて、ブランケットを掛けてくれた。

そしてラヴィアンは、リーヴェルト侯爵邸へ突撃《とつげき》してからたった五日後には、国王陛下公認でアラン宅へと向かうことになったのだった。


それから半年。毎日通いつめ、毎日帰れと追い返された。

だけど時には一緒に食事をしてくれた。花まつりにも一緒に行けた。眠っているアランを見られた。誕生日を祝ってくれて、プレゼントまでくれた。

輿入《こしい》れの馬車に乗るラヴィアンの髪にはダイヤの髪留めが留まっていた。そして、この半年に起こったすべての幸せを思い返して、微笑みながら涙した。

皮肉にもそれはトゥーラの街を通るルートだった。あの日のデートを思い出した。好きな人と一緒に馬車に乗り、ここまで来た。最初で最後のデートだった。

(なんて幸せだったのかしら。夢のようだった……)

左から流れた涙は頰《ほお》を伝って、ドレスの膝《ひざ》に落ちた。右からも流れた。

「うっ、うっ、……うぅ」

そのうち耐えきれなくなり、両手で顔を隠して嗚咽《おえつ》をもらした。馬車の向かい側に座ったアネットが「王女殿下……」と痛ましそうな声を掛けてくる。

「もう会えないのね、アランさまに。うっ、うぅ──」

「殿下……やめてください」

「だって、黙って王都を出てきたわ。ううう────。きっと怒ってらっしゃるわ。ひっ、うー……」

「殿下ぁ。もう泣かないでください。私まで。うぅぅぅ」

いつも冷静で、ラヴィアンに振り回されてばかりのアネットまで泣き出した。ラヴィアンは初めて見るアネットの涙にますます泣けてきて、「うわあああん！」と大きな声をあげて泣いた。

アランさま。大好きな人。

クレームブリュレを恐る恐るスプーンで割っていて愛おしかったこと。花まつりで紫のリシアンサスを耳に挿《さ》してくれた時の真剣な顔。ハンバーガーにかぶりついておいしかったらしく食べるのが早かったこと。

照れくさそうにダンスを誘ってくれたこと。腰に添える手が最初触れないくらい遠慮がちだったこと。耳元でおめでとうと言ってくれた時の低い声。

そのすべてで味わったときめきを今でもはっきり思い出せる。「幸せな一年になるように」と優しく言ってくれた柔らかい声も耳に残っている。

アランさまはやっぱり仮面舞踏会の夜に思った通り、心の奥にまっすぐとした優しさがあって、人を守る強さのある素敵な人だった。

(嫌われてたけど、最後の方はアランさまも少し心を許してくれていたように思う)

馬車の車窓からはトゥーラリズ川が見えた。あの時の恋の喜びが蘇《よみがえ》り、ラヴィアンの胸を締め付けた。

(好きになってよかった。人を好きになれる喜びをありがとう。アランさま。私、ちゃんと、王女としての義務を果たします。あなたに恥ずかしくないように。心から感謝しています。別れを告げるときっと泣いちゃうから黙って出ていくことをどうか許してください)


マルティカイネンへの街道を馬車に乗りひたすら進んで三日が過ぎた。もうすぐ国境を越える。目の前にはマルティカイネンの国の巨大風車まで見える。

しかし、その手前で一度足が止まってしまった。

ラヴィアンが止めたわけじゃない。進むべき道の先に土砂崩れが起きて、街道が閉鎖されてしまったというのだ。撤去活動が行われるというが、ラヴィアンたち一行はその直前の小さな町で足止めをくらっていた。

小さな町の宿で二泊をしたその晩のことだった。

「明日には通れるようね」

ラヴィアンが声を掛けると、アネットが頷いた。

「はい、やっと土砂が撤去されたようです。ホッとしますね」

「ええ。早く国境を越えたいわ。ここにいると辛い。アランさまのいる国から早く出たいの」

「そうですね……」

宿の一室でくつろいでいると、廊下から言い争う声が聞こえた。何事かと耳を澄ます。

「こら！　勝手に入るな！」

「うるさい！　王女殿下に伝えないといけないんだ！」

まだ少年のような声だったが、聞いたことのある気がしてラヴィアンは首を傾《かし》げる。

「出ていきなさい！　ここは貸し切りにしている！」

「どうでもいい！　ラヴィアン王女殿下！　出てきてください！　リーヴェルト家のミゲルです！　いませんか!?　ここにいるんでしょ！　馬車が停《と》まっていた！」

宿の廊下でなにやら護衛と誰かが騒いでいるようだ。

(ミゲル!?　あのリーヴェルト侯爵邸にいたミゲルなの？)

侯爵家の侍従《じじゅう》で、よく庭でサボっていたから花を一緒に眺めたり、一緒にお菓子を食べたりしたこともある。紅茶を淹れるのが上手なミゲル。

アネットと思わず顔を合わせた。ラヴィアンは急《せ》き立てられるように泊まっていた部屋の扉を開いた。

「ミゲル！」

宿の廊下には、床に押し付けられたミゲルとその上に体重をかけている護衛騎士長バルトルトの姿があった。バルトルトは護衛として頼もしい限りなのだが熊のように大柄なので、細身のミゲルが完全に押しつぶされている。

「やめて！　知り合いよ！」

その一言で、護衛はすぐに拘束をほどく。ミゲルは素早く立ち上がると、ズンズンと近づいてきた。いつも綺麗な身なりをしているのに随分《ずいぶん》くたびれている。急いで来たのかもしれない。

「間に合ってよかった……！」

ミゲルはラヴィアンの手袋に包まれた右手を取ると、額に掲《かか》げるようにしてぎゅっと目を伏せた。

「ミゲルどうしたの。とりあえず部屋に入って」

ミゲルはぐっと口を結び、いつもと違う硬い顔で首を横に振った。

「結構です。伝えに来ただけですから」

「え？」

「アランさまから伝言があります。マルティカイネンに行くな、待っていろと」

「…………」

「それだけです。伝わりましたか？」

ミゲルは言い切ると、強い瞳でラヴィアンを見た。反応を観察するように見られている。ミゲルの主《あるじ》の言葉をきちんと受け取ったか確認されている。

「それだけって……」

「はい。王女殿下はここを出ないで待っていて。必ずアランさまが来ますから」

「ここに？」

ラヴィアンから珍しく表情が抜け落ち、迷子になった子供のように不安そうにした。

「はい。寄るところがあるので、僕より遅れてきますけど、必ず来ます」

「……そんな」

おかしい。訳が分からない。そんなことはあってはならない。ぼたぼたと大粒の涙が瞳から零れ落ちた。頬に冷たい感触がして初めて自分が泣いているんだと気付いた。とうとう両手で顔を覆《おお》った。

「だめよ、そんなの。だめ。絶対にだめ……」

「王女殿下……」

ミゲルの悲痛な視線を感じた。ラヴィアンはハッと我に返り、手の甲で乱暴に涙を拭《ぬぐ》うと、王女然として微笑んだ。

「ミゲル。わざわざ来てくれてありがとう。アランさまによろしく伝えてちょうだい」

「王女殿下！」

「悪いけど明日出発なの。休むわね」

泊まっていた部屋に戻って、ベッドに突っ伏す。アネットは声を掛けてこなかった。ラヴィアンは涙をシーツに吸い込ませて、声を出さずに静かに泣いた。

アランさまには会わない。会えるわけがない。

(ご挨拶しなかった薄情者《はくじょうもの》に別れの挨拶をするために来るのかしら……)

そうだとしても、会ってしまったら、もう。目の前にマルティカイネンがあるのに。きっと行けなくなってしまうわ。もう頑張れなくなる……と、ラヴィアンは心の中でくじけた。こんな王都から何日もかかるところまで自分のために来てしまったら、もう行けない。だけど、そんなこと王女としてできるわけがない。

（だから、会わない。会わないわ）

「アネット。明日、早めに出発したいの。みんなに伝えてくれる？　早朝に出るわ」

「…………かしこまりました」

アネットは音を立てずに出て行った。ラヴィアンは止まらない涙を幾筋《いくすじ》もこめかみに伝わせたまま、朝を迎えた。眠ることなどできなかった。


早朝、まだ静まり返る町で、馬車を出発させた。

輿入れの馬車のため、四頭立ての馬たちには豪華な金の刺繍《ししゅう》が入ったビロードの布が掛けられている。ラヴィアンが乗った豪華な王家の家紋入り馬車の後ろに、荷馬車が数台続いている。護衛のための馬も複数前と後ろを固めている。出発して一刻ほど。ちょうど土砂崩れがあった場所を通り抜けてすぐだった。

――ギーッ！　と車輪が地面に擦《こす》れる音を立てて、馬車が急停車した。ラヴィアンが顔をあげる。なぜかアネットが馬車の窓に張り付いて外を見ていた。

「なに？　なんなの？」

一睡もしていないため、ぼうっと魂を飛ばしていたようなラヴィアンは状況が摑めず、キョロキョロと周りを見渡す。アネットがなぜか両手で顔を覆って泣き出した。

「アネット……？」

「うっ、うぅ、王女殿下。扉を開けてください」

アネットが泣いている意味も、扉を開けろと言っている意味も、ようやく理解した。

国境を越える寸前だ。国境を越えてすぐの村で、マルティカイネンの使者たちが出迎えに待っている
と聞いている。

もうすぐ。もうすぐなのに。ゾクゾクゾクと、体中に理由の分からない震えが走った。

「嫌よ。嫌！　開けないわ」

かたくなに首を振るラヴィアンにアネットが険しい表情を向ける。

「殿下！」アネットが怒鳴った。

「駄目に決まってる！」とラヴィアンも狭い馬車内で声を張り上げた。

「殿下！　こんな時までわがままを言わないで開けなさい！」

アネットが泣き叫ぶような声で、ラヴィアンを怒鳴りつけた。

幼い頃からずっと一緒だったアネットの想いが伝わってきて、思わず涙がこみ上げる。ラヴィア
ンは下唇を必死に噛《か》み締めた。

「いいのね、アネット！　私、扉を開けたら行かないわよ！」

「それでいいです。私、そうしてほしいです……！」

「馬鹿ね、アネット！　本当に馬鹿な子ね……」

ドンドンドン。急かすように扉が叩かれた。アネットは主の言うことを聞かずに、簡単な鍵を取
り外し、中から扉を開けた。

そこには思っていた通り、ラヴィアンの愛しい人がいた。

半年間、焦がれて焦がれて、焦がれ続けた人だった。

初めて好きになった人。心の底から大好きになった人。会いたくてたまらなくて、相手の迷惑も考えずに押しかけて、困らせた。困った顔も怒った顔も大好きだった。笑ってくれたら天にも昇《のぼ》るくらい嬉《うれ》しかった。

その人が息を切らして、馬に跨《また》がり、髪を乱していた。琥珀色の瞳と目が合った。

(ああ。私もう、今ここで死んでもかまわないわ)

姿を確認した瞬間、強い力で腕を掴まれた。ラヴィアンの身体はあっという間に馬車から離れ、アランの馬上に乗せられた。ぎゅっと向かい合わせで抱きしめられる。

「アランさま!」

「ラヴィアン。行くな。行くな……!」

「ううぅぅ、うっ、うっ……、なんで! なんで! なんで来たのですか!」

アランにきつく抱きしめられ、大きな胸板に頬を擦り付けた。涙でぐしょぐしょに濡《ぬ》れた頬のまま、抗議をするようにぐりぐりと押し付ける。

「ラヴィアン、愛してる。ずっと俺のそばにいてくれ」

抱きしめられたまま、頭上から声が降ってきて、ラヴィアンの身体が固まった。

存在を確かめるように、肩から背中、腰へと手が何度も上下して撫《な》でさすってくる。馬の上で落ち着かないのに、なのにずっとずっと撫でていてほしい。

しかし聞き捨てならない。ラヴィアンはガバッと抱擁《ほうよう》をほどいて、泣きぬれた顔でアランを見上げた。

「アランさまではないですわね！」

「は？」

「おかしいわ！　アランさまがそんな！　私のことを、そんな！」

混乱して動揺《どうよう》するラヴィアンを見て、フッと優しく笑うとアランはラヴィアンの髪を一束手に取った。

「愛してる、ラヴィアン、嘘じゃない。マルティカイネンの王と結婚などしないでくれ」

「…………そ、そんな、わけにはまいりません」

ラヴィアンは涙で目を潤《うる》ませ、小さく首を振る。アランはそんなラヴィアンをじっと見つめ頷く。

「俺に考えがある。……それより」

「…………？」

ラヴィアンが首を傾げると、アランが頬を優しく撫でた。

「今日も美しいな」

アランの怜悧《れいり》な顔が見えないくらい近づいてきた。そう思った瞬間、唇に温かな感触。

すぐに離れたそれを呆然《ぼうぜん》と見つめた。慌ててラヴィアンは唇に指を当てた。

（キス、したの……？　今？　アランさまが私に……？）

「我慢できなかった。ラヴィアン。会いたかった。もう会えないかと思った。お前に会えないと困

る」

「…………」

「ビームを送っただろう。覚えてるか？　眠れなくなったからどうにかしてくれ」

「…………」

アランを呆然と見つめる。アランの額に汗が滴《したた》っていた。髪はいつもより乱れ、目の下には濃いクマが浮かんでいる。今までで一番よれた姿だった。

だけど、ラヴィアンには愛おしく思えてならなくてじっと見上げる。アランはキスをしてきたとは思えないやるせない表情で顔を情けなく歪《ゆが》めた。ラヴィアンはまたうるうると涙がこみあげてきて、アランの胸板にしがみついた。

「話をするから。いったん宿に引き返そう」

「……アランさまにお任せしますわ。私、今は何も考えられませんの。思考停止です」

ラヴィアンはわざとらしく目を瞑《つぶ》り、アランの胸板にぼすっと倒れこんだ。

「では、勝手にする」

アランは馬に乗ったまま、色んな人に話を付けると、馬車を引き連れて元々いた宿へと舞い戻った。その間ずっと、前にラヴィアンを乗せたまま。

第七章♥アラン・リーヴェルトの溺愛

宿に戻った後も放心状態だったラヴィアンは、宿の食堂でテーブルの向かい側に座ったアランを確認して顔を赤くした。

アランは軽く入浴して、汚れを落としてきたようだ。なんでも何日も馬に乗り続けてきたらしい。

「何を考えている？」

「お会いできて嬉《うれ》しいです。今日もアランさまはかっこよくて、いつもよりなんだかワイルドで、素敵すぎます」

「ワイルド？　ああ、多分ろくに寝てないからだな」

アランは目元に濃い影を作り、髪も入浴後のため、いつもと違い無造作だ。白いシャツもボタンが一つ外されている。ラヴィアンは、目尻をこするアランに見とれた。

(かっこよすぎるのだが！)

ジタバタしたい気持ちを必死で抑える。そして、気を抜くとついついアランの唇に目を向けてしまう。

「ふあああああ！」

ラヴィアンの突然の奇声。ビクッとアランが肩を跳ね上げた。それからじろりと睨《にら》みつけて、「うるさい」と叱《しか》られる。

「だってえええ！　アランさま！　濡《ぬ》れた髪でほんとにもう！　大サービスが過ぎますわ！」

「ふっ、本当に騒がしいな、ラヴィアンは」

仕方なさそうに笑ったアランにぽかんと口を開けて見とれた。

(なんて愛《いと》しいのー!!!!)

胸がギュギュギュッと摑《つか》まれ、「はう――」と声を出して机に突っ伏した。

「ラヴィアン、真面目な話をしよう」

「むりです」

「は？」

顔を少しだけ上げる。チラリと目の前の愛しい人を盗み見た。なんだか視線が柔らかい。

「だって、これは夢ですか、ここは天国でしょうか。私、死にましたか？」

「なにを」

アランが呆《あき》れたような表情でラヴィアンを見下ろす。

「アランさまが私を、私を、その」

言い淀《よど》むラヴィアンにアランがふっと息を吐くように笑う。

「好きなんて嘘《うそ》だろうって？」

「いやあああ！　死んだわ！　絶対に死んだわ、私！」

ラヴィアンは力の抜けきった身体《からだ》でもう一度机に突っ伏す。

「ぐううう。なにこれぇぇ。絶対に変なの。おかしい！　なんでえ？」

「くっ、唸《うな》るな。ますます犬のように見えてくる」

アランがクスクスと笑う。その笑顔が少年のようで、ラヴィアンはぽうっと見とれた。

(はあ。私、本当に天に召されたのね。天国がこんなに幸せなら死んで良かったわ)

「それならいいわ。アランさま、私のこと好きだとおっしゃってみてください」

「……好きだ」

真顔ではっきりと告げられ、ラヴィアンはバタンとまたも机に突っ伏した。

「はう！　なにこれぇ！　死んでるのに胸が痛いわ！　なんでえ？」

「死んでないぞ」

「死んでない、のですか？　ということは夢？」

ラヴィアンの混乱に根気よく付き合うアランは、頬杖《ほおづえ》をついてなんだか楽しそうだ。

「夢でも無い」

「そう、ですか……」

死んでもない。夢でも無いなら、一体……。ラヴィアンは呆然《ぼうぜん》としたまま、アランを見つめた。

(かっこいい。やっぱりあなたは神様の使いだったのね)

「ラヴィアン、時間が無い。話をする」

「は、はい！」

好きな人が真剣な顔をしている。低い声が痺《しび》れるほどかっこいい。悶《もだ》えたいが、なんとなくそんな雰囲気《ふんいき》では無さそうだ。混乱はとりあえず措《お》いておいて、無理やり活を入れて、上体を起こした。

アランはすでにいつも通りの無表情でラヴィアンを見据《みす》えている。

「まず、婚約は阻止する」

「……どうやって」

「これだ」

革の小さな袋をアランは懐《ふところ》から取り出し、袋から中身を乱雑に取り出した。

机に転がった三つの大きな宝石。見たことも無いほどの大きさのエメラルドのようだった。

ラヴィアンの方まで転がってきた宝石を一つ手に取り、じっと眺《なが》める。

「エメラルド、でしょうか？　ん？　でも色が。カットも複雑で、んん？　綺麗《きれい》」

「ああ。まだ発見されてない宝石なんだ。光の加減により色が変わる」

「ええ!?」

新種の宝石。この世界ではすでに宝石は発掘しつくされていて、ここ百年新種のものなんて発見されていない。何百年と続く宝石文化のせいで、どの鉱山も踏み荒らされ、新たな宝石が発掘されることも無い。

現在、貴族や王族が身につけている宝石は、どれも一度指輪やネックレスなどになった宝石たちで使いまわされているのが主流だ。たまにどこかの鉱山から一粒が発掘されると、目玉の飛び出るような高値で取引される。

「そんなものがあるのですか」

「ああ。リーヴェルト家の領地の鉱山に眠っている」

「なんと……」

特にマルティカイネンは海沿いに国があり、山が少なく、鉱山は一つも持っていない。そのため、宝石とは縁のない国だ。

しかし、マルティカイネンの王は綺麗なものに執着していると聞く。興味は、宝石や服飾、美術品、女性、多岐《たき》にわたるというが、確かにこの宝石なら交渉できるかもしれない。

「そんな貴重なものを？」

「まだまだ眠っている。今回はマルティカイネンに献上するが、落ち着いたらラヴィアンにも贈らせてくれ」

「いいのですか？」

「ああ。父との約束なんだ」

アランは緩やかに唇で弧を描くと、頬杖をついてラヴィアンを眺めた。

(なんだか以前のアラン様と違う。何がってうまく言えないけど、色気が、色気がすごい)

ラヴィアンはドギマギして、落ち着きなく視線を彷徨《さまよ》わせる。その間もアランはじっとラヴィアンを見ていた。

「あ、あの、アランさま。それでこれからどのような手筈《てはず》で」

「ラヴィアンにはひとまず明日マルティカイネンに行ってもらう。俺と一緒に」

「はい」

事務的だが大切な話にラヴィアンは姿勢を正す。

「王女が出発したというのは国民が知っている。あちらの国民もそうだろう」

「……そうですね。輿入《こしい》れの馬車もたくさんの方々に目撃されていますから」

「ラヴィアンは、和平の証《あかし》にこのアレキサンドライトを献上《けんじょう》するためにわざわざ敵国へ足を踏み入れたということにしよう。それで相手の面目も立つだろう」

「なるほど。さすがアランさまです！」

ラヴィアンは明るい顔でアランを称《たた》えたが、アランは険しい表情だった。

「まあ、このようなものはいらん、ラヴィアンとの婚約を優先する。と撥《は》ねつけられたらもう関税や通行料をゼロにするしかない。それでもだめなら戦争をするしかない」

アランは苦笑して答えた。ラヴィアンはぽかんとまた口を開く。

「関税や通行料をゼロにするなど無茶です。それに、せ、戦争だなんて」

「色々と準備はするが、結局は明日、出たとこ勝負だな。行き当たりばったりだが」

アランの苦笑にラヴィアンは絶望する。己の事もあるが、ラヴィアンはアランに無理をしてほしくなかった。

「そんな……」

「ああ、無理かどうか知らんが、俺は腹をくくった。お前をマルティカイネンにはやらない」

じっと熱い視線で射抜かれ、ラヴィアンはごくりと息をのんだ。

「明朝出発する。それまでゆっくり休め」

「わかりましたわ！」

「少しミゲルと話してくる」

「はい！　お待ちしておりますわ！」

アランはまたフッと笑うと、ラヴィアンの頭にポンと手を乗せて食堂から出て行った。ラヴィアンはバタンと机に倒れる。

「きゃあああああ!!　なにあれなにあれ！　かっこよすぎる！　心停止しちゃうわ……」

ラヴィアンはいても立ってもいられず、食堂を飛び出し、泊まっていた部屋へとダッシュした。護衛《ごえい》が後ろから走ってついてくるが気にしない。

扉を開け放つと、アネットが鞄《かばん》を開いて支度をしていたがこれも気にしない。ベッドへダイブして、「きゃあああああ！」と大声を出して悶えた。アネットがぎょっとした目でこちらを見ている。

「お、王女殿下《おうじょでんか》。何事ですか」

「アランさまがかっこよすぎるうううう！」

「ああ。なるほどですね」

アネットは呆れたように、ふうと息を吐くと、また鞄を整理し始めた。

「良かったです、これで」とアネットがぽつりと言う。ラヴィアンはベッドにうつ伏せになったまま、アネットに視線をやった。

「良かったんです、これで」

アネットが涙をボロボロと流しながらとうとう小さくうずくまった。ラヴィアンは飛び起きてベッドから滑りおりると、アネットを抱きしめた。

「アネットぉ、うぅ、泣かないでー」

最近のアネットはラヴィアンの事となると時折涙もろくなる。愛おしさでいっぱいになり、抱きしめながらアネットの頭に頬を擦《こす》り付けた。

「殿下。国民みんなが罵《ののし》る結果になっても、私だけは味方です。私はこれでいいと思ってます。国に帰れなくても構いません」

「だめよ、そんなのー。アネットは帰らなきゃ」

なだめるようにアネットの背中を撫《な》でたが、アネットはかたくなに首を横に振った。

「私はずっと殿下のおそばにいます」

「うぅぅぅ、うっ、アネット。もう。もう。うぅ――」

ラヴィアンはアネットと共にしばらく泣きくれた。


アランは忙しいようで、そのあとは全然部屋を訪れてくれなかった。

心配になって、アネットが隣のベッドで眠ってから、ラヴィアンはこっそり部屋を抜け出した。

扉の前に立っていた護衛に、「アランさまのお部屋はどこかしら?」と聞くと困った様子で部屋の場所を教えてくれた。ラヴィアンの部屋とは離れた場所にあった客室の前に立ち、ノックをする。

「はい」

「私よ」

アランの声が聞こえたので、ラヴィアンは答えた。慌てた様子の足音が聞こえ、扉が開けられる。

「どうした？　もう夜も遅い、まだ眠ってなかったのか？」

アランはロングの防寒用の黒い外套《がいとう》を羽織り、珍しく旅人のようなリュックを背負っている。

「ええ。ん？　それよりアランさま。外套を着て、今からどこかにお出かけですか？　あら、ミゲルもいたのね」

部屋の中にはミゲルの姿もあった。ミゲルも外套を着ている。明らかに二人は外出の準備をしていた。アランは気まずそうにぽりぽりとこめかみを人差し指で掻《か》くと、「うーん」と言い淀んだ。

「どうしたのです？　どこに行くの、ミゲル。言ってちょうだい」

アランが答えそうにないので、アランの後ろにいる侍従《じじゅう》のミゲルを覗《のぞ》き込んで言う。ミゲルは苦笑して、「視察です」と告げた。

「視察!?　どちらに!?」

ラヴィアンが目を見開いて言うと、アランは頭を抱えてため息を吐《つ》いた。

「どうせついてくると言うのだろう」

「なぜ分かったのです!?　アランさまと私は以心伝心、テレパシーで繋《つな》がっているのね」

うふ！　とラヴィアンはお茶目に笑い、アランの周りをくるくると回る。

「ラヴィアンがどう動くかくらい分かる。でも、駄目だ。山の方からマルティカイネンの国境に踏み込んでどのような様子か見に行くのだ。斜面を登るし、夜中だ。危ない」

「行きます。何がなんでも行くわ」

アランは額に手を当てて、深く、深くため息を吐いた。

「ミゲル。お前のせいだぞ」とアランが叱責《しっせき》している。

「えー！　俺のせいですか？」とミゲルが反論したので、ラヴィアンは「すぐに支度をしてきますね！」と寝間着の裾《すそ》を翻《ひるがえ》して部屋に戻った。

準備に抜かりないアネットが用意していた乗馬服を引っ張り出していそいそと着替える。茶色の革のジャケットに、下は白のぴったりとしたパンツスタイルだ。膝丈《ひざ》の茶色のブーツを履くと、丘を登るのにばっちりの格好になった。宿泊施設の外に裏口から飛び出すと、アランとミゲルが馬の手綱を引っ張って待っていてくれた。

「ラヴィアン、マルティカイネンの人に見つかるといけないから、街灯も無い裏道を行くがいいのか？　怖くないか？」

「ええ、大丈夫よ。一緒に行きます」

「……分かった。俺の後ろに乗って大人しくしていてくれ」

「はい」

アランの馬に乗せてもらい、アランはラヴィアンの前に腰かけた。密着する格好となったがミゲルが先導する形ですぐに出発したので、ラヴィアンはアランの腰にしがみついてじっとしていた。

しばらくすると木が生い茂る山へと入った。急な斜面を、馬を上手に扱い登っていく。手に持っていたランタンで照らしながら駆《か》け上ると、山の中腹に辿《たど》りついた。

それほど高い山では無いようだったが、ある程度の高さからマルティカイネンの一部が見下ろせた。小さな家が固まった村のようなものが目に入った。

「あそこが、明日向かうマルティカイネンの国境の村、フーティア村だ」

「なるほど。あそこですか」

ミゲルは先に着いていた様子で、辺りを散策している。ラヴィアンはアランに馬から下ろしてもらうと、山の斜面からフーティア村を見つめた。

「風車がいっぱいで、のどかでいい村ですね」

セシリオ王国の王都で暮らしていたラヴィアンにとっては正直見たことのない村だった。藁《わら》ぶき屋根を見たのも初めてで、雨漏りがしないのか、風で吹き飛ばないか心配になった。王都にある一つ一つが城のような造りの貴族のタウンハウスとは何もかもが違う。

「景色はいいが、貧しい。マルティカイネンが兵器開発に金を掛けすぎて、自国の発展が疎《おろそ》かになっているのだ」

「そうなのですね、戦争にいいことなどありませんね」

「ああ」

アランはフーティア村を観察するように双眼鏡で眺めていたが、ふいに双眼鏡が手渡された。

「覗いてみろ」と言われて、ラヴィアンは素直に双眼鏡を見る。そうすると後ろから両肩を摑まれ、くいっと右に体の向きを変えられた。

「え？　え？」

急な接触にドキドキしているラヴィアンとは裏腹にアランは「村があるのが分かるか？」と冷静な声だった。双眼鏡で村を探すと、フーティア村から川を挟んだ場所に村があった。

「あ、ありました」

「マドナ村だ。だが、橋が無い。村の行き来には舟しか無いんだ。マルティカイネンの多くはこのように村同士が分断され、発展が無い」

アランの言葉にラヴィアンは神妙に頷《うなず》いた。「もう少し村を観察する」というアランの言葉にラヴィアンは双眼鏡を返し、草の生い茂った山を数歩歩いてみる。大きな木の根元にたくさんなにかが咲いているのが見えて、思わず駆け寄った。

「わ、ベルフラワーだわ！」

木の根元にしゃがみ込むと、紫色の小さな花をつけたベルフラワーがたくさん咲いている。

花自体は小さく可憐《かれん》だが、根っこが生薬《しょうやく》になる。セシリオ王国では主要な薬として長い間使われているため、絶滅危惧種《ぜつめつきぐしゅ》になっているが、ここにはまだまだたくさんあるようだ。

「あ、こっちにも。奥の方にもいっぱいあるわ」

ラヴィアンはベルフラワーを追いかけ、山を進んでいく。奥の方にベルフラワーが咲き乱れているのが見えて、大きな木を伝って向かう。

「わあ。すごい。すごいわ」

そこには無数のベルフラワーがあった。マルティカイネンの気候と合っているのだろうか。それともこの国では生薬としてベルフラワーを使っていないから乱獲《らんかく》されるようなこともないのかもしれない。

　手つかずのそれをラヴィアンはしゃがみ込んで見つめた。花に夢中になっていると、ベルフラワーの一つに虫が止まっていることに気付いた。

「きゃ！　虫！」

　思わず声をあげ、立ち上がって逃げ出す。そして、少し離れたところまで来て我に返った。

「あれ……？　アランさま？」

　アランもミゲルも見渡してもいない。どうしようと、ラヴィアンの額に冷や汗が流れた。ランタンを手に持ちながら辺りを見渡してみるが、人の影さえ見当たらない。

　しかも、山の中で街灯は無いので恐ろしく真っ暗で怖い。風が吹くと、木々がざわざわと揺れ動き、どこからともなく音が鳴る。その音が不気味でどこかに大きな動物が潜《ひそ》んでいるのじゃないかと思わせる。

　大木にもたれかかるように手をつく。

「怖い……」

　小さくつぶやくと、葉が生い茂っている木の上部から何かがバサバサと飛び立った。ラヴィアンの視界を覆《おお》い隠すように、数えきれないほど大量の黒い翼の生えた動物が飛び交っている。

「ひゃあああ！」

　思わず悲鳴を上げてしゃがみ込む。向こうもラヴィアンが木にもたれかかったから安眠を妨げられたのかもしれない。興奮するように四方八方を飛び交い、「キィキィ」と奇妙な声で鳴いている。

先ほどまでベルフラワーに夢中になっていたのが不思議なほどだ。一気に山の怖さを全身に感じる。怖すぎて、足が竦《すく》む。しゃがみ込んでいるだけで精いっぱいで、どれだけ立ち上がろうとしても足が地面に縫《ぬ》い付けられたように動かない。怖くて目を開くこともできない。

「……アランさま。助けて」

ガサガサと茂みを揺らすような音が聞こえて、目をぎゅっと瞑《つぶ》り、腕を胸のところでクロスさせて恐怖をこらえた。

じっとうずくまっていると、バサリとなにか布のようなものが頭からかぶせられて、羽音から庇われた。目をそっと開く。暗闇の中、隙間から見えた視界で、アランの靴が目に映って、顔をあげる。

「アランさま？」

目を細めてそこを見ていると、アランの靴が急いだように近くまで寄ってきた。

「ラヴィアン！」

アランがしゃがみ込んでいるラヴィアンを見つけ、慌てて駆け寄ってくる。アランは滑り込むようにしゃがみ込み、両方の肩に手を添えられ、ペタペタと二の腕に触れられた。

「おい！　無事か？　大丈夫か!?　勝手にどこに行くんだ！　大声を出して誰かに見つかるわけにもいかないし、肝が冷えた。本当になんで勝手に離れるんだ！」

アランが怒っている声が聞こえて、心底安心する。掛けられた布を確認するとどうやらアランのジャケットだったようだ。ラヴィアンは目の前で顔を覗き込み、怪我《けが》は無いか確認しているアランに体当たりするように抱き着いた。

「うおっ」

「アランさま！」

胸元に顔を擦り付け、安心して息を吐き、目を閉じる。呼吸も忘れていたようで、やっと大きく息が吐けた。

「怖かったのか？　大丈夫か？」

「アランさま。ごめんなさい、見つけてくれてありがとう。その、黒い翼の生き物が大量にいて」

「ああ、コウモリが少しいたが、追い払ったらどこかに飛んで行った。もう大丈夫だ。コウモリのせいでうずくまっていたのか？　それだけか？　怪我は？」

「コウモリ……。はあー、そうでしたか。怖くて、怖くて、どうにかなるかと。怪我はないです」

ラヴィアンが言うと、胸の中にいるラヴィアンの頭をそっと撫でてくれる。アランはラヴィアンの頭を抱え込み、はあっと息を吐くと背中をなだめるように撫でた。

「俺はお前が急にいなくなるのが怖い。トラウマなんだ。やめてくれ……」

アランの弱々しい声が聞こえて、思わず顔を見上げた。アランが眉を下げて、ラヴィアンを見下ろしている。苦しそうな表情だった。

「……ごめんなさい、アランさま。あの！　勝手に黙って国を出ようとしたことも謝ろうと」

ラヴィアンは身体を離し、縋《すが》るように言葉を口にしたが、アランは唇を真一文字に引き結んで、首を横に振った。

「謝らなくていい。その話は全部終わってから話そう。ここは大きな動物はいないと思うが暗すぎる。山を下りよう」

「…………はい」

アランがラヴィアンの手を引いて山を下り始めたのでラヴィアンも黙って後ろをついていく。

「ある程度見たから、ミゲルと合流してもう戻ろう」

「はい」

ミゲルと合流して山を下りながら、ベルフラワーを大量に見つけた話をした。

「ベルフラワー？　ああ、トゥーラの街で話してた、薬になるという？」

「ええ。国交がうまくいったら、ベルフラワーの輸入を考えてもいいですよね。王国では絶滅危惧種に指定されたので、薬のための採取ができなくなっていたようですし」

「そうだな……。こちらも助かるし、マルティカイネンも交易で潤うだろう」

アランは納得したように頷き、「帰って少しだけでもひと眠りしよう」と口にした。

遠くの空が白みだしている。だけど、侍従のミゲルは陽気な性格なのか、馬に乗りながらアランに話しかけている。

「何も無さそうな村でしたねー。あんなのどかな村と戦闘兵器の国ってアンバランスじゃないっすか？」

ミゲルは上手に馬を操り並走しながら顔を真横に向けてアランを見る。アランは頷いた。

「そうだな。国家予算の使い方が非効率なのは確かだ」

「俺が明日向こうの国王に一発言ってやりましょうか？　へへ」

一発と言いながら、シュッシュッとパンチをする手ぶりをしている。ラヴィアンも緊張がほどけ、笑みが零《こぼ》れた。

「調子のいいやつだな」

アランが呆れたように笑う。アランの仕方ないなという感じの笑いがラヴィアンは大好きなので、うらやましい気持ちになりながら二人の会話を見守る。ラヴィアンはアランの馬に乗せてもらっており、何気なく、隣で馬に乗ったミゲルに視線をやると目が合った。

「王女殿下のおかげです！」

「え？　なにが？」

ラヴィアンはきょとんとしてミゲルを見つめ返す。

「アランさまと話しやすくなったんですよ！　以前は俺、ビビッてて軽口なんて叩《たた》ける様子じゃなかったので」

「ふふ、ミゲルはいつもアランさまの前では猫をかぶってたものね」

「あー、それ内緒っすよー！」

ミゲルの軽口にクスクスと笑うと、ラヴィアンに軽く触れている背中が小さく揺れる。どうやらアランが笑っているようだ。ラヴィアンはこつんと額を彼の背中に当てて甘えるように目を閉じた。

三人は夜明け前に宿に戻ったが、ラヴィアンは簡易なベッドに寝そべりながら明日のことを考えるうちに、眠れぬ朝を迎えた。

――次の日、アランは馬に乗り、ラヴィアンは馬車に乗り、国境を越えた。

国境を越えた村には大勢の兵士が立ち並び、輿入れに来た他国の王女を歓迎に来たのか、それとも包囲しているのか、分からないほどだった。

山の上からは眺めたが、実際にその地に足を踏み入れると鮮明に村の様子が見えた。

国境沿いのこの村はフーティア村という名前だ。村は貧しそうで、あばら家のようなものが建ち並んでいる。馬や牛の家畜《かちく》が数頭見えたが、どれもやせ細っている。風車だけが立派な建造物だった。

そんな中、高級な鎧《よろい》をまとった兵士たちがずらりと二列に立ち並ぶさまは異様だった。真ん中が道のようになっている。しかし村人はつぎはぎだらけのぼろ布のような服を身にまとい、藁《わら》でできた羽織りを身につけている。兵士と村人は同じ国の者とは思えなかった。馬車の中からその光景を、固唾《かたず》を飲んで見つめていると、馬車が止まった。

馬車の扉が開けられる。先に下りていたアランが、エスコートするためにまっすぐにラヴィアンに向けて右手を差し出していた。

ラヴィアンは安心して微笑《ほほえ》んで、アランの手を取り敵国の地に降り立った。豪華な銀色のドレスで着飾ったラヴィアンの登場にざわざわと他国の兵士たちが揺れる。

ラヴィアンの髪の色に合わせた銀色のドレスはクラシカルなデザインで、王女の厳《おごそ》かさを引き立たせていた。裾に掛けてボリュームのあるデザインで、ウエストはきゅっと絞られ、一面にカスミソウのような白い小さな花の刺繍《ししゅう》が細かく施されている。厳かさもありながら、可憐な少女のようにも見える美しいデザインだった。まさしく王宮の秘宝と呼ばれるにふさわしい王女の姿である。

ラヴィアンはアランにエスコートされたまま、まっすぐ前へと歩いた。

アランは世界で最細のシルクを使った紺色の生地で仕立てた揃《そろ》えの上下を身につけ、首元でぴったりとした締まったシャツに琥珀色《こはくいろ》のネクタイを締めていた。

マルティカイネンの兵士たちは、あまりの美男美女の登場に目を白黒させた。都会的で洗練された雰囲気の二人はパズルのピースが嵌《は》まるようにお似合いで、兵士たちはアランを三人の王子のうちの誰かだろうと想像した。

前方の兵士たちがそっと道を空ける。

道の間から、見事な毛皮のコートを羽織った人が現れた。コートの中は黒ストライプのベストに、同じ生地のスラックス。鍛《きた》えられた胸板を張って歩いてくる。マルティカイネンの国王だ。

ラヴィアンはすぐに気付いた。まさか、国王がこんな辺境の村に自ら迎えに来るとは思わなかった。驚いて、とっさに立ち止まる。アランは息をのんだラヴィアンに気付いて同じく立ち止まり、前を見据えた。

「遠路はるばる。ようこそ、ラヴィアン王女殿下」

よく通る、人に有無を言わさぬ声だった。ラヴィアンは丁寧《ていねい》に見えるようにカーテシーをしてみせた。

「ご無沙汰《ぶさた》しております、マルティカイネン国王陛下」

「覚えておいでか。嬉しいな」

ゆったりした速度で話し、ゆったりとした歩みでこちらに向かってくる。数歩のところで立ち止まり、緩く口元に弧を描いて笑んでいる。顎《あご》をあげ、目を細め、余裕な態度だ。ラヴィアンの斜め後ろに控えている美丈夫が気になるのか、国王は視線を横にずらし、アランを見た。

「そちらは？」と国王が尋ねる。「挨拶《あいさつ》を」とラヴィアンが王女然としてアランに指示すると、アランが丁寧に礼をしてから顔を上げた。

「お初にお目にかかります。アラン・リーヴェルトと申します。セシリオ国王より侯爵《こうしやく》位を賜《たまわ》っております。本日は王女殿下のお供で参りました」

アランがすらすらと答えると、きゅっと国王は眉間に皺《しわ》を寄せた。

「そのようなことは聞いていないが」

「実は、国王陛下にお話があって本日は参りました。お土産も持ってきておりますの。お話の場を設けてくださいますか？」

ラヴィアンはいつものように気軽な口調で問いかけた。どうやらその方がいいようだ。

国王は、ふんと頷くと、顎をしゃくり、村の中で一等良い家に案内した。

昨日山から見下ろした藁ぶき屋根の家の一つだが柱や扉が他の家よりも良い木を使っているのか、しっかりした雰囲気がある。そして大きい。どうやら村長の家のようだ。

腰の曲がった老人の村長夫妻が国王ににこやかに頭を下げている。その周りには孫だろうか。小さな少年少女たちも興味津々《きようみしんしん》で国王を眩《まぶ》しそうに見上げている。尊敬の眼差《まなざ》しと言っていいだろう。

国王は小さく手を上げて応えてみせた。そして、小さな子供の坊主頭を撫でる。

ラヴィアンとアランはその様子を眺めながら、案内されるがままに家の中に入る。後ろからぞろぞろと両国の護衛が付いてこようとしたが、国王は手を上げて制止した。

「三人だけで話をしようではないか」

ラヴィアンも後ろを振り返って、我が国から連れてきた精鋭《せいえい》たちを止める。アランは唇を真一文字に結んで、ラヴィアンの後ろから付いてくる。

村長の家の朗らかな家庭感溢《あふ》れたリビングのダイニングセットに腰かけた国王は、向かい側の二席にラヴィアンとアランを勧めた。

可愛《かわい》らしいウッド調のインテリアに孫の物だろうか、木製の手作りの木馬が置かれている。それらと毛皮を羽織ったコワモテの国王があまりにも不釣り合いで笑いを噛《か》み殺す。百九十を超すだろう身長の国王が椅子に腰かけると、テーブルや椅子が木のおもちゃのように見える。

(笑っちゃだめよ、ラヴィアン)

「家具に不釣り合いと思っているのだろう、王女よ。顔に出ておる」

「い、いえ」

ラヴィアンはビクンと肩を跳ね上げ、自制の利かない唇をぎゅっと引き結んだ。

「仕方あるまい。ここしか無いのだ。マルティカイネンの国境の村などどこもこんなものだ。そちらの国とは比べ物になるまい」

「とんでもないことでございます。風車がとても綺麗で、たくさんあって、観光名所になりそうですわ」

ラヴィアンが素直な感想を口にすると、国王は鷹揚《おうよう》に頷いてみせた。

「観光名所か。金持ちの国の考え方だな」

ハッと声に出してあざ笑う国王に、ラヴィアンは慌てて首を振る。

「あ、いえ、そんなつもりはなかったのです」

「そう恐れるな。率直な意見でいい。取り繕《つくろ》うことなく話してくれ。怒ったりしない」

「……はい」

そう言われたとはいえ、ラヴィアンは警戒を解くことなどできずに神妙に頷いた。アランも黙ったまま、じっと観察するように国王を見ている。

「それで？」と国王が切り出した。ラヴィアンがこくりと息をのみこむと、国王は目の前の二人にそれぞれ視線を送った。アランがスッと息を吐きだし、話し出した。淀みない口調だった。

「国王陛下にお話がございます。回りくどい話はお嫌いだと思いますので、率直に申し上げます」

「良い。話してみろ」

「王女殿下との婚姻よりも、利のある話をお持ちしました」

「ほう」

「こちらです」

アランはジャケットの内ポケットからビロードの赤い箱を取り出すと、机にそっと置いた。国王の視線がそちらに向かう。木目調の無数の傷があるテーブルの上に載った小さな箱を、国王へ向け

て、パカリとアランが開いた。

「宝石か？　青緑色《あおみどりいろ》……、いや。手に取っても？」

「どうぞ」

国王はビロードの箱に並んだ大粒の三つから、一つを手に取り、大きな掌《てのひら》に載せてまじまじと見ている。そして、親指と人差し指でつまむと、村長宅のランプにかざした。

「ほう。色が。変わる……？　赤にも見えるし、なんとも不思議な」

「はい、まだセシリオ王国でも未発見の新種の宝石です」

国王が顔を上げて、アランを疑うように見つめた。アランは怯《ひる》むことなく、じっと国王を見つめ返した。

「なるほど」

「こちらは我が領地の鉱山で採れる新種の宝石です。代々秘匿《ひとく》してきた鉱山で、世に一度も出回っておりません。値がつけられない貴重なものです」

「そうであろうな。このように綺麗な宝石は見たことが無い。実に欲しい」

国王は魅入《みい》られたように宝石を見ている。ラヴィアンは期待を滲《にじ》ませた目で国王を見つめた。

「言いたいことは分かった。王女との婚姻を無しにして、この宝石三つで納得しろと。そういうことだな？」

宝石をそっとビロードの箱に戻すと、国王が不敵《ふてき》な笑みでこちらを見据えた。腕組みをしている。

どうやら納得していないようだ。

（駄目なの!?　どうしよう、どうしたらいいの!?）

ラヴィアンはビクンと肩を跳ね上げたが、アランはじっとそのまま前を見ていた。

「いえ、それだけではございません」

アランがはっきりとした口調で告げた。国王がアランのみを視界に映す。ラヴィアンは豪華なドレスの裾を両手でぎゅっと握りしめた。

（アランさま……！　もういい、予定通り結婚するから無謀《むぼう》なことなんてしないで！　って、言ってしまいたい。どうか無理をして、不興をかわないで。アランさまになにかあったらどうにかなってしまいそう……！）

「まずこちらのフーティア村。王女殿下の言う通り、風車がたくさん立ち並び、観光スポットになりそうです。この村はもうすぐたくさんのアイリスが咲くと聞きます。その頃に、風車祭りとして大きな祭りを開き、人を呼ぶ。せっかく風車沿いに川があるので、観覧《かんらん》の舟を定期的に出し、風車と花を揃って見られるように整えます」

何を言っているのだろう。ラヴィアンは思わず隣のアランを不安げに見つめた。

言っていることは十分かるし、理にかなっているが、今それを話す意味が理解できない。しかし、目の前の国王は神妙な顔でじっと話を聞いていた。

「祭りを開く金や舟を用意する金はどうするのだ。村に金があると思うか」

「村の北側にある山の持ち主はどなたでしょう」

「山？　ああ、領主だな。何も採れない山だが？」

「いえ、ベルフラワーが咲いていました」

国王が眉を寄せる。「ベルフラワー？」と首を傾《かし》げる。国王は花に造詣《ぞうけい》が無いようで、顎に手をやって考え込んでいる。

「こちらです」

アランはベルフラワーを一輪持ってきていたようだ。少し萎《しお》れていたが、鞄から取り出したそれを見て、国王が「ああ」と頷く。

「こんなもの、国中のどこにでも咲いている。これを観光資源にしようと？　無理だろう。わが国では雑草に近い花だ」

ハッと鼻であしらうように笑ったので、ラヴィアンは内心で驚いた。まさかベルフラワーの扱いが国によってこれほど違うとは。アランは一度頷くとまた話を切り出した。

「ベルフラワーに関しては我が国が輸入させていただきたい。我が国では以前よりベルフラワーの根っこを生薬として活用していますが、現在国中でベルフラワーが品薄となり、困っていたところです」

「薬に？　また奇妙な使い方をするものだ」

「はい、領主にベルフラワーの輸出でできた資金を使っていただき、足りない分は国が出資します。観光などで利益が得られるようになれば、そのうち領主だけで出資するようにします。そして、ゆくゆく資金が貯《た》まれば、フーティア村と東のマドナ村に橋をかけます。そうすれば交易がもっと発展します」

「国が出資する？　我が国にそんな金があると思うか？　村はここ以外にも無数にある」

「兵器を開発する資金を少し削れば済む話です。兵器の開発に傾きすぎているせいでずっと国が貧しいのです。しかし以前から東のマコツ共和国に攻められ続けていて、兵器を開発して威嚇《いかく》するしか仕方無かった。セシリオ王国と同盟を結べば他国から攻められる心配は無くなり、兵器はさほど必要なくなります」

「ははは っ、言うじゃないか」

国王は頬杖をついて、楽しげに笑った。

（え？）

ラヴィアンは目を疑い、国王の気軽さを見つめる。不敬とも言えるアランの物言いに、国王はなぜか機嫌《きげん》が良さそうに頷いている。

「セシリオ王国は発展しています。村や町を発展させる無数の知恵があります。大使をたくさん国中に派遣し、マルティカイネンの国を豊かにするお手伝いをします。それでいかがでしょうか？　あなたが真に求めているのは関税や通行料をゼロにすることではなく、もちろん王女との婚姻でもなく、自国を豊かにしたいということではないですか？」

マルティカイネンの国王はじっと黙っていた。深く考えているようであった。

「リーヴェルト侯爵。なぜそう思ったのだ。私は何も言っていないのに」

「私も小さいですが、領地がありますから。願いはいつも領地の民の豊かな暮らしです。食べるものに困らず、楽しく生きてほしいと毎日願っています。規模は違いますが、国王陛下もきっと同じだと感じました」

「そうか」

アランのまっすぐな物言いに、国王は感心したようにじっと見た。

「あと……」

「なんだ」

「村の人々が国王陛下に怯《おび》えていなかったので。きっと、国民を大事にされているのだと思ったのです」

国王はフッと笑った。腕組みをほどいて、机の上で両手を組むと、ふうと息を吐き頷いた。

「情報、知略《ちりゃく》、ノウハウ。それこそ値がつけられないものだ。なんせ我が国は未開の地が多すぎる。こちらの宝石はお返ししよう。それよりも貴殿《きでん》が言う話の方がよほど私にとっては価値がある。王女との婚約を要求したのも、そうすれば大国セシリオ王国が我が国を邪険《じゃけん》にせず、国の発展への支援を期待できるかと思ったからだ」

「なるほど」とアランは頷いたが、国王はニヤッと笑ってこちらを見た。

「もちろん、王女が望むなら正妃《せいひ》として歓迎しよう」

急に振られたラヴィアンはふるふると勢いよく首を振る。失礼な態度にもかかわらず国王は、ハハと笑って流してくれた。

「しかし、我が国は貴殿の言う通り、兵器ばかり作って金が無い。関税や通行料も手心を加えていただきたい」

「……それに関しては、私ではなく、外務担当におっしゃってくださいませ。相当譲歩していたはずです。しかし、この同盟、我が国にさほど利点が無いのが気にかかります。兵器の情報提供、ひいては技術留学などの制度をお願いできれば」

「ふははは、良いな。実に良い！　王女殿下、我が国までご足労をおかけしたが、お帰りくだされ。和平を結ぶ大使としてここまで来ていただいたことに感謝する」

ラヴィアンは目を白黒させて、マルティカイネンの国王を見つめた。

そして、テーブルの下で、隣に腰かけているアランの手をきゅっと握りしめる。ラヴィアンの手は小刻みに震えていた。アランが勇気づけるように強く握り返してくれた。

「有意義なお話し合いでございましたわ。お会いできて光栄でした、国王陛下。今後とも良いお付き合いをよろしくお願いいたしますわ」

動揺《どうよう》を隠して、優雅に微笑んだラヴィアンは、セシリオ王国の立派な王女であった。

——ラヴィアンは放心状態で馬車に乗っている。

行き道とは違い、隣にはアランが座っていた。アネットは別の馬車に乗ると言って、馬車内は二人きりだ。気を遣ってくれたのだろう。

魂が抜けたようにうつろな目で意識を飛ばしていたが、急にカッと魂がラヴィアンのもとに戻ってきた。

「アランさま!!」

「な、なんだ。いきなり大声を出すな」

さすがに疲れたのだろう。アランも馬車の背もたれに身を預けていたが、ラヴィアンの大声に我に返ったようだ。

ラヴィアンは身体をアランの方に傾ける。小さな膝がコツンとアランの太ももにぶつかった。筋肉のしっかりついた硬い太ももにラヴィアンは両手を乗せる。

「アランさま!! 私、帰ってますわね！」

「ああ、そうだな」とアランが苦笑した。そこには愛しいものを見るような瞳があった。

「アランさま、あんな！　あんな！　無茶をして！」

「まあ。昨日必死で。勉強というか、今までの外務とのやり取りを見たり、マルティカイネンに詳しい者から聞き取りをしたり、地図を見たり。どう転ぶかは俺にも分からなかったが、うまくいったようだ。山に下見に行ったのも良かった」

「あのようにお話しすると考えていらしたのですか」

「いや、色んなパターンを考えていたが、ほとんど行き当たりばったりだった」

アランが苦笑する。ラヴィアンは先ほどのアランのかっこよさを思い出して眩暈《めまい》がした。

到底行き当たりばったりのようには思えなかった。堂々と交渉し、見事に心を掴んだ様《さま》はまるで魔法のようだった。

「でも、取っ掛かりはラヴィアンのおかげだ。道筋が立った」

「私、ですか？」

「ああ。ベルフラワーが薬として必要だが絶滅危惧種になっていること、アイリスのアイシングクッキーを食べた時に、マルティカイネンにはアイリスがたくさん咲くことを教えてくれた」

「あれは、レベッカが作ってくれただけで」

「いや、ラヴィアンのおかげだ。本当に助かった」

ラヴィアンは自分の両手をきゅっと握りしめ、喜びを味わうように下唇を噛み締めた。

いつだってアランはラヴィアンに喜びをくれる。他の人からもらったことのない種類の喜びだ。生きていて良かった、この世に存在していて良かったと思えるような、それは深い喜びだった。

「でも。なぜ、なぜ、国王が自国の発展を願っていると思ったのですか？　敵国で、兵器ばかり開発しているのに」

「そうだな。なんでだろう。目の前にすると敵国の王でも一人の人だと思ったのだ。村人に微笑む優しさがあり、小さな家を粗末《そまつ》に扱わない人だったから。今、相手がどういう気持ちでそこに座っているのか、相手の立場になって考えてみたのだ。ただそれだけだ」

アランもほとんど眠っていないのだろう。片手で目元を覆い、ごしごしとこすっている。

ラヴィアンは心の底からこみ上げるものがあり、ぽたりと右目から大粒の涙を零した。それから左目も。

(そうだった。アランさまはそういう人だった。どんなに遠い立場の人でも、その人へ思いを馳《は》せられる、優しい人だったわ)

仮面《かめん》舞踏会《ぶとうかい》の日を思い出した。ほとんど話したことも無い王女の婚約に思いを馳せてくれた人。

心細いだろうと同情してくれた。心根の綺麗な人。

（私、アランさまの心根に触れて、この人しかいないと思ったのだったわ。大好きになったのだったわ）

アランは目元を揉《も》みこんでいた手を外すと、太ももに乗るラヴィアンの手をぎゅっと握った。大きな右手がラヴィアンの両手ごと包み込む。

「ラヴィアン。一緒に帰ろう」

「……うぅー、うっ、うう、アランさま！　私、アランさまが大好きです！　大好き！　うっ、大好きぃぃぃぃ」

ラヴィアンは足をじたばたと床に打ち付け、興奮と喜びを露《あら》わにした。

「今までずっと冷たくして悪かった。どうかこれで許してくれ」

「そんな。許すだなんて！　アランさま」

「後悔した。もっと早く、ラヴィアンが毎日通ってくれているうちに自分の気持ちに気付くべきだった」

ぶんぶんと首を横に振るラヴィアンの頬にアランの左手が添えられた。涙が伝う頬を親指で拭《ぬぐ》ってくれる。にじむ視界のまま、アランを見上げた。

顔が近づいてきて、そっと唇が重なる。二度目のキスは涙の味がした。

そのキスは唐突であったが、ラヴィアンは至極当然な出来事として受け入れた。

目をそっと開くと、至近距離で琥珀色の瞳と目が合った。蜂蜜《はちみつ》を溶かしたような、飴《あめ》を煮詰めたような。人を虜《とりこ》にする瞳だ。ぎゅっと心臓がわしづかみにされる。

「もう少ししても？」

吐息のような声で囁《ささや》かれて、蜜にまぶされたような心地のまま、目を閉じた。

（私の目は制御不能になったようだわ。考える間もなく勝手に瞑っちゃった……）

アランのかさついた唇がゆっくりと重なって、また離れた。

「ラヴィ……、そう呼んでも？　以前、両親だけは呼んでいると」

「もう。いいに決まってます。それよりも、もう。そんな近い距離で、アランさまったら。もう」

（本当は幼い頃だけで、今は両親も呼んでいないけど黙っているわ。呼ばれたいから）

「ラヴィ……なぜ泣く？」

頬を撫でられ、吐息を感じる距離で会話をされるのは非常に淫らな気がして、ラヴィアンはカッカとした。恨みがましく上目遣いをするが、アランは視線を逸《そ》らすことなくじぃっと観察するように見られる。余裕だ！　相手は余裕だ！　ラヴィアンは一層カッカした。

「綺麗だな。涙が溜《た》まって宝石みたいだ」

目尻をそっと親指でなぞられてくすぐったくて目を閉じた。その拍子に涙が一筋零れ落ちる。アランが逃すことなく、親指でなぞり、すくってくれた。

「涙まで紫色なんじゃないかと」

「そんなわけ」

「愛してるラヴィ。俺の宝石。もうどこにも行くな。寂しかった」

（ふああああああ！）

ラヴィアンは巨大な矢で胸を打ち抜かれた心地になった。心臓が糸で締め付けられたようだ。もう降参だ。認めるほかない。

（アランさまは愛の神エロスの化身に違いないわ！）

「エロスの化身ってなんだ」

ふはと息を吐くように笑われ、声に出てしまっていたことに気付いた。どうやら笑いのツボに入ったようでまだアランは笑っている。ラヴィアンは夢見心地《ゆめみごこち》になった。

（今なら馬車の外のあぜ道をチューリップでいっぱいにできそう。ウサギや子リスが寄ってきて歌い出すに違いないわ。雲は一つも無くなり、虹が出るはずよ）

「だって。だって。だって」

「ん？」

また大きなダメージをくらった。好きな人にしか言わないような優しい「ん？」だった。

ラヴィアンはときめきすぎて、感情をすべて説明すると話が一向に進まないのが分かっていたので、なんとかぐっとこらえて、話を切り出した。

「昨日からすべてが夢のようで。私、ずっと。半年前からマルティカイネンに嫁ぐと覚悟を何度もして。国を出るまでの自分へのご褒美《ほうび》を毎日アランさまにもらいに行っていたのです」

「ばかだな」

「ぐ、ぐううう」

眉間に皺を作り、王女にあるまじき険しい表情を見せる。

「唸ってるのか？　俺はビーバーでも拾ったか。ビーバーにしては愛らしいな」

「だからぁ！　ちょっとアランさま良くないですわ！　さっきからすべての言葉に愛がこもっていて、ときめいて話が進みませんわ！」

「愛をこめているつもりだ」

ラヴィアンはとうとう諦めた。お手上げだ。戦争なら白旗を振っている。相手は強敵すぎる。話で解決できるような相手ではない。

（わかった。もういい。会話をするのはやめだ）

ラヴィアンはキレた。暴走モードに入ったといってもいいだろう。

「しばらくもうアランさまとはお話ししません！」

「ラヴィ？」

「もう黙って」

ラヴィアンは重たいドレスの裾を両手で摑みながらアランの足を跨《また》いで、上に乗っかった。アランの足の上に身体を乗せる。向かい合って見つめあうと、ほんの少しラヴィアンの方が、目線が高くなった。

「ど、どうした」

「抱きしめてアランさま。いっぱい」

アランの綺麗な首筋に大きく主張する喉仏が上下に隆起した。その後、ラヴィアンの背中に両手が素早く回り、きつく抱きしめられた。ラヴィアンはアランの肩に顎を乗せて、同じように抱きしめ返した。じんわりと温かい体温にようやくホッと息を吐く。

（ああ。ああ。帰ってきたのね。私、アランさまのもとにいるわ）

アランからほのかに柑橘系《かんきつけい》のような香りがする。香水なのか、整髪剤《せいはつざい》なのか。こんなに近づいたことがなかったから知らなかった。さらにドキドキして、鼻先を首に擦り付ける。きつく抱きしめられていたのをそっとほどかれて、二人の間に距離ができる。

ああ。

琥珀の瞳が溶けてる。ラヴィアンは引き寄せられるままに、唇を自分から押し付けた。アランは予期していたのか驚くこともなく、そっと目を閉じた。何度も。何度も。唇を重ねて押し付けると、向こうからも意思を持って口付けられて、ドンと心臓が跳ねた。

「ん……」

鼻から抜けるような声が漏れた。自分の声にびっくりして目を開くと、アランは目を開けていたようで琥珀の瞳が挑発するようにラヴィアンを捉えている。

（だめだわ。もうだめ。好きすぎて死んでしまいそうだわ）

ラヴィアンはぎゅっとアランのたくましい背中に腕を回し、胸板に頬を寄せて目を閉じた。この余韻を感じていたかった。アランの存在だけを今は感じていたいのだ。

アランは何度もラヴィアンの背中を優しく撫でてくれた。二人は馬車に揺られながらそうして長い間抱き合っていた。

馬車がゆっくりと停止したようだ。

「あら、もう着いたの？」

「そのようだな」

到着に気付くと同時に小さなノックがあり、すぐ扉が開かれる。

アネットが顔を覗かせ、ピシリと固まった。そう、ラヴィアンはアランの上に乗っかり、重なるように密着していたのだ。

「王女殿下！　何をしているのですか！」

アネットは眉にくっきり皺を刻み、恐ろしい事に握りこぶしを振り上げた。

「わ、見つかっちゃったわ」

「おりてください！　今すぐ！　はしたない！」

「ふふ、アネット。そう怒らないで」

よいしょっと、アランの足から腰を下ろす。先にスッとアランが馬車から軽快に飛び降りると、エスコートするように手を差し出してくれた。ラヴィアンはドレスを整えながらアランの手を取る。

手を取るだけじゃ足りなくなって、手を繋ぎながら腕をたっぷり絡めた。

「王女殿下！　まだ帰還中《きかんちゅう》なのですよ！　わきまえてください！」

「もうアネット。私たち愛し合ってるのよ。誰にも止められないわ。ふふふっ」

ラヴィアンは無敵だった。アネットは盛大なため息を吐くと、仕方ないとばかりにゆっくり口元を緩めた。馬車を降り立つと、中規模の町のようだった。

「ここで昼食とのことです。昼食が終わり次第、また出発。グリトーラ町に夜到着し、そこで宿泊する予定で移動しています」

アネットが流れを伝えると、アランは黙って頷く。

「ラヴィ、行軍のメンバーと打ち合わせをしてくるから、先に食べてろ」

「ええ、分かりましたわ」

ふふと微笑むラヴィアンの頰を、アランは一撫でして去って行った。そんなアランをミゲルが後ろから追いかけている。それを見送ると、お腹《なか》がぐぅと主張しだしたので、アネットの腕に手を差し込んだ。

「アネット。一緒に食事にしましょう」

「ご一緒にですか？」

「ええ。そんな気分なの。あなたは私の友達でしょう」

ラヴィアンがお茶目に笑みを作ると、アネットがじっとラヴィアンの美貌《びぼう》を眺め、それから嬉しそうに頰を緩めた。

昨日、アネットが馬車の扉を開けなさいと怒鳴った時のこと。宿に戻り、「これで良かった」と泣いたこと。敵国まで一緒に付いてきてくれたこと。すべてを胸に刻んで、ラヴィアンはアネットの二の腕に頰を寄せた。

「愛してるアネット。大好きよ」

「……私もです。王女殿下」

二人は顔を見合わせて、大輪の花が咲くように笑い、町のレストランへと軽い足取りで歩を進めた。

昼食を取るとまた馬車に乗り、夜に宿泊予定の町へと出発した。

アランとラヴィアンは連日の緊張と疲れのせいで、さすがに眠くなり、馬車の中で二人で肩を寄せ合うようにして眠りについた。

ラヴィアンが目を覚ますと、今夜の宿のグリトーラ町へと到着する頃だった。

隣を見てみるとアランも目を開けてぼうっと外を眺めていた。

町へ到着すると、大きな宿があった。大きな町なので、宿泊施設もしっかりしており、貴族向けの豪華な部屋もあるようだ。アネットと護衛騎士長バルトルトがカウンターで手続きをしているので、そこににゅっと顔を出す。

「王女殿下。どうされましたか」

いきなり顔を出したせいで、バルトルトが驚いた顔をしている。

「私、アランさまと同じ部屋がいいわ」

バルトルトは息をのみ、侍女《じじょ》のアネットをチラチラと見ている。自分には判断がつきかねるという事だろう。アネットははぁっと盛大なため息を吐くと、腰に両手を当てた。

「なりません！」

「なんでよー！　アネット！　嫌よ！」

「駄目に決まっています！」

アネットは腰に手を当て仁王立ちで戦闘の態勢だ。

「嫌！　絶対に嫌！　絶対に、絶対に、アランさまと一緒に寝る！」

「王女殿下！　お尻を叩きますよ！」

「やあああん！　もう！　アネットの分からず屋！」

二人で宿のカウンターで喧嘩《けんか》をしていると、アランが近寄ってきて、スッとラヴィアンの腰を抱いた。

「ラヴィ、諦めろ。一緒の部屋に泊まるのは陛下にご挨拶した後にしよう」

「アランさままで！　分からず屋が二人だわ！」

「マルティカイネンとの婚約が無しになったとはいえ、まだ陛下たちは事情もご存じではない。きちんと挨拶して、婚約の許可をもらおうと思う」

「婚約？　まさか私とアランさまとの婚約というのですか……？」

「そうだ。ラヴィ、いいか？」

ラヴィアンは急にもじもじしだした。アランが腰を抱いたまま、そんなラヴィアンを眩しい目で見つめた。

しっかり者の侍女アネットは顎が外れそうになった。〝ラヴィ〟とは……？　その上、二人の距離が近いし、見下ろす目の甘さが違う。くねくねと身体をよじらせた王女の頭頂部に、仕上げとばかりにちゅっと唇を落とすと、とうとう頑固な王女はこくりと素直に頷いた。

「アランさまが父に挨拶してくれるまで待ちますわ。私、なんてお利口なのかしら」

「ああ、いい子だな」

もう一度ちゅっと頭に唇を落としている。ご褒美だとでもいうように。案の定、ラヴィアンはぽうっと紫の瞳をハートにしている。

アネットは自分の顎が外れていないか本気で心配になった。

誰だ、この王子様は。こんな人を私は知らない、とばかりにパッカリと口を開いたままアランを凝視《ぎょうし》していたが、同じようにバルトルトもパッカリと口を開けていた。顔を見合わせて、アネットは同志を見つけたような気持ちになり、小刻みに頷いた。バルトルトもコワモテの顔でアネットを見下ろし、小さく頷いている。

当の二人は素知らぬ顔で腰を抱き、身体を一つにするように寄せ合ったまま、宿の食堂へとスタスタ歩いて行った。

「誰ですか……。あの方は」

アネットが震える声で告げる。口周りにしっかり髭《ひげ》を蓄え、頑固そうな黒髪を短く揃えたバルトルトも二人が消えた食堂を見つめながら「誰でしょう」と消え入りそうな声で答えた。

「孤高《ここう》のリーヴェルト侯爵はどちらに……」

「琥珀の侯爵様はどうしてしまったんでしょう」

「……はい。ほんとに……」

「俺と一緒に食堂まで観察しにいきませんか」

バルトルトに誘われ、アネットは黙って頷き、怖い物見たさで食堂へと一緒に足を進めた。扉をそっと開けると、四人掛けのテーブルに隣同士で腰かける阿呆《あほう》二人がいた。

「あーんして、アランさま。はい、あーん」

ラヴィアンが可愛かったのか、アランははにかんだように笑って見つめている。

「ラヴィ。だが他の客もいる」

「誰も見ていませんわ。やだ、手が疲れてきちゃった。早く！　あーん」

「…………あーん」

アネットは慌てて食堂へと繋がる扉を閉めた。怖い。手が震えている。知らない人がいた。いつも侯爵にデレデレの王女は変わらないが、その隣にいた琥珀色の瞳をした美貌の男性をアネットは知らなかった。

「今は食堂に入れなそうですね」

「ですね。私には無理そうです」

「でしたら、外を散歩しませんか？　その、この町は今、蛍《ほたる》のシーズンだそうで」

アネットは目を見開いてバルトルトを見上げた。確か、テジェス伯爵家《はくしやくけ》嫡男《ちやくなん》で近衛《このえ》騎士団の副団長だったはず。今回、王女の輿入れの護衛騎士団の長を務めている。長身で、肩幅もあり胸板も厚く、コワモテで、しっかりした髭と眉毛を持ち、熊のように見えなくもない。グリズリーのようだ。

「蛍、一緒に見ませんか？」

黙って驚いていたアネットに、駄目押しでもう一度誘いを掛けてくる。急激に理解したアネットはとうとう顔を赤らめ、自らの頬を隠すように両手で包み込んだ。

「み、見たいです」

グリズリーのように大きな人がぱあっと明るい笑顔を作る。

「で、では、行きましょう」

「……はい」

二人はお互いに顔も見られないまま、揃って宿を出て行ったのだった。


輿入れの一行は数日掛けて王都へ帰還した。

「王女殿下～」

「ラヴィアンさま～！」

王都の国民は帰って来た輿入れの馬車に不思議そうな顔をしていたが、国民はみなラヴィアンが大好きだ。歩みを止めない者はおらず、老若男女さまざまな歓声《かんせい》が沸き上がった。

早馬が報告に駆けて行ったので、王宮の重鎮《じゅうちん》たちには事情が伝わっているのだろう。特に大きな混乱もなく、王女を乗せた四頭立ての豪華な馬車は、王宮へと到着した。

アランとラヴィアンは待ち構えていた大臣たちに案内され、あっという間に国王陛下との謁見《えっけん》の部屋へと通された。赤絨毯《あかじゅうたん》が敷かれた縦長の部屋の奥に豪華な椅子が二つ並んでいる。そこには王妃《おうひ》もおり、王妃は他国へ嫁がせたはずだったラヴィアンを見ると顔を覆って泣き出した。

「うう！　お母様！」

ラヴィアンはドレスの裾を持って駆け出し、母に抱き着いた。二人はひしと抱きしめ合い、おいおいと泣いた。国王はそれを感慨深げに眺めた後、部屋の入り口近くに立っていたアランへと目をやった。

「リーヴェルト侯爵、近くに」

アランは一礼してから黙ってまっすぐ歩き、国王夫妻の程近くで立ち止まった。

「国王陛下。お目通りありがとうございます。この度の私の勝手な行い、どのような罰も受ける所存です」

アランは片膝をつくと、深く頭を下げた。ラヴィアンは慌てて母との抱擁《ほうよう》をほどき、滑り込むようにして跪《ひざまず》いたアランの隣に行き、同じようにしゃがみ込んだ。

「良い。顔をあげなさい」

アランは膝をついたまま、黙って顔をあげる。

「早馬が輿入れの中止を告げた時は腰を抜かすかと思ったが、……本当に良くやってくれた。罰など与えるつもりもない。それよりも、我が子を取り戻してくれて心から感謝する、侯爵」

国王は困ったように笑い、顎髭を撫でた。王妃はハンカチで涙を拭いながら、勇気ある侯爵と寄り添う娘を見つめた。

「しかし、勝手なことをしたのは確かじゃ。マルティカイネンの王から手紙が早速届いた。それには和平を結ぶ旨と、具体的な話し合いの場の設置。それから、その場にはリーヴェルト侯爵も呼ぶようにと書いてある」

アランはじっと国王を見ていたが、ラヴィアンは隣に並ぶアランをじっと見つめた。

ラヴィアンは心配したが、アランは堂々としていた。いつだってアランはラヴィアンをときめかせてやまない。

「謹《つつし》んでお受けいたします」

「余程気に入られたらしい。侯爵は人たらしのようだ。うちの娘もあっという間に惚《ほ》れてしもうた」

ハハハと国王が愉快そうに笑う。王妃は涙がまた零れ落ちたようで、ハンカチで両目を覆った。

「国王陛下、お願いがございます」

「言ってみよ」

アランはラヴィアンを一度見た。隣に同じようにしゃがみ込み、縋るように腕に手を回している愛しい人を。ラヴィアンの紫色の瞳には決壊寸前《けっかいすんぜん》なほど涙が溜まり、今にも零れ落ちそうだった。

アランが親指で優しく目尻を拭ってくれる。アランが視線を動かし、国王をまっすぐに見据えた。

ラヴィアンもつられるように両親を見た。

「……ラヴィアン王女殿下と結婚させていただけませんでしょうか」

よく通る声だった。

ラヴィアンはアランに回した手にぎゅっと力を込めた。胸がドキドキと跳ね、眩暈までしそうだった。今までの日々が走馬灯のように頭をよぎり、信じられない幸福にぎゅっと目を瞑った。驚いていたのはラヴィアンばかりで、国王夫妻に特に驚きは無かったようだ。おしどり夫婦の二人は顔を見合わせて嬉しそうに微笑むと、しっかり頷いた。

「娘をよろしく頼むよ、リーヴェルト侯爵」

国王の慈愛《じあい》に満ちた声が謁見室に響いた。そのすぐ後、「うわ――――ん！」と泣くラヴィアンの声が続く。

「国王陛下、王妃殿下、今後ともよろしくお願いいたします」

アランが告げると、国王が「こちらこそ」とにっこり笑った。父の笑みだった。

「嫌だわ、アランさん。そんな他人行儀な。母と思って、お母様と呼んでほしいわ。私ね、王子三人を産んだけどどの子もちゃらんぽらんでしょう。侯爵みたいにしっかりした息子が欲しかったのよ。ほら、早くお母様と呼んでちょうだい」

ほほほほと王妃が高笑いする。アランは目を白黒させて戸惑い、それから破顔一笑《はがんいっしょう》した。

「ははははっ、似てますね、ラヴィアンに。初めて出会った時と同じことをおっしゃってる」

アランがこらえきれなくて笑っていると、ラヴィアンは両手を拳の形にして口元に当ててぷるぷると震え出した。

「きゃあああ！　アランさまが！　笑ってらっしゃるわ。なんて愛しいのぉ！　お母様、笑わせてずるいわ！」

国王の謁見室はみなが笑い、幸せに満ちた空間となった。見守っていた重鎮も、侍従も、みなが頬を緩め、王宮の秘宝の喜びを一緒に祝ったのだった。

夜も更けた頃、リーヴェルト侯爵邸へお忍びの馬車が着いた。それは半年間日参していた馬車だった。

しんとした執務室にノックが響くと共に、バンッと勢いよく扉が開く。お目当ての人物を見つけてラヴィアンは走って駆け寄った。

「きゃああ！　アランさま！」

「返事をする前に扉を開けるな！　ノックの意味！」

小言を言うアランに正面から抱き着く。アランは難なく両手を広げて迎えると、簡単なドレスを着たラヴィアンを子供のように抱き上げた。

「アランさま！　会いたかったです！」

「……ラヴィ」

抱き上げたまま、唇を合わせる。先ほどまで会っていただろうという突っ込みはとうとうアランからも聞こえなかった。同じ気持ちだったからだ。

アランはなんとか気力を振り絞り、キスをやめると、ラヴィアンを抱き上げたまま執務室を出る。ラヴィアンはしがみついて大人しくしていた。侍従のミゲルと執事のアルマンドが部屋の入り口で控えていたが、呆《ほう》けたような顔で抱き合った二人を見ていた。


次の日、とっくに朝日が昇《のぼ》りきり、お昼とも言える時間に目を覚ました二人は顔を寄せて、唇を重ねた。チュッと可愛らしいリップ音が部屋に響く。

「おはよう」

「おはよう、アランさま。もうお昼近いわね」

「……ああ」とアランが含みのある返事を返したのでラヴィアンは首を傾げた。

「どうしたの？」

アランが緩んだ口元を隠し切れないようで、片手で口元を覆ってしまった。ラヴィアンは不思議に思って、ベッドの上で三角座りをしたまま、アランを覗き込む。

「いや。敬語だったのにほどけたなって思って」

「そ、そ、そうでしたわ」

夜の間にほどけてしまった丁寧な言葉遣いが気恥ずかしくて、ラヴィアンは顔を赤らめ、俯《うつむ》いた。言葉も以前のように戻すと、アランがラヴィアンの肩を撫でた。

「いいのに。その方がいい。むしろラヴィは王女なのだから普通は逆だ」

「そうかしら？　その、アランさまのことは深い尊敬があったので、気軽にお喋《しゃべ》りはできなくて」

「その割には最初から執務室に遠慮なく突撃《とつげき》してきたが」

「あれは！　一応あれでも深い葛藤《かっとう》があったのよ！」

「そうなのか？　信じられん暴れ馬っぷりだったが」

「も、もうー！　アランさまってば」

軽いキスを交わしているとコンコンコンコンコン！　急《せ》かすようなノック音が聞こえて、二人は閉じていた目を開ける。

唇をほどいて、五センチの距離で、「またあとで」とアランが小さな声で囁いた。ラヴィアンはぽっと頬を赤らめて、「至近距離の会話って反則よね」とつぶやいた。

扉を開くと、アルマンドが待ち構えており、少し後ろにアネットと、侍従のミゲルも控えていた。

「おはようございます、王女殿下。アランさま」

アルマンドのよく通る声が二人を出迎える。ニコニコニコニコしているが、老齢のアルマンドの「いつまでイチャついてんだこの野郎」という声が聞こえてきそうだ。無言の圧力が見え隠れしている。ラヴィアンはどぎまぎしてチラリとアランを見上げたが、アランは全く気にすることなく、いつもの能面《のうめん》のような無表情だった。アランはアルマンドを飛び越し、後ろに控えるアネットを見て、「ラヴィを着替えさせてやってくれ」と声を掛けた。

「それから、ミゲル。朝食、ん？ 昼食か？ なんでもいいが、食事を頼む。あ、アネット嬢。服を着替える前に入浴させてやってほしい」

「承知いたしました」

ラヴィアンはアネットに連れられ、廊下に出た。朝の陽《ひ》の光がリーヴェルト邸の厳かな廊下に降り注いでいた。ラヴィアンは晴れた日の眩しさに目を細めると、口角を上げゆっくりと歩き出した。


——数日経《た》って、ラヴィアンとアランには日常が戻ってきた。お泊まりした日は夜までたっぷりリーヴェルト侯爵邸に滞在したが、さすがに王宮に連れ戻された。それ以降は以前と同じように毎日日中の突撃訪問を繰り返している。

朝早くからアネットが持ってきてくれていたオレンジ色の華やかなドレスを身につける。スカート部分が薔薇《ばら》の花を象《かたど》るレースで敷き詰められ、シルエットがとても綺麗なものだった。髪をアップに整えてもらい、アネットが持ってきていた宝石箱から、お目当てのダイヤの髪飾りをつける。

「毎日着けていますが、変えないのですか？　お誕生日に他の方からたくさんの髪飾りが」

「今日のドレスにはダイヤの髪飾りが一番合うわ。花の形でぴったりよ！」

「ふふ、そうでございますね」

アネットは仕方ないなという様子で笑って、頷いた。ラヴィアンは幼い頃からそばにいるアネットをふいに見つめた。アネットが宝石箱を片付けながら、「ん？」とこちらを見返してくる。

「私は婚約したけれど、あなたにも縁談を用意してあげたいわ。ずっと王女の侍女を務めてくれたのだもの。私の侍女の見合いは責任もってセッティングしようと思うのだけど、あなたは誰がいい？　アネットには気合をいれて相手を探したいのよ。そうね、私の知り合いでいい人だと、あ、そうだわ！　ミグイ侯爵家の」

「ちょ、ちょっと待ってください」

アネットが手をストップという形で掲《かか》げて、ラヴィアンの口上を止める。ラヴィアンは首を傾げて口を噤《つぐ》む。

「そのぉ、あのぉ、……えっと」

アネットが無意味に宝石箱を開けたり、閉めたりを繰り返し、困ったように俯いた。

「ふふ、あなたが言い淀むだなんて珍しいわね。どなたかお相手がいるのかしら？」

アネットが恋をする少女の瞳をしているのだ。ラヴィアンにも一目でわかった。

「……はい。その、まだ何の関係でも無いのですけど」

「そうなの。それじゃあ、今からね。頑張りなさい」

アネットは口を尖《とが》らせて、「うーん」と唸り声を小さくあげる。なんだか初めてアネットのことが妹のように頼りない存在に思えて、鏡台に腰かけたまま、ラヴィアンはゆっくり話しかけた。

「お会いしているの？」

「えっと、はい。王都に帰ってからは一度だけ。お食事に行きました」

「そう！　いいじゃない！」

ラヴィアンは手を打って喜んだが、アネットは首を傾げて困り顔をしている。珍しい。

「はい。でも、次の約束はまだしていなくて、今日王宮ですれ違ったのですが忙しかったのか、お誘いもいただけないので、もう駄目なのかと」

「あなたから誘ってみたら？」

ラヴィアンがアドバイスをしたが、アネットはふてくされたように首を振った。

「できません。王女殿下でしたらお綺麗ですし、王族ですから、女性から思いを告げたり、お誘いしても許されますが、私などがお誘いするなんて」

「あらぁ、恋の前で身分など関係ないわ。それにあなたなら知っているでしょう。私がどれだけ素っ気なく冷たくされたか。ふふ」

今までの経緯を思い返したのかアネットは「はい」とようやく笑ってくれた。

「王女だから傷つかないと思って？」

「いえ」アネットは王女に敬意をはらうように速やかに首を振った。

「うん。でも、女性から思いを伝えるのがそれほどいけないことかしら？　あなたのことが私は素晴らしいと思っていますと伝えるって、そんなにはしたないこと？　くだらないわ。言えばいいじゃない。私はあなたが魅力的だと思って心惹《ひ》かれていますって。そんな事ではしたないからと断るようなお方なら、あなたから見限りなさい。そんな人はアネットにはもったいないわ」

ラヴィアンは親友のアネットに心から語った。本心だ。アネットを思ってのことだった。

「ふふ、ふふふ。王女殿下。みんながそれほど強くもまっすぐでも無いのです。でも、……はい。ありがとうございます。私、頑張ってみますね」

アネットがくしゃりと顔を崩して微笑んだので、ラヴィアンはこくこくと頷いた。


それから三日後、ラヴィアンは今日も想《おも》いを伝えるべく、アランの執務室の前に立っていた。

扉をノックすると、「ど」という声が中から聞こえた瞬間に、ラヴィアンは扉を開けて走り出した。オレンジ色のドレスの裾を手に持ち、暴れ馬のように突進する。

「アランさまあああ！　会いたかったわ！」

ラヴィアンは両手を広げたアランに突進したが、彼は難なく受け止め、ラヴィアンを優しく抱擁する。

「俺も会いたかった」

「まあああ！　今日もなんて素敵なの！　アランさまはきっと地上に舞い降りた天使だわ！」

アランは薄いグレーのジャケットに白いシャツ、黒いネクタイをつけている。髪も整えたようで、少し前髪が垂れ下がっているが、バッチリとアランの美貌を際立たせていた。ラヴィアンがぽうっと見つめていると、アランがラメを振りまいたプラチナ色の髪にキスを落としてくれた。ラヴィアンが照れた顔で見上げる。

「アランさま、だいぶ変わったわね。以前とは別人ね。へへ」

ラヴィアンがはにかみながらそう言うと、アランはぴしりと彫像《ちょうぞう》のように固まった。アラベスクのごとき美しさだが、心配になる。なにかそれほど変な事を言っただろうか。不安になって、首を傾げたラヴィアンがアランの肩を揺すると今度は額に手を当て物憂げに考え込んでしまった。

「ど、どうされたの？」

アランに心配ごとがあるなら一緒に解決したい。ラヴィアンは普段とは異なるアランの様子に、恐る恐る問いかけた。

「……どんな俺がいい？」

「へ!?」

アランがぼうっとラヴィアンに視線を向ける。恐れているようでもあったし、悲しんでいるようでもあった。ラヴィアンは今まで感じたことのなかった母性が刺激され、胸がキュッと締め付けられた。

「どんな、とは？」

「今まで冷たくしていたが、ラヴィはそれが良かったのではないか？　態度があまりに違うから、お前が俺に嫌気がさすのではないか気になって」

「へ!?」

「好きになってしまったから優しくしたいし、甘やかしたいと思うのだが、気持ち悪いなら控えよう」

目の前の愛しい人が暴走している。愛しさと可愛さが爆発している。ラヴィアンはパニックになった。こんな気持ちは大事にしていた飼い猫のミシェルが子を産んだ時でも味わったことがない。

「はううううう！　な、なにを言ってるの！　アランさま！　私、そんな表面的なことでアランさまを好きになったわけじゃありません！　冷たくされて喜んでいたわけでもないの！」

ラヴィアンはアランに対する愛おしさが溢れ出て止まらないとでもいうかのように、手足をじたばたさせながら主張する。

「そうなのか？」

「当たり前だわ。そんな風におっしゃるなら私、どうしてアランさまを好きになったか白状するわ。いい？」

「教えてくれるのか？　トップシークレットだったのでは？」

ふふと笑いながらアランが言う。

「絶対嫌いにならない？」

「うん？　なるわけがない」

「本当ね？　軽蔑《けいべつ》しないって誓う？」

「うん。誓うよ。ラヴィ」

アランが優しげにラヴィアンの髪の表面を撫でた。ラヴィアンは拗《す》ねた目で上目遣いをして、手を引いて、ソファに隣同士で腰かけた。

「出会ったのはマーロー侯爵家なんです」

「マーロー侯爵家？　マクシムのところだな」

「そこでアランさまとお会いしたの」

「そう、だったか？」

アランは全く覚えがないようで、首を傾げている。

「少しだけお話もしたのよ。でも、その時私、仮面をつけてて」

目の横で、両手で仮面の形のジェスチャーをすると、ラヴィアンの手をきゅっとアランが取った。

「まさか仮面舞踏会に出ていたのか？」

ムッとしたような顔をするので笑う。嫉妬《しっと》してくれているのかしら、嬉しい。ラヴィアンは笑顔になった。その笑顔を誤魔化《ごまか》すためと疑ったのか、まだじっとりとした目つきで見てくる。

「仮面舞踏会に出たことをあなたに知られたくなかったの。はしたない女だと思われないかしらって」

「だから理由も言わずに初対面で告白してきたのか。不自然だろう、あれは」

「ふふふ、ごめんなさい。びっくりさせちゃって」

ラヴィアンが謝ると、アランは「いや」と言って、首を横に振った。

「あの時、気持ちを伝えてくれたのに素っ気なくして悪かった。その尊さにすぐに気付けなかったんだ」

「いいんです。なんだかんだ言いながらアランさまは私をずっと受け入れてくれてたから」

アランはラヴィアンの銀色の髪を優しく撫でてくれた。

昔からある慣習、ルールというのは強敵だ。人の想いさえ踏みにじってくる。

「私が告白して良かったよね？」

甘えるように言うと、アランが優しい顔で「うん」と言ってくれたので、ラヴィアンは大変満足した。やはり、男性から好意を示されないと女性はアプローチしてはいけないなんて、そんなマナーは変だ。恋をしてから初めて疑問を抱いたのだ。明らかにおかしい。大昔のマナーすぎる。ラヴィアンは王家の者として生まれたからには、このマナーを撤廃《てっぱい》しようと心に決めている。

（私たちの恋物語を劇にしてもらうっていうのもいいわね。流行《はや》れば愛を告げる女性のことをはしたないと言う方もいなくなるかも！）

名案を思い付いたラヴィアンを取り戻すように、握っていた手にアランが力を込めてきた。

「それで？　仮面舞踏会でどうしたんだ？」

優しい響きだった。真綿《まわた》で包み込むような、優しい声だった。ラヴィアンは胸がぎゅっと締め付けられて、手を握ったまま、隣の愛しい人の肩に頭をもたせかけた。

「仮面舞踏会に初めて出てみたものの、ピンと来なくて会場を出たの。そこで男性に追いかけられたところを、アランさまが助けてくれたのよ」

「そうだったか。すまない、あまり覚えてない」

「いいの。私がしっかり覚えてるわ」

ラヴィアンはあの出会いを思い出すと、背中が粟立《あわだ》つような感覚がした。冷たそうな、温度の無い眼差し。自分には関係ないと切り捨てるような態度。

だけど、紳士的に助けてくれた。こんな美麗《びれい》な人が好きになるのは、焦がれるのは、どんな人なんだろうと興味が湧いて我慢できなかった。

(よく考えれば一目惚れだったのかも)

「私、アランさまが気になりすぎてこっそり追いかけたの！」

当時を思い出して、ラヴィアンは「ふふっ」と笑った。興味深かったのか、「え？」と言いながら、アランが身体をソファの背もたれから起こした。

「ある部屋でマーロー侯爵令息《れいそく》、マクシムさまね。それとバスお兄様の三人でお酒を飲んでらっしゃったわ」

「ああ！　あの日か。なんとなく思い出した」

「そこの会合を盗み聞きしたの。これも知られたくなかったことの一つね。はしたないと思われそうで」

「盗み聞きか。君らしいな」

くくっと小さく笑われて、ラヴィアンは天に召されるかと思った。危うく成仏しかけて戻ってくる。最近アランがよく笑う。ラヴィアンはいまだ慣れずにドキドキと心臓を震わせた。

「そこで、侯爵を継いで苦労しながら頑張っていること、マルティカイネンへ王女を輿入れさせて和平を結ぶことを可哀想《かわいそう》だから反対だということをアランさまが話していたの」

「ふうん。それで？」

「私、マルティカイネンへの輿入れの打診をされたばかりの頃で、世界中から裏切られた気持ちになっていたの。でも、アランさまが心細いだろう、可哀想だと怒ってくださって、気持ちが救われたの。心から感謝したわ」

アランはラヴィアンの白魚のような指に、指を絡めると自分の膝の上で抱きしめるようにした。

「可哀想に。不安だっただろう」

ラヴィアンは口角をあげて微笑む。慈愛に満ちたその声色だけで、あの頃の打ちひしがれた自分まで救われたような気分になる。あの頃の絶望した自分が嬉しそうにこちらに手を振っている。

（そう、私いつもアランさまに救われてるわ。心を守ってもらってるの）

「何が言いたかったかってね、アランさまは優しい人なの。人の立場になって物が考えられる尊い人なの。心の奥に確かな温かい愛を持っているのよ。私、それに触れてあなたを好きになったの。やっぱり間違ってなかったわ」

ふふんと自慢げにラヴィアンは告げた。

なぜかその後アランから返事が返ってこなかったので、斜め上を見て、アランの表情を確認する。彼はどこかに迷子になったような、そんな不安げな顔をしていた。二十歳なのに少年のようで、思わず横からぎゅっと抱き着いた。

「自分では、そうは思わないが……」

「ううん、いいの。私が知ってるから。大好き、アランさま。大好きよ。ずっとずっと好きなの」

「……うん。ありがとう」

「毎日言うわね！　大好きよ！」

アランは眉間に皺を寄せて泣き笑いのような表情をした。ラヴィアンを愛おしい目で見つめると、ぎゅっと力いっぱい抱きしめたのだった。

「ね、だからね、好きだから冷たくしないで。いっぱい甘やかしてほしいのよ」

ラヴィアンの甘えに、アランは頬を擦り付け、「愛してる、ラヴィ」と小さく囁いた。柑橘の爽《さわ》やかな香りをめいっぱい吸い込んだラヴィアンは、温かい腕の中でゆっくり目を閉じた。

仕事を中断していたアランはしばらくして執務を再開した。ラヴィアンは出されたモンブランと紅茶をいただきながら、じっと見つめる。アランはペンを走らせつつ、時折資料をじっと見て顎に手を当て考え込んでいる。

（ふああん、今日もかっこよすぎるわ。私、アランさまがお仕事されてるのを見るのが一番好きだわ！）

清廉《せいれん》な研ぎ澄《す》まされた空気がそこには流れているよう。今までは畏れ多くて邪魔などできなかったが、愛されている安心感からだろうか。

（毎日「帰れ」と言われ続けてきたから、せめてあれ以上嫌われたくなくて、じっと座って見ていたのよね）

なんだか懐かしささえ感じる。ラヴィアンは紅茶のカップをテーブルに音を立てずに置き、ゆっくり立ち上がった。そっと近づいていくと、アランがふっと顔をあげた。

「どうした？」

アランの前には堆《うずたか》く積まれた書類の山。マルティカイネンとの交渉の会合が控えているため、明日は王宮に呼ばれているらしいし、領地経営も相変わらずあるので大忙しだ。ラヴィアンはそれを十分承知している。椅子に腰かけたアランの後ろから首に手を回し、ぎゅっと抱き着く。

「ん？　ラヴィ」

「ちょっと相手してほしいの」

振り返ったアランを至近距離で見つめ、甘えるように頬を寄せた。

「ああ、悪い。ミゲルを呼んでお茶でもするか。いや、それより昼食の時間だな。でも仕事が」

「ううん。キスして」

「……悪い子だな」

アランがペンをテーブルに放り投げ、ラヴィアンの顎をそっと摑む。琥珀色の瞳に色気が乗り、ラヴィアンは胸をドキドキとさせた。

望み通り、アランの唇がラヴィアンのそれと重なった。しかし、すぐにキスをやめて唇を離したアランに不満を抱き、ねだるように見た。

「ラヴィ、少し待て。仕事、もう少しでキリがつくから」

ラヴィアンはもっとくっついていたいというのに、呆れたようなアランがずるい。じっと食い入るように見つめていると、アランがふうと息を吐いて、立ち上がった。

「全く。俺をどうするつもりだ？　ほら、一緒にご飯に行こう。休憩だ」

「へへ、お昼が終わったら大人しくしてるわ」

「信用できないな」

二人が手を繋いで執務室を出ようとしたところで、コンコンコン！　とノック音が目の前で聞こえた。手を繋いだまま、扉を開くとやはりアルマンドが顔を出したが、その後ろからひょっこり意外な人が現れたのだった。

「バスお兄様!?」

「バスチアン？」

「よっ」と軽快な手ぶりで挨拶をするバスチアンに、二人は手を離してそれぞれ驚く。

「バスチアン、いきなりなんだ」

「いきなりなんだ、じゃないでしょうよ！　すごいことになってるじゃん！　すごいじゃん！　なんで俺に言いに来ない!?　二人とも」

兄のフランクな物言いに、「ふふ」とラヴィアンは笑った。三人いる兄の中でも一際バスチアンは明るく、いつも気さくでユーモアがある。物事を重く捉えない、自由奔放《じゆうほんぽう》な人だ。とっくに結婚しており、奥さんは現在妊娠中だ。アランとバスチアンの組み合わせが妙でラヴィアンは面白くなった。以前盗み聞きした時に目撃したが、面と向かっての二人は初めて見る。月と太陽のような組み合わせだが、気が合うのだろう。アランはラヴィアンに接するより気楽に、雑な口調でバスチアンと話している。

「悪かった。バタバタしてたんだ」

「そうだろうけどー。ラヴィアンもいつも王宮の部屋にいないし。聞いたらアランのところに行ったと言われたから会いにきたわけ」

バスチアンはラヴィアンと同じ紫色の瞳と、国王と同じ茶色の髪で、楽しそうに笑った。

「なるほどね。ここで毎日いちゃいちゃしているってことか」

二人は澄ました顔をしているが、ラヴィアンの紅が取れている。丸わかりだ。バスチアンは親友と妹の恋が嬉しくて笑った。

「お兄様。私たち婚約したてなんですよ、放っておいて」

あけすけな兄妹《きょうだい》のやり取りに、アランがなぜか頭を抱えている。親友だけれど、婚約者とのいちゃいちゃを知られたくはないのかもしれない。ラヴィアンはアランの機嫌を取るように手を握ってみたが、アランは握り返すことはなかった。だけど、見上げると優しい瞳で見下ろされる。そんな様子をバスチアンがじっと見ていた。

「正直、大事な妹が敵国に行っても仕方ないって諦めてた。王族といってもできることなんてたかが知れてるよな。反対したって、それならどうすればいい？　と詰められたら途端に行き詰まる。アラン、お前はすごいよ。いや、違うな。ありがとうアラン。心から感謝してる」

バスチアンが壁にもたれていた身体を起こし、アランを向いて綺麗に頭を下げた。ラヴィアンは涙がこみ上げてきて、滲《にじ》んだ視界のまま、頭を下げる兄を見つめる。

「バスチアン、頭を上げてくれ。なんとかうまくいっただけで保証もなかった。ただ必死だっただけだ」

「いんや、ありがとう」

バスチアンは顔を上げ、国王とよく似た精悍《せいかん》な顔つきで頷いた。

「ラヴィアン、良かったな！　毎日、毎日食事の席で、どれだけアランのことが好きか、かっこいいか語ってたもんな。エミリアンがうんざりしてた」

「も、もうー！　お兄様、それは内緒！　内緒なのにー！」

バスチアンがからかう言い草をすると、ラヴィアンは白い頬を赤らめて怒った。握りこぶしを作っている。バスチアンはおかしくなって笑った。アランもつられて笑った。そして、バスチアンはもう一度二人のカップルを見比べ、微笑む。

「そういや、アランの初恋だったよな。ラヴィアンって」

「え!?」

衝撃の事実にラヴィアンは飛び上がって驚いた。アランは「いや」と一度否定したが、口元を緩めると素直に肯定した。

「そうだったかもな」

「えええええ！　アランさま！　どういうこと!?　私、聞いてないわ！」

「言ってなかったのかー？」

バスチアンがニヤニヤして、エピソードを話してくれた。

「まだお前が六つくらいの頃かな、俺の部屋にピンクの薔薇を一本持って来たんだよ、兄弟にそれぞれプレゼントってな。白いリボンつけて、棘《とげ》を取って、多分庭師にやってもらったんだろう」

「えー、そうだったかしら。ああ！　それで私の風邪のお見舞いで、ピンクの薔薇に白いリボンを巻いて渡してくれたのね！　あれには深い意味があるのかうだうだ考えて、一本の薔薇の意味とか本で調べたりしたのよ」

確かに見舞いの品に渡したのは、初めて会った時のことが印象に残っていたからだった。

アランも幼い頃、一本の薔薇の意味を調べた。〝私にはあなただけ〟というものだった。当時、八歳だったアランはそうだったらいいのにとベッドで転がったことを思い出した。

「その時、俺が不在で、アランに薔薇を渡したらしい。アランに『家に持って帰って飾るのか』って聞いたらほっぺ赤くしてるから、俺、もう。からかいたかったけど我慢したなーあの頃」

バスチアンの楽しそうな話をラヴィアンは真剣に聞いている。アランはいたたまれなくなって、この場から消え去りたかった。こんなのは辱《はずかし》めだ。誰にだってある、少年の頃の淡い、淡い初恋だ。

「だって、可愛かったから」

アランが拗ねた口調でそう告げると、ラヴィアンが床にどさりと倒れた。やや芝居がかった倒れ方だったので心配はしなかったが、アランはため息を吐いた。

「ぐ、ぐうううう！　はっ、天に召されるところだったわ！　アランさまの愛しさが臨界点に到達してる。どうしましょう！　はあああん、もう」

「ラヴィ、ほら立って」

「あっはっは、面白いなー。ラヴィアン、お前、外では澄ました顔してるくせに。あ、飯でも食べようぜ。腹減った」

バスチアンの自由な物言いにアランは頷く。アルマンドが素早く退室して食事の用意に向かった。

「あー面白い。俺毎日見にこよっかなー」

「暇なのか」

「ひまひま！　第二王子だもん、俺！」

アランは信じられないことを言うバスチアンを軽蔑の眼差しで流し見たが、この堅苦《かたくる》しくない、自由な気性の男は、少しラヴィアンに似ていると思った。人の心に踏み込んでくる強さを持っている。それはきっと愛を受けて育ったからだろう。二人とも自己肯定感に溢れている。

「バスお兄様、ここのクレームブリュレが最っ高なのよ！」

「えー食べたい！」

「今日用意できるかしら」

「聞いてみよう。俺、先に食堂行ってシェフに言ってみる！」

ラヴィアン同様に甘いものに目のないバスチアンは満面の笑みで返事をし、すぐに部屋を出て食堂に向かった。アランは二人のテンポのいい会話を呆気《あっけ》に取られて聞いていたが、次第におかしくなって笑みが零れた。

(いいな。俺もこんな風に柔らかく、自由に、羽を伸ばして生きていけるだろうか)

「アランさま！　行きましょう！」

アランはラヴィアンの手をそっと繋いで、頷く。優しく腰を抱いて歩くと、隣で小さくなったラヴィアンが顔を真っ赤にして照れていた。

「可愛いラヴィ。次、いつ泊まれる？」

「……今日でもよろしくてよ」

ラヴィアンは照れのあまり、ツンと顎をあげて答える。アランはそんなラヴィアンを愛おしそうに見つめた。

「なら泊まっていって。一緒に眠りたい」

「う――！　う――！　アランさま、もう。もう。好き！　悪い人ね！」

ラヴィアンがもじもじしながらダイニングルームに入る。二人は身体を寄せ合い歩いていた。

「おーい、またいちゃついてるな！」

バスチアンが後ろから追いかけてきた。どうやら食堂から帰って来たらしい。ナタンシェフとレベッカも後ろからついてきている。ダイニングルームには従僕《じゅうぼく》が二人、侍女も二人、揃っている。

アランはその面々を見て、忘れていたことを思い出して、にっこりと笑みを作った。

笑みに見慣れていない従僕と侍女はその凍てつくような笑みに固まる。ナタンシェフも肩をビクンと揺らして固まった。

「君たちだな、ストライキなんてしたのは」

アランの重低音がダイニングルームに響き渡った。

「忙しくて忘れていたが、ストライキをされて非常に、非常に傷ついた」

「ひいい」

にこにこしていた使用人たちが怯えきっている。ラヴィアンとバスチアンはキョロキョロと成り行きを見守っている。アランはラヴィアンの腰を引き寄せたまま、有無を言わさぬ口調で告げた。

「俺の日頃の労《いたわ》りが足りぬのかもしれない。待遇など不満がある者は言うように」

使用人たちがフルフルと首を横に振った。大魔王に睨まれた蛙《かえる》のようだった。

「今日はラヴィとバスチアンが来てくれている。夜は盛大にパーティーにしよう。みんなも参加してくれ。シェフたちには悪いが、食事をパーティー用に作ってくれるか？」

従僕と侍女はそのうちぱあっと顔を輝かせた。ナタンシェフもこくこくと頷き、嬉しそうに顔を綻《ほころ》ばせた。

「……その、俺とラヴィの婚約をみなで祝ってくれると嬉しい」

小さく告げる、まだ若い当主の照れた声に、みな涙で目を潤《うる》ませて頷いた。「わーい」とミゲルが手を上げる。「王女さまがリーヴェルト家に」とレベッカが涙ながらに喜んでいる。ナタンも「おめでとうございます」と嬉しそうだ。アルマンドはハンカチを顔に当ててむせび泣いた。

ラヴィアンは「アランさまかっこいい死ぬ」と悶え、バスチアンはケラケラ笑って、親友の肩を組んだ。

◆◆◆

一週間後、アランはガノのもとへ訪れていた。

「すまない、助かった」

ヘルメットをかぶり、スコップを担いだアランは手に原石を握りしめて鉱山の入口に向かって歩いていた。ガノが力強い足取りで鉱山道を先導している。

「いいのが取れましたね。今までで一番大きく、美しい輝きを放っていると思います」

「ああ。今から職人のところに行って、研磨《けんま》してもらう」

ガノ・ハマースと一緒にサンタマリ鉱山から出てきたアランは、綺麗な衣装を茶色く汚し、長靴を履き、スコップを持っていた。アレキサンドライトを発掘してきたのだ。手には一つの大きな原石がある。まだ研磨も加工もしていないが、ガノいわくとても良い物であるらしい。

「お気を付けて。たくさんのお土産ありがとうございました。子供たちに服やおもちゃやさらにたくさんの肉まで。嫁さんがドレスどこに着て行こうって困ってまして」

「はは、またお土産を持って来るよ」

ガノと挨拶を交わし、身なりをある程度整え、待っていたリーヴェルト侯爵家の馬車に乗り込むと、アルマンドが心配そうにアランを見た。

「大丈夫でしたか、お怪我はありませんか」

「ああ、問題なかった。鉱山に入ってすぐにも岩肌にたくさん原石があってどれにするか迷ったほどだった」

「さようでございましたか。ご無事で何よりです。崩落しないかなどハラハラしておりました」

「大丈夫だ、ガノもついていたしな」

ガノに別れを告げて、馬車は出発した。原石をアルマンドに見せると、「綺麗ですねぇ」と微笑んだ。

「しかし、アランさま。先代の旦那さまが残した宝石三つ、返ってきたんですよね？」

「ああ、マルティカイネンの王が求めなかったからな」

アルマンドはアランが手に持っている原石を見ながら問いかけた。

「でしたら、あちらを指輪にすればよろしかったのでは？　見事な大きさと輝きでしたよ」

「だが、ラヴィに贈る一つ目は自ら掘りたかったのだ」

「さようでございますか」

アルマンドは年若い主《あるじ》のひたむきな愛に気付き、親のような気持ちで成長を感じた。結婚などしないと尖って言った、いつかの主のことをそっと思い出した。今も張りつめたような独特の冷徹な雰囲気はあるが、婚約者の前では甘く綻ぶことをもう知っている。

「父が残した宝石は、ラヴィが気にしなければネックレスやイヤリングにできればいいな」

「さようでございますね。先代も報われるでしょう。あ、いえ、坊ちゃまがお嫌ならいいのですよ」

アルマンドは慌てて会話の方向を修正した。

自分にとっては、アランも先代も大事な存在ではあるが、二人には確執《かくしつ》があった。決して仲が良かったとは言えない。アルマンドの動揺をいなすように首を振ると、「もういいんだ」と小さくアランはつぶやいた。

「もういい、とは？」

「両親のことはもう赦《ゆる》したんだ」

「……そうですか」

アルマンドは当時を思い出して切ない表情を浮かべたが、アランの表情は穏やかだった。実際アランはもうあまり苦しかった過去を思い出さなくなっていた。

（ラヴィがくれた愛で満たされてしまったから）

アランは車窓をじっと見ながら、いつも大騒ぎの愛しい人を思い出し、今すぐ会いたくなった。愛を知らなかった自分をそんな気持ちにしてくれたことに心から感謝した。

◆◆◆

その日、ラヴィアンとアランは、リーヴェルト侯爵邸の大きな庭を散歩していた。

時刻は星が浮かぶ頃。夕食を終えた夜だった。春の盛りを迎えたリーヴェルト邸はたくさんの花々が咲き乱れ、オレンジ色の照明に照らされ美しい道を作っていた。

「綺麗ね、アランさま」

「ああ」

きょろきょろと花を見て回るラヴィアンに、アランは微笑んだ。アランはベストも合わせた紺色のスリーピースにシルバーのクラバットを身につけラヴィアンの華奢《きゃしゃ》な手を引く。ラヴィアンは胸元にスズランの花の刺繍《ししゅう》が入り、ビジューもちりばめられ、スカート部分は波のようにチュールを重ねた可憐なドレスを着ている。

「ねぇ、アランさま、聞いてください」

「うん？」

「アネットったら恋人ができたのよ！」

「そうなのか。いつの間に」

「ふふ、頑張ってアネットからオペラに誘ったのですって。その日の帰りに告白されたようなの。勇気を出してデートに誘って良かったたって言ってくれたの、アネット可愛かったわ」

ラヴィアンは、アネットが嬉しそうにデートの詳細を話してくれたことを思い出して、また心が温かくなった。

「そうか。良かったたな」

「それがね、なんと相手がマルティカイネンに向かった時の護衛騎士長だって言うの、私びっくりしちゃって。水臭いって今日怒ったのよ！　でも幸せそうだからまあいいわ」

ラヴィアンが興奮したように熱く語る話に、アランは丁寧に何度も相槌《あいづち》を打った。

「あそこにガゼボがある。座ろう」

「ええ」

ガゼボに設置された白いテーブルと椅子は綺麗に照明で照らされ、淡く浮かび上がっているかのようだった。テーブルの上に、紫色の花束が置かれているのを見つけると、ラヴィアンはアランの手を放して駆け寄った。

「まあ！」

アランが追いついて、花束を手に取ると、ラヴィアンに差し出した。

「紫色のリシアンサスね！」

リシアンサスがふんだんに使われ、それを彩るように真っ白なビバーナムが添えられている。

「ああ、トゥーラの花まつりで君に挿《さ》した」

「ええ、王子様みたいでかっこよかったわ！　今思い出しても素敵。私の中の大切な思い出の一つよ！　では王子様、もう一度挿してくださる？」

花束を受け取ったラヴィアンが、自分の魅力をたっぷり分かっている笑顔で花束をアランに向けた。

アランは真剣な表情で花束から一本、綺麗で大きなリシアンサスを取り出した。茎を折って整えると、ラヴィアンの耳に挿した。満開の大きな花が小顔のラヴィアンをさらに美しく見せる。

「綺麗だ」

「んふふ」

「ラヴィ」

「ん？」

アランは花束を右手で抱えたラヴィアンの足元に跪いた。ラヴィアンが慌てた様子で視線を下ろしたが、アランがラヴィアンの左手を取ると黙って成り行きを見ていた。

「俺と出会ってくれてありがとう」

アランは、言葉を発しながらこの奇跡のような巡り合わせに感謝した。

「こちらこそ！」

ラヴィアンも同じだった。結ばれるはずの無かった二人だったことを思うと胸に幸せが溢れた。

「愛してる。一生俺のそばにいてほしい」

「もちろんよ！」

左手の薬指に大きなアレキサンドライトの載った指輪をそっと嵌める。ラヴィアンは紫色の瞳いっぱいに涙を溜めて、その光景を見つめた。

「ラヴィ、俺と結婚してほしい」

「ううう！　アランさま！　喜んで！」

アランは立ち上がると、花束を抱いたラヴィアンごと抱きしめた。

しっかりと腕に抱いた幸せを離さないようにきつく。きつく。

二人はとっくに婚約をして、王家主導で大きな結婚《けっこん》披露宴《ひろうえん》の話が進んでいるが、アランはきちんと求婚したかった。ラヴィアンにはその意図が伝わったようで、こくこくと頷いている。

「嬉しい！　すごく綺麗だわ。これはマルティカイネンの時のもの？」

「いや、この前発掘しに行った」

「え!?　アランさま自ら、発掘？」

「ああ。鉱山にスコップ持ってな。いい経験になった」

普段はどうしても執務室での仕事がメインにはなってしまうが、本当は現場で自分の目で確かめて手を動かすのが好きなアランにとって、鉱山での発掘作業も全く苦になるものではなかった。これからも定期的に鉱山の方には顔を出す予定だ。

「そんな！　危なすぎます！　なんてことを」

ラヴィアンが絽るような顔で見上げてくる。アランは愛しくてたまらなくなって、小さな唇にキスを落としてなだめた。

「美しい人に求婚するんだ、特別なものが良かった」

「ううう。もう！　アランさま、好き！　好きすぎて弾《はじ》けて飛んでしまいそう！」

ラヴィアンは顔をブンブン振り、地団駄《じだんだ》を踏みながら抑えきれない気持ちを全身で表現する。そんなラヴィアンにアランは愛おしくて仕方がないという優しく温かい眼差しを向ける。

「もみくちゃにするか？」

「まあ！　とうとうしてくださるのね！」

アランは言われた通りに隙間が無くなるくらいきつく抱きしめた。花束を包んだセロハンが窮《きゅう》屈《くつ》そうにガサリと音を立てたが、二人は気にしなかった。

アランは腕の中の温かな存在で、初めて愛を知った。愛することの尊さも、愛されることの幸せも、全部。

かけがえのない人を二度と離さぬように心に誓い、目を閉じて、澄んだ空気を目いっぱい吸い込んだ。

エピローグ

リーヴェルト侯爵家《こうしゃくけ》の執事アルマンドの朝は早い。だが、昨晩から主《あるじ》の婚約者が泊まりに来ているので、主の起床は遅いはずだと考え、改めて本日のスケジュールを確認する。

部屋を出て、使用人と挨拶《あいさつ》を交わし、指示をいくつか飛ばしながら玄関を出る。郵便受けを確認するのはアルマンドの仕事だ。主への重要な手紙があるかどうか、チェックする。

いくつか届いていた郵便物に目を通しながら、ふと新聞に目をやった。それから微笑《ほほえ》み、玄関に向けて身を翻《ひるがえ》し、先代の侯爵が眠る墓へ訪れた。

「旦那さま。当家に春が来ましたね」

アルマンドは墓にそっと新聞を置いた。新聞の一面にはこう書かれていた。

『速報　ラヴィアン王女、琥珀《こはく》の侯爵ことアラン・リーヴェルトと婚約！

ラヴィアン王女と、リーヴェルト侯爵の婚約が国王陛下から昨夜、正式に発表された。

マルティカイネンの国王との婚約はどうやら誤報だった模様。ラヴィアン王女は和平を結ぶ大使としてマルティカイネンまで向かい、マルティカイネン国王と交渉の末、この度、正式に和平が結ばれた。

その条約の内容はセシリオ王国にとっても大変有益なもので、両国をより強固に繫《つな》ぐ友好的な同盟となった。

本誌は観劇に来ていたバスチアン王子への独占インタビューに成功。ラヴィアン王女とリーヴェルト侯爵はお互いが初恋の相手だったとの回答が得られた。

本誌は今後二人の仲を徹底的に取材する。乞うご期待！』

おわり

番外編♥世界が煌《きら》めく理由

その日は、先日結婚式をあげたラヴィアンとアラン二人の結婚披露《けっこんひろう》パーティーだった。

パーティーには国内の貴族だけでなく、国外からも要人を招き、各国から豪華な顔ぶれが集っていた。王宮の庭を利用した巨大なガーデンパーティーで、ふんだんに花があしらわれ、招待客のドレスコード指定には花があったため、みんなそれぞれ花をどこかに挿《さ》して来場していた。ラヴィアンはトゥーラの花まつりで見たあの感動的な光景を再現してみたかったのだ。

芝生の庭は薔薇《ばら》が咲き誇り、会場に並べられたたくさんのテーブルには真っ白のテーブルクロスが掛けられ、テーブルの上にはアイリスをメインで使った花のアレンジメントがたくさん飾られている。アイリスはマルティカイネンから取り寄せたものだった。

「晴れてよかったな」とアランがラヴィアンをエスコートしながら話す。

「ええ、雨だったらホールでやる予定だったけど、やっぱりお庭の方が、花が綺麗《きれい》に見えるわ」

ラヴィアンは青空の下で輝く花々を見て笑顔になった。

主役のラヴィアンとアランは二人寄り添って笑顔を見せていた。その日のラヴィアンは真っ白のウェディングドレスを着ていた。華やかで女性らしさのあるエンブロイダリーレースを贅沢《ぜいたく》にあしらい、幾重《いくえ》にも重ねたチュールでボリュームのあるスカートが広がる伝統的なデザインだ。

アランも真っ白のモーニングコートで、シルクの一等品だった。マットで白すぎない上品なカラーが、彼の美貌《びぼう》を際立たせている。二人が並ぶと童話の王子様とお姫様が飛び出してきたように皆の目に映った。

「おめでとう、アランくん、ラヴィアン」

父と母が腕を組んで現れた。二人とも正装をして、父は胸元に白い薔薇を挿し、母は豪華なアレンジの白薔薇のコサージュを胸元につけていた。

「お父様、お母様！　ありがとう！」とラヴィアンが満面の笑みを見せると、「ラヴィアン、綺麗よ」と母が目尻に皺《しわ》を寄せ、微笑《ほほえ》んだ。アランは丁寧《ていねい》に頭を下げ、「ありがとうございます」と嬉《うれ》しそうに返事をした。

次に水色のジャケットに黒いシャツをラフに着たバスチアンと、黒い上着の中にグレーのベストを着こんだかっちりした印象のマクシム・マーローが連れ立って挨拶《あいさつ》に来た。

ラヴィアンもマクシムにはすでに何度か会っており、挨拶を交わした仲だ。マクシムは長い髪を後ろで縛り、髪をまとめたリボンにはダリアの豪華な花が添えられている。上級者の着こなしだ。バスチアンは女性のようにハイビスカスを耳に挿していたので、アランが呆《あき》れている。

「アラン、おめでとう。相変わらずかっこいいな」とマクシムがアランの肩に手を乗せている。

「マクシム、来てくれたのだな。バスチアンも」

「もちろんだよ。妹の結婚パーティーだしな」

バスチアンはワイングラスを傾けて飲み干す。頬《ほお》が赤いのですでに相当飲んだようだ。

「ラヴィアン王女、今日は一段とお美しい」

マクシムがにっこりと笑って褒めてくれる。ラヴィアンは社交辞令に「ありがとう」と優雅に返した。

「でももう王女じゃないのよ。リーヴェルト侯爵夫人《こうしやくふじん》になりましたから」

「そうでした、侯爵夫人。お綺麗です」

なぜかアランがムッとしてラヴィアンの腰を引き寄せた。ラヴィアンはとっさに隣のアランを見上げる。

「じろじろ見るな、マクシム」

「おいおいおい、褒めただけだろう」

「視線が良くない」

アランの突っかかる言い方にマクシムが目を見開いて驚いている。

「え？　怖い。アランってこんな男だったか？」

バスチアンに至ってはすでに腹を抱えて笑っていた。酒が進んでいることもあり、笑いが止まらないらしい。

本日のラヴィアンはアランから贈られたアレキサンドライトの豪華な指輪と、揃《そろ》いの宝石で作ったネックレスとイヤリングを着けている。ネックレスとイヤリングは、アランの父が発掘したあの石から製作したもので、アランが相当気合を入れて装飾を頼んだので、家宝になるほど見事なものとなっている。ラヴィアンの一番のお気に入りだ。

「その豪華な宝石にも負けない美しさだ。そんな方はこの国であなただけでしょう」

マクシムは楽しくなってさらに褒めそやすと、アランが射殺さんばかりに睨《にら》みつけてきた。三人は楽しくなって笑い出す。周りの招待客は楽しそうな主役を微笑んで見守っていた。

「ラヴィ、マクシムのことは無視しろ。マクシムは既婚者だ」

「もううう。アランさまったら！　私がアランさましか見てないって言わせたいのですわね。もうう。大好き。アランさま！　今日も世界で一番素敵だわ！」

ラヴィアンがアランにしなだれかかって告げると、アランは口を尖《とが》らせて満更でもないように頷《うなず》いた。そんな様子にまたバスチアンとマクシムは爆笑する。

「アランも変わったなぁ。孤高《ここう》の侯爵？　琥珀《こはく》の侯爵様だっけ？　どこに行ったんだよ、俺たちのアランはよぉ！」とバスチアンがわざとらしくキョロキョロする。

「言うなって、バスチアン。アランはもう一生こんなだろう。以前のアランはどこかに旅に出たんだよ」とマクシムがうそぶいた。

マクシムとバスチアンはまた給仕からワイングラスを受け取り、酒を進めている。酔っ払い二人にアランは呆れた視線を送ったが、陽気な二人はそのまま食事に惹《ひ》かれてどこかへと消えて行った。

「アランさま、あちらにマルティカイネンの国王が」

ラヴィアンは人だかりになっている方を指さしてアランに居場所を伝える。

「挨拶に行こう」とアランが言う。

ラヴィアンとアランは頷き合って足を進めた。妖艶《ようえん》な女性をそばに侍《はべ》らせているので、多分側妃《そくひ》の一人だろう。本日の主役のラヴィアンたちが移動すると人々の視線が一緒に移動するので、すぐにマルティカイネンの国王もこちらに気付いた。眉をくいっと上げてこちらを見ている。きざな仕草だが、様《さま》になっていた。黒光りするジャケットを身につけ、厚い胸板を見せびらかすように胸を張っている。真っ白のネクタイが光り輝き、胸元には深紅の薔薇が飾られている。側妃も深紅のドレスでめかしこんでいた。

「ご結婚おめでとう。リーヴェルト侯爵、ご夫人」

「ありがとうございます、国王陛下」

両手を広げての挨拶に、アランは頭を下げ、ラヴィアンもカーテシーを披露した。マルティカイネンの国王は以前見た時よりも穏やかな、どちらかというと友好的な表情で二人を見ている。

「アイリスを大量に発注されたから何事かと思ったら、こういう事だったとは」

「はい、妻の瞳と同じ色でしたので」

国王の言葉にアランがにこやかに答えている。今日たくさん飾られている紫色のアイリスはあのフーティア村から取り寄せたものだ。村には資金が無いので、観光用の舟などを購入する費用になることだろう。

「ベルフラワーも大量に注文いただいている。先日はフーティア村から舟が買えたと報告が来ていた。村と村に橋を架ける費用も捻出できそうだ。侯爵のおかげだ。感謝する」

国王がニッと笑う。いたずらっ子のように笑うと魅力のある人だということが分かった。

「それは良かったです。しかし、ベルフラワーが我が国に必要だというのは妻が教えてくれたのです」

「そうだったか。ご夫人のおかげだな。わが国ではベルフラワーがどの地域にも咲き乱れて困っていたところだった」

「とんでもないことです。また遊びに行かせてください」

ラヴィアンが丁寧に返事をすると、国王は鷹揚《おうよう》に頷いた。国王の興味はラヴィアンよりもアランにある様子で、またアランへと視線をすぐ戻す。

「侯爵、そちらの大使たちが最近端の村にも視察に来てくれた。舗装《ほそう》する道や橋を設置する場所を見たり、交易に使えそうな品をチェックしたり」

「はい。大使たちはすでにかなりの人数を派遣しておりますが、それにあたってマルティカイネン国の主要な場所に大使館を建造したいのです。国王陛下、場所はどこがいいと思われますか」

「侯爵、私の名はイサークだ。国ではイサーク王と呼ばれている」

イサーク王はアランにがっしりとした右手を差し出し、握手を求めた。

「私もイサーク王と、そうお呼びしても？」

「ああ。もちろん」

「では私のことはアランとお呼びください」

アランはイサーク王から差し出されたその逞《たくま》しい腕に、右手を差し出し、力強く握手をした。

「アラン。いいな。それから大使館の場所の候補だが、やはり」

二人がいつの間にか友人のようになっていてラヴィアンは驚くと共に笑う。やっぱりアランの毅《き》然《ぜん》とした態度は大物へは魅力となって伝わるらしい。実際、父や母、それに王太子もエミリアンもアランのことがすでに大好きだ。

アランとイサーク王が話し込んでしまったので、ラヴィアンはきょろきょろと辺りを見渡す。親友のクローゼを見つけて、手を上げる。ちょうど向こうもこちらを見ていたところだった。

「ちょっと行ってくるわね」

アランに一言告げて、クローゼのもとへと抜け出す。クローゼは浮気者だと聞いていたケヴィンと仲が良さそうに腕を組んでいたが一人でこちらに向かってきた。

「ラヴィアーン！」

「クローゼ！　来てくれてありがとう！」

「おめでとう、ラヴィアン。すっごく綺麗だわ。いつもよりもさらに綺麗！」

「ふふ、ありがとう」

可憐《かれん》な水色のドレスを着たクローゼと抱き合う。

金色のふわふわした髪をなびかせたクローゼは髪の右側に赤や白や水色のガーベラを複数飾っていた。キュートなクローゼにぴったりな装いだ。

「クローゼもとっても可愛《かわい》いわ」

「ありがとう。そういえば、あなたたちがモチーフの演劇、『押しかけ王女と孤高の侯爵』を観《み》たわ」

「見てくれたの？　ありがとう。盛況《せいきょう》のようね」

侯爵を一途《いちず》に想《おも》う王女が、何度愛の告白を拒否されても立ち上がり、冷たかった侯爵を振りむかせるという新鮮な恋物語が爆発的に国民の心に刺さり、空前のロングセラーとなっている。

「そうよ！　座席取るのも一苦労。ボックス席が取れなくて一般席で見たわ。そんなの初めてよ！」

ボックス席は半個室のようになっていて、貴族に人気の高価な席だ。

「ふふ、そうなのね」

「ええ！　まさか一般席の隣に軍務大臣のマーロー侯爵がいると思わなくてね。意気投合しちゃったわ。貴族もみんなボックス席が取れなくて困ってるのよ」

クローゼの大げさでユーモアのある会話にラヴィアンはくすくす笑った。クローゼのこういう大胆で明るいところが大好きだ。

「あれを見てから、女性からの告白が流行《はや》っているそうよ。町中でカップルが増えてるわ、貴族たちの恋愛も増えたわ。政略結婚も減るかもしれないわね。良いことだわ」

クローゼが言うので、ラヴィアンも頷いた。セシリオ王国の風向きが変わってきているのを確かに感じていた。男性からしか愛を伝えてはいけない、デートにも誘ってはいけない、そういうマナーが取り払われるたび、時代の切り替わりを目撃している気分になる。

「今度オペラにもなるそうなの！　私、今度こそボックス席で観《み》るわ！　勝負は発売初日よ」

クローゼがウインクするが、当事者のラヴィアンは知らなかったのでパチパチと瞬《まばた》きする。

「まあ、オペラになるの？　私も観に行こうかしら」

「リーヴェルト侯爵とラヴィアンが夫婦で歌劇場《かげきじょう》に現れたら次の日の新聞の一面になるわね」

「ふふ、今だけよ」とラヴィアンが微笑む。

「時の人だものね。でもね、私もあなたのおかげでちょっと変わったの」

ラヴィアンは首を傾《かし》げる。

クローゼがなにか変わったとは思えなかったが、クローゼの視線が夫のケヴィン・ハイアットに寄せられた。ケヴィンはクローゼを一心に見ていたようで、すぐに目が合い、手を振り合っている。随分《ずいぶん》仲が良さそうだ。

「夫の前では私、幼馴染《おさななじみ》ってこともあってずっと素直になれなかった。いつも突っかかってばかりで、好きってことを伝えたこともなかったわ。結婚は決まっていたからね、そういう努力を怠《おこた》っていたの。夫も同じよね、幼馴染だから恋愛への切り替えって難しくて、いつも喧嘩《けんか》しているような、言い合いしているようなムードで」

「そうだったの」

ラヴィアンにとってそれは初耳だった。クローゼからはしょっちゅうケヴィンと喧嘩したという話を聞かされていたが、幼馴染だからなかなか素直になれないということだったのか。

「うん。けど、ラヴィアンの話を聞いて、私反省したのよ。好きなのに、伝えたこと無いなぁって。浮気性のケヴィンのことを詰《なじ》ってばかりで、一度も想いを伝えたことなんて無かったし。どうして向こうから言われたこともないのに、私の方から好きって言わなきゃいけないのよって」

「うん。気持ちは分かるわ。相手から言ってほしい気持ち」

「特にこの国では男性からのアプローチが無いと言い出しにくい雰囲気《ふんいき》じゃない？」

クローゼは微笑んで、ラヴィアンのレースの手袋の上から手をきゅっと握った。ラヴィアンも親友の手を握り返した。

二人で美しいパーティーの様子を眺める。緑の芝生に白いテーブル。紫色のアイリス。それから、花で着飾った人々。素晴らしい、夢のような光景だった。遠くの方でアネットとアネットの肩幅の二倍はありそうなバルトルトがカップケーキを食べさせ合っている。ラヴィアンは吹き出しそうになった。

「私からね、ずっと好きだったたって結婚前に言ってみたのよ。ケヴィンびっくりして長い間固まってたわ」

「ふふ、相当予想外だったのね」

「うん。けど、ケヴィンもその気持ちに応えてくれて、それからずっと仲良しなの。やっぱり気持ちって伝えなきゃ分からないものね。黙っててさぁ、察してって思ったたって駄目なのよね。あなたのおかげで気付けたの。観劇した人たちも同じように思ったのよ、きっと。あなたの勇気に励《はげ》まされたの」

ラヴィアンは微笑んだ。アランの邸《やしき》に突撃し続けた半年間を思い出した。

冷たくあしらわれ、何度も帰れと言われ、数時間も放置され、アランにも迷惑をかけた。

だけど、そのおかげで今がある。心の中で想って諦めていたら、この今は無かっただろう。

「クローゼ、私たち、今幸せだね」

「うん。幸せ。世界が煌めいて見えるわ」

ラヴィアンは頷いた。

花も、空も、人々も、なんて美しいんだろうって、愛する人がいると思える。心に幸せが満ちて、人に優しくなれるし、明るくなるし、笑顔も増える。

「ラヴィ」

離れたラヴィアンを迎えに来たのだろう。アランが美しい顔でこちらに向かってくる。

彼の顔が優しくほどけ、世界を歓迎《いと》しているように見えた。

ラヴィアンはドレスの裾《すそ》を摑《つか》み、愛しい人のもとへ駆《か》け出した。

おわり

あとがき

この度は、『毎日「帰れ」と言われてたのに、急に溺愛されてます!?』を手に取って読んでくださり、誠にありがとうございます。

元々、学生の頃『魔法のiらんど』さんで小説を書き続けていたのですが、久しぶりに書いてみようと思った時に、『ムーンライトノベルズ』さんにお引越しして書いた作品です。『魔法のiらんど』さんの時に私の作品を読んでくださっていた担当さんが今作を読んでお声を掛けてくださり、本当に嬉《うれ》しかったです。あの頃の自分に教えてあげたい気持ちです。改稿の際も丁寧《ていねい》に手を差し伸べてくださり、「ここの表現好きです」などと褒めてモチベーションをあげてくださり、感謝しています!

今作はウェブではR18設定で書いていたのですが、書籍化にあたってたくさんの方に読んでいただきたいと思い、全年齢化にチェンジしました。文字数も三万字ほど追加して、ラヴィアンとアランの初恋をより深く、ぎゅっと書けたかなと思っています。

ラヴィアンとアラン、両方へ深い愛があるのですが、特にラヴィアンは私の理想というか、魅力的な女の子になるように思いを詰め込んだヒロインです。外面完璧でツンツンな男性が、ヒロインの愛によってぐだぐだになっていくっていう展開がもう大好物なのですが、それを今回は思う存分書くことができました。アランがぐだぐだになり、邸《やしき》の使用人たちにストまで起こされ、膝《ひざ》から崩れ落ちて不憫《ふびん》でしたが、最終的には幸せいっぱいの二人を書けて満足です。

今作は憎むべき悪役を作らずに、みんなそれぞれに背景があり、それぞれに一生懸命生きていることを意識したので、マルティカイネンのイサーク王も気に入ってくださると嬉しいです。

私の好きだったキャラはバスチアンやエミリアンなど王子たちでした。書いている時、楽しかったので。王太子も出して、四兄妹のわちゃわちゃを書きたかったです。きっとアランへの愛を語り尽くすラヴィアンに、三人の兄はウンザリしながらもきっとなんだかんだで優しく聞いてあげるはずです。

一番気の毒だったのはアランの父ですよね……きっと。でも発掘して磨いた宝石をラヴィアンがずっと大事に使ってくれると思います。

どこかのシーンできゅんとしたり、ホロリとしたり、心に届くところがあればすごく嬉しいです。

今回イラストを描いてくださった氷堂《ひどう》れん先生！　ありがとうございます。ティーンズラブ小説は一読者としてたくさん読んでいるので、氷堂先生の表紙の作品を何度も読んできました。ですので、今回お引き受けくださって感激でした。アランのツンツン具合と、ラヴィアンの押せ押せの感じがすごーく出ていて、嬉しかったです。作品の半分以上を執務室で過ごしていたので、執務室を表紙で描いていただきましたが、茶色なお部屋を華やかに表現してくださり感謝の気持ちでいっぱいです。

最後になりましたが、今作に関わってくださった方々、ウェブ小説の時に読んでくださった皆様、書籍を手にしてくださった皆様、本当にありがとうございます。時間を取って読んでくださって感謝しかありません。

またいつかどこかで皆様に出会えますように。

大石《おおいし》エリ

eロマンス ロイヤル

本書は「ムーンライトノベルズ」(https://mnlt.syosetu.com/top/top/)に
掲載していたものを加筆・改稿したものです。
この作品はフィクションです。実在の人物・団体・事件などにはいっさい関係ありません。

●ファンレターの宛先
〒102-8177　東京都千代田区富士見2-13-3　eロマンスロイヤル編集部

毎日《まいにち》「帰《かえ》れ」と言《い》われてたのに、急《きゅう》に溺愛《できあい》されてます!?

著／大石《おおいし》エリ
イラスト／氷堂《ひどう》れん

2024年8月31日　初刷発行

発行者　山下直久
発行　株式会社KADOKAWA
〒102-8177　東京都千代田区富士見2-13-3
(ナビダイヤル) 0570-002-301
デザイン　フクシマ ナオ（ムシカゴグラフィクス）
印刷・製本　TOPPANクロレ株式会社

●お問い合わせ
https://www.kadokawa.co.jp/（「お問い合わせ」へお進みください）
※内容によっては、お答えできない場合があります。
※サポートは日本国内のみとさせていただきます。
※Japanese text only

ISBN978-4-04-738040-0　C0093　©Eri Oishi 2024　Printed in Japan
定価はカバーに表示してあります。

eロマンス ロイヤル 好評発売中

メイド令嬢が見た美貌伯爵の秘密とは⁉

ステルス令嬢の恋愛事情
ご主人様の秘密を知ってしまったら溺愛されまして!?

来栖もよもよ　イラスト／一ノ瀬かおる　四六判

掃除と料理が大好きで地味〜な男爵令嬢パトリシアは、幼馴染みの男性が「地味だし、あいつと結婚とかない」と話しているのを聞き、仕事に生きようと決心。生活力を活かし、メイドとして伯爵家で働き始める。ご主人様のレオンは煌びやかな容姿だけど非常に気難しいらしい。しかし彼女はその目立たなさを認められ「不可侵」なはずのレオンの生活周りを任される。そんなある日静かな書斎でレオンの秘密を目撃！　それがきっかけで二人の距離は急速に縮まって!?

eR eロマンス ロイヤル 好評発売中

「これはリリアーナの匂い！」黒騎士様はどこまでも追ってくる!?

よし、黒騎士な婚約者とは婚約解消して薬師になろう！

櫻井るな　**イラスト／氷堂れん**　四六判

伯爵令嬢リリアーナの婚約者は、学園で大人気の黒騎士ギルバート。だが彼はリリアーナに何の関心もない様子。思い詰めたリリアーナは「ギルバートに婚約解消してもらって、学園卒業後には家出して薬師になろう！」と決意。幸い薬師の才能があったリリアーナはとんとん拍子で美人薬師メリルに雇ってもらえることに。……ところが、『最後のお願い』の後、姿を消したリリアーナをギルバートが全力で追いかけてきて!?